Der Erste Weltkrieg
Die Westfront

ERNST-ULRICH HAHMANN

DER ERSTE WELTKRIEG

DIE WESTFRONT

MASSENHAFTES STERBEN IN DEN SCHÜTZENGRÄBEN

Erzählende Geschichte

Bibliografische Information der Deutschen Nationalbibliothek.
Die Deutsche Nationalbibliothek verzeichnet diese Publikation in
der Deutschen Nationalbibliothek, detaillierte bibliografische
Daten sind im Internet über http://dnb.ddb.de abrufbar.

Umschlagentwurf und Layout: Ernst-Ulrich Hahmann

© 2024 Ernst-Ulrich Hahmann

Verlag: BoD • Books on Demand GmbH, In de Tarpen 42,
22848 Norderstedt
Druck: Libri Plureos GmbH, Friedensallee 273, 22763
Hamburg

Printed in Germany

ISBN: 978-3-7597-8734-7

12,99 Euro

Der Erste Weltkrieg oder auch als der *„Große Krieg"* bekannt, war ein globaler Konflikt, der von 1914 bis 1918 dauerte und vergiftete fast ein ganzes Jahrhundert.

Damals sah die Weltkarte noch etwas anders aus, denn es gab in Europa weniger, aber dafür größere Länder als heute.

Jedes dieser großen Länder wie das Deutsche Reich, Großbritannien, Frankreich oder Österreich-Ungarn wollte noch größer und mächtiger und einflussreicher sein als die anderen.

Es herrschte ein richtiger Machtkampf und besonders Deutschland fühlte sich von den Nachbarländern eingekreist und bedroht.

Die Stimmung in der Welt ähnelte einem Pulverfass.

Dieser Krieg wäre vermeidbar gewesen, denn nicht nur machthungrige Politiker, auch die kollektive Kriegsbegeisterung vieler Zivilisten trugen zum Ausbruch bei.

Er gilt als einer der zerstörerischsten Kriege der Geschichte und hatte weitreichende Folgen für die politische und soziale Struktur der beteiligten Länder.

Der Krieg brach nach einer langen Periode von Spannungen zwischen den europäischen Großmächten aus. Denn die Konkurrenz um Kolonien und wirtschaftlichen Einfluss führte zur Spannung zwischen den Großmächten.

Ein Wettrüsten, insbesondere zwischen Deutschland und Großbritannien erhöhte die Kriegsbereitschaft.

Europa war in zwei große Bündnissysteme gespalten, die Entente (Frankreich, Russland, Großbritannien) und die Mittelmächte (Deutschland, Österreich-Ungarn, Italien).

Nationalistische Bewegungen, insbesondere auf dem Balkan, destabilisierten die Region.

Der unmittelbare Anlass für den Beginn des Ersten Weltkrieges war das Attentat auf den österreichischen Thronfolger Erzherzog Franz Ferdinand und seiner Frau Sophie am 28. Juni 1914 in Sarajevo. Das Attentat wurde von Gavrilo Princip, und anderen Mitgliedern der Jugendbewegung *„Mlada Bosna"* verübt, die von der *„Schwarzen Hand"* unterstützt wurden.

Die „*Schwarze Hand*" war eine geheime militärische Gesellschaft, die von serbischen Nationalisten und Militärs in Serbien gegründet wurde.

Ihr offizieller Name war „*Vereinigung und Tod*".

Nach dem Attentat kam es zu einer diplomatischen Krise zwischen Österreich-Ungarn und Serbien. Österreich-Ungarn unterstützt von Deutschland stellte Serbien ein Ultimatum mit sehr harten Forderungen.

Serbien akzeptierte die meisten Forderungen des Ultimatums, aber nicht alle.

Österreich-Ungarn erklärte daraufhin am 28. Juli 1914 Serbien den Krieg.

Russland, als Verbündeter Serbiens, begann am 30. Juli 1914 mit der Generalmobilmachung um Serbien zu unterstützen, was die Spannung weiter verschärfte.

Deutschland stellte daraufhin Russland ein Ultimatum, die Mobilmachung einzustellen, und Frankreich ein Ultimatum, neutral zu bleiben.

Beide Ultimaten wurden abgelehnt.

Deutschland verbündet mit Österreich-Ungarn erklärte Russland am 1. August 1914 den Krieg.

Frankreich verbündet mit Russland mobilisierte seine Truppen und wurde von Deutschland am 3. August 1914 der Krieg erklärt.

Deutschland marschierte am 4. August in das neutrale Belgien ein, um einen schnellen Sieg gegen Frankreich zu erzielen (Schlieffen-Plan). Dies führte dazu, dass Großbritannien Deutschland den Krieg erklärte, um die belgische Neutralität zu verteidigen.

So führte das Attentat auf Erzherzog Franz Ferdinand, die Julikrise schließlich zum unmittelbaren Kriegsausbruch.

Die tieferen Ursachen des Krieges aber lagen in den lange bestehenden Spannungen und Rivalitäten zwischen den europäischen Großmächten, den komplexen Allianzen und den militärischen Aufrüstungen.

Die Verkettung dieser Ereignisse und die Kettenreaktionen von Kriegserklärungen führten direkt zum Ausbruch des Ersten Weltkrieges.

Rund 70 Millionen Soldaten waren im Laufe des Ersten Weltkrieges im Einsatz.

Es war der erste Krieg, bei dem so gigantisch große Armeen gegeneinander kämpften.

Fast die ganze Welt war vom Krieg betroffen, deshalb heißt der Krieg auch der *„Weltkrieg"*.

Zum ersten Mal kämpften die Soldaten mit modernen Waffen wie Maschinengewehre, Giftgas und Fliegerbomben, die großen Schaden anrichteten und dadurch die vielen Menschen ums Leben kamen.

Wie lange noch?

(Verfasser Unbekannt)

Wie lange noch das grause Schießen ?
Wie lange noch das Blutvergießen ?
Wie lange noch von Weib und Kind ?
Bis alle hingemordet sind ??

Wie lange noch, o Gott im Himmel,
Wie lange noch dies Schlachtgetümmel?
Wie lange noch - Dir sei's geklagt -
Bis Deutschlands Sieges-Morgen tagt ?

„Nur wie bei Ypern losgeschlagen !!"
(So hör' ich unsern Herrgott sagen)
„Dann habt Ihr, Ich gesteh's Euch zu,
Gar bald für alle Zeiten Ruh !!" -

1917

1. Am 28. Juni 1914 besuchte der österreichische Thronfolger Erzherzog Franz-Ferdinand und Sophie Herzogin von Hohenberg die bosnische Stadt Sarajewo.

Die Stadt und Bosnien waren damals unter österreichischer-ungarischer Herrschaft, nach der Annexion von 1908. Diese Annexion wurde von vielen in Bosnien und Serbien als Besatzungsherrschaft empfunden.

Alle wussten, wie unruhig der Balkan war.

Aber alle überhörten die Warnungen. Der Kronprinz Franz Ferdinand, seine Entourage, seine Sicherheitskräfte.

Alle wussten, dass Serbien immer unverhohlener Ansprüche auf österreichisch-ungarisches Gebiet erhob. Und dass es serbische Untergruppen gab, die bereit waren, auch mit den Mitteln des Terrors um die Unabhängigkeit eines großserbischen Reiches zu kämpfen.

Am 26. und 27. Juni 1914 nahm Erzherzog Franz Ferdinand als designierter Generalinspekteur der *„Gesamt bewaffneten Macht"* an dem Manöver des XV. und XVI. Korps in Bosnien teil.

Bosnien gehörte erst seit Kurzem zur Donaumonarchie.

Ausgerechnet am Sankt-Veits-Tag, dem Jahrestag der legendären Schlacht gegen die Türken auf dem Amselfeld, dem wichtigsten Gedenktag der serbischen Nationalisten.

Das Protokoll verlangte den Besuch in der Landeshauptstadt am 28. Juli 1914.

Es gab bereits zu diesem Zeitpunkt zahlreiche Warnungen vor möglichen Attentatsplanungen.

Erzherzog Franz Ferdinand reagierte äußerst unbeeindruckt gegenüber diesen Warnungen und meinte: „Unter einen Glassturz lasse ich mich nicht stellen. In Lebensgefahr sind wir immer. Man muss nur auf Gott vertrauen."

Es war ein herrlicher Tag, wo der Erzherzog Franz Ferdinand, der designierte Kaiser von Österreich und König von Ungarn, mit seiner Frau Sophie Sarajewo besuchten.

Von dem strahlend blauen Himmel, an dem nicht ein einziges Wölkchen zu entdecken war, brannten die heißen Strahlen der Sonne auf die Stadt hernieder.

Von den glühenden Sonnenstrahlen angeheizt flimmerte die sommerliche Luft über den staubigen Straßen und Gassen.

Franz Ferdinand und Sophie kamen an diesem Tag in Sarajewo an und nahmen, wie vorgesehen an einer Parade durch die Stadt teil.

Die Kolonne fuhr auf einer Route, die in der Presse bekannt gemacht wurde.

Der Thronfolger saß mit seiner Frau in einem Auto, da es das Wetter zuließ mit einem offenen Verdeck

Es wurde von einer Eskorte begleitet.

Das Auto ein sechssitziger Doppel-Phaeton der Marke Graf von Stift, das ihm sein Adjutant und Freund, der böhmische Adlige Franz Graf von Harrah, zur Verfügung gestellt hatte.

Bereits am Morgen wurde ein Bombenanschlag auf den Autokonvoi des Herzogs verübt.

Mehrere Mitglieder der nationalistischen Gruppe *„Schwarze Hand"* waren angereist, darunter Gavrilo Princip, Nedeljko Čabrinović und Trifko Grabež.

Da die Route des Konvois im Voraus bekannt war, war es für die Attentäter ein Leichtes, sich entlang der geplanten Route des Konvois an verschiedenen Stellen zu positionieren.

Nedeljko Čabrinović stand an einer Stelle auf der Appel-Quai, eine Hauptstraße entlang des Flusses Miljacka.

Als der offene Wagen mit Franz Ferdinand und seiner Frau Sophie sich seiner Position näherte, zog Čabrinović eine Handgranate hervor.

Diese Granate hatte einen Verzögerungszünder von etwa 10 Sekunden.

Čabrinović war der Erste, der einen Anschlag versuchte. Er warf die Handgranate in Richtung des Thronfolgers.

Franz Ferdinand bemerkte jedoch rechtzeitig die heranfliegende Granate, hielt seine Hand hoch, um seine Frau zu schützen.

Der Chauffeur beschleunigte geistesgegenwärtig und die Granate landete auf dem offenen Verdeck des Wagens.

Diese rollte vom offenen Verdeck auf die Straße und explodierte unter dem nachfolgenden Fahrzeug im Konvoi.

Die Explosion verletzte zwei Insassen des nachfolgenden Autos sowie mehrere Zuschauer auf der Straße.

Unter den Verletzten befanden sich Oberstleutnant Erik Edler von Merizzi und der Flügeladjutant von Feldzeugmeister Oskar Potiorek, dem Landeschef von Bosnien-Herzegowina.

Die Ziele des Attentäters Franz Ferdinand und Sophie blieben unverletzt.

Bild 1: Thronfolger Franz Ferdinand und seine Gattin Sophie wenige Augenblicke vor dem tödlichen Attentat im offenen Wagen.

Čabrinović versuchte nach dem Wurf der Granate, sich durch das Schlucken einer Zyankalikapsel und den Sprung in den Miljacka-Fluss das Leben zu nehmen.

Die Kapsel war nicht tödlich und der Fluss war seicht, sodass er schnell von der Polizei gefasst und verhaftet wurde.

Dieser erste gescheiterte Anschlag zeigte sowohl die Entschlossenheit als auch die Planungsmängel der Attentäter.

Danach fuhren Franz Ferdinand und Sophie, trotz dieses Anschlages im offenen Wagen weiter und absolvierten ihren Besuch im Rathaus.

Offensichtlich nahmen weder der Thronfolger und seine Frau noch die Eskorte die Gefahr ernst.

Das Ereignis führte dennoch dazu, dass der Konvoi später seine Route änderte, was letztendlich Gavrilo Princip die Gelegenheit gab, das tödliche zweite Attentat auszuführen.

Franz Ferdinand hatte sich spontan dazu entschieden die Route zu ändern, um die im Krankenhaus untergebrachten Verletzten zu besuchen.

Nach dem im Rathaus, allerdings abgekürzten Besuch, ordnete Franz Ferdinand lediglich an eine andere Route zu nehmen, um die im Krankenhaus untergebrachten Verletzten zu besuchen.

Die Order von der kurzfristig geänderten Route kam aber nicht beim ersten Fahrer der Kolonne an, was zu Verwirrungen und einem verhängnisvollen Missverständnis führte.

Auf der Höhe der Lateinbrücke nahm der Fahrer des ersten Fahrzeuges des Konvois eine falsche Abzweigung und bog nach rechts in eine Seitenstraße, die Franz-Joseph-Straße ein.

Gerade aus dem Appel Quai zum Krankenhaus hätte er folgen müssen.

Der im erzherzoglichen Auto den Hoheiten gegenüber sitzenden Landeskommandierende sagte: „Das ist ja falsch, wir sollten geradeaus fahren".

Auch der nachkommende Wagen des Thronfolgers bog nach rechts ab, bevor die Kolonne zum Anhalten gebracht werden konnte.

Das Auto mit den Hoheiten hielt direkt vor dem Delikatessengeschäft Schiller, um nach dem Wenden die vorgesehene Route wiederaufzunehmen.

Gavrilo Princip stand zu diesem Zeitpunkt zufällig genau an jener Straßenecke in der Nähe des Delikatessengeschäftes, als das Auto anhielt. Er hatte den ersten gescheiterten Anschlag miterlebt und wartete noch immer auf eine neue Gelegenheit.

Bild 2: Die Festnahme des Attentäters Gavrilo Princip (mit einem X gekennzeichnet), der den österreichischen Thronfolger Franz Ferdinand und seine Sophie erschossen hat.

Princip erkannte sofort die günstige Gelegenheit. Er zog seine Pistole, ein FN-Model 1910 und feuerte zwei Schüsse, aus einer Distanz von rund 2,5 m von der rechten Seite her auf die Hoheiten im Auto ab.

Es war wenige Minuten nach 11 Uhr.

Der erste Schuß des Attentäters galt dem Landeschef von Bosnien und Herzegowina, Feldzeugmeister Oskar Potiorek, den er jedoch verfehlte.

Die Kugel durchschlug das Seitenverdeck des Wagens und traf die Herzogin Sophie in den Unterleib.

Erst der zweite Schuss traf den Thronfolger Franz Ferdinand an der Halsschlagader.

So kam es zu dem zweiten, tödlichen Anschlag.

Franz Ferdinand sagte noch zu seiner sterbenden Frau: „Sopherl, Sopherl, stirb nicht, bleib am Leben für unsere Kinder!" bevor er das Bewusstsein verlor.

Die tödlich Verletzten wurden nach dem Attentat mit dem Auto schnell in die Residenz des Landeschefs von Bosnien und Herzegowina, dem Konak von Sarajewo gebracht.

Sophie von Hohenberg verblutete noch im Wagen auf dem Weg zum Gouverneurssitz.

Man trug die beiden leblosen Körper in das Gebäude und bettete den Thronfolger auf ein Chaiselongue.

Mehrere Ärzte bemühten sich um ihn, wobei es notwendig war, seine Uniform aufzuschneiden.

Von der ärztlichen Seite konnte nur noch der eingetretene Tod bei beiden festgestellt werden.

Princip versuchte nicht zu fliehen und wurde sofort von der Polizei und anwesenden Bürgern überwältigt und festgenommen. Auch er hatte eine Zyankapsel bei sich, die jedoch ebenfalls nicht wirkte.

Andere Mitglieder der Verschwörung wurden ebenfalls bald darauf festgenommen.

2. Extra-Ausgabe.

Bosnische Post

Organ für Politik und Volkswirtschaft.

Erscheint täglich nachmittags ausser an Sonn- und Feiertagen.

| Nr. 145. | Sarajevo, Sonntag den 28. Juni 1914. | XXXI. Jahrgang. |

Das erste Attentat.

Oberstleutnant Merizzi und mehrere Passanten verwundet. Der Täter verhaftet.

Auf der Fahrt des Tehonfolgers Franz Ferdinand un seiner Gemahlin Herzogin Hohenberg von der Polparov auf den Throsfolgers zwei ruchlose Bombeattentate verübt. Als der Erzherzog um 10 Uhr 15 Minuten die Präparandie am Kai, wo er anhalten liess verlassen wollten, sch eine Bombe gegen ... Erzherzog seine Gemahlin und der Landeschef nannen. ... jedoch vom dem rückwärtigen Teil des Autos auf die sie fiel zurück und plötzle an der Seite ... befanden. Der ... Rumerskirch, Hofdame Gräfin Lanjus und Flügeladjutant Oberstleutnant von Merizzi ... Löffler gebracht der ihm zerste Hilfe leistete. ... wo er zeigit das Attentat verübt zu haben. ... sowie einigen Passenten und Polizisten.

Das zweite Attentat.

Eine Bombe und Revolverschüsse gegen den Erzherzog und die Herzogin. Der Herzog in den Kopf und das Bein getroffen, die Herzogin durch einen Herzschuss getötet.

Als der Erzherzog vom Rathause zurückkehrte um sich des Museum zu begeben und der Automobilzug gerade in die Franz Josefsgasse einbiegen wollte, wurde gegen das Automobil des Erzherzogs ein zweiter Attentat verübt. Ein unter den Zuschauern sich befindliches Individuum, ein gewisser Priz aus Grahovo schleuderte gegen das Automobil eine Bombe, die aber nicht explodierte. Der

Attentäter zog sofort einen Revolver und feuerte auf den Erzherzog und die Herzogin zwei Schüsse ab. Dem Erzherzog flel die Kappe vom Haupte und ein rasch geschleuderten Antlitz sank er in den Wagen zurück. Die Herzogin, von der man esoch nicht wusste, ob sie ebenfalls verletzt sei, stützte ihn. Das Automobil schwenkte sofort und fuhr über die Lateinerbrücke in den Konak.

Des Publikums hatte sich sine ungeheure Panik bemächtigt, alles stürzte wild schreiend und jammernd durcheinander. Die Nächststehenden stürzten sich auf den Attentäter. Offiziere, Polizisten, Gendarmen und Publikum ergriffen den Mörder und schlugen mit blanken Waffen, Stöcken und Fäusten auf ihn los, so dass er bald zusammenbrach.

Die letzten Augenblicke des hohen Paares.

Auf der Fahrt in den Konak und in diesem selbst gewährte man erst, dass die Verletzungen des Erzherzogs und seiner Gemahlin schwer sind. Die beiden Verletzten wurden sofort in den Konak hinaufgebracht und dort ge- bartet. Inzwischen traf auch schon der von Konak aus berufene Provinzial des Jesuitenkonordens Fra Loreto Mihadović, um den hohen Verletzten mit den Sterbesakramenten zu versehen. Kurz nachdem sie die letzte Oelung erhalten hatten, starb Erzherzog Franz Ferdinand und einige Minuten später Herzogin von Hohenberg. Erzherzog Franz Ferdinand war durch die Schüsse in den Kopf und ins Bein getroffen worden. Die Herzogin wurde ins Herz getroffen.

Chefredakteur J. Sieinhardt. — Für die Redaktion verantwortlich Eduard Piroboka. — Druck und Verlag der nbosnischen Post, Sarajevo.

Bild 3: Extraausgabe der Bosnischen Post zu den Attentaten in Sarajevo auf Franz Ferdinand und seiner Frau (28. Juni 1914).

Die Nachricht vom Tod des Thronfolgers und seiner Frau schlug in Wien wie eine Bombe ein.

Der Anschlag spielte all jenen Kräften in Wien in die Hände, die schon lange ein Exempel statuieren wollten und für einen Präventivkrieg auf dem Balkan plädierten.

Nach dem Anschlag hegte die österreichische-ungarische Führung unter Kaiser Franz Josef den Verdacht, der serbische Staat stecke hinter dem Mord.

Die Ermordung des Thronfolgers der mächtigen und einflussreichen Donaumonarchie stellte in jedem Fall eine schwere Provokation dar.

Genau einen Monat nach dem Attentat erklärte Österreich-Ungarn am 28. Juli 1914 Serbien den Krieg. Dabei hatte es die volle Unterstützung des deutschen Kaisers Wilhelm II.

Die beiden Mittelmächte hielten zusammen.

Auf der Seite Serbiens aber stand der russische Zar Nikolaus. Auch seine Truppen machten sich bereit für den Kampf.

Die Französische Republik wiederum war mit Russland verbündet - das Bündnis, zu dem auch Großbritannien gehörte, nannte sich Entente - und machte sich ebenfalls bereit.

Am 1. August 1914 erklärte das Deutsche Reich Russland den Krieg, ließ das deutsche Heer mobilmachen und stellte gleichzeitig Frankreich ein unannehmbares Ultimatum.

Als Frankreich ausweichend antwortete und stattdessen selbst mit der Mobilmachung begann, erklärte Deutschland am 3. August den Franzosen den Krieg.

2.

Eine Welle nationaler Begeisterung, ein regelrechtes Glücksgefühl erfasste viele Menschen in Deutschland bei Kriegsbeginn im August 1914.

Das sogenannte *„August-Erlebnis"*.

Es wehten Fahnen, es wurden Gottesdienste gefeiert und Gottes Beistand für diesen Waffengang erbeten.

Die Menschen versammelten sich auf den Straßen, sie jubelten ihren Soldaten zu, und die Soldaten fuhren lachend und winkend in Bahnwaggons, auf die sie mit Kreide geschrieben hatten wie *„Auf zum Preisschießen nach Paris!"* Richtung Front.

Die Menschen in Deutschland sahen den Krieg als gerecht an, als einen Verteidigungskrieg. Obwohl Deutschland nicht angegriffen worden war.

Und das nicht nur in Deutschland.

Einen Verteidigungskrieg zu führen, war in allen Staaten in diesem Krieg die verbreitete Meinung.

Die Begeisterung in Deutschland wurde dadurch beflügelt, dass die Bevölkerung, die militärische und politische Führung von einem schnellen Sieg innerhalb weniger Monate ausgingen.

Bild 4: Die Verkündung der Mobilmachung löste eine regelrechte Kriegseuphorie im Deutschen Reich aus (August 1914).

Die Überzeugung, den Kriegsgegner überlegen zu sein, war weit verbreitet und wurde seit Jahren genährt vom überschäumenden

Nationalismus, vom Militarismus, von der rasanten Aufrüstung und vom Aufbau der Kriegsmarine.

Hinzu kam, dass kaum jemand ein realistisches Bild von einem Krieg hatte.

Der vorangegangene Krieg von 1870/71 gegen Frankreich war recht schnell gewonnen worden.

Seither hatte sich die Waffentechnologie rasant entwickelt und auch die Größe der Heere.

Nicht einmal die Militärs ahnten, was auf die Soldaten zukommen würde. Diese Unwissenheit und die damit verbundene unrealistische Sicht der Lage trug zur Begeisterung bei.

Die Kriegsbegeisterung war allerdings nicht überall gleich ausgeprägt. Es gab einen deutlichen Unterschied zwischen Stadt und Land.

Auf dem Land war die Begeisterung weit geringer. Denn dort lebten die Menschen von der Landwirtschaft, und ein Kriegsbeginn im August bedeutete eine direkte Bedrohung der Ernte, da viele Männer gleich zur Armee eingezogen wurden.

Insgesamt zwei Millionen Männer mussten für Deutschland schon zu Beginn in den Krieg ziehen.

Der Krieg entwickelte sich schnell zu einem globalen Konflikt.

Die Militärs des Deutschen Reiches hatten schon seit Jahren damit gerechnet, dass ein Krieg in Europa für sie ein Zwei-Fronten-Krieg werden würde.

Gegen Frankreich im Westen und gegen Russland im Osten.

Sie hatten dafür den Schlieffen-Plan entwickelt, benannt nach Alfred Graf von Schlieffen, Chef des Generalstabes der Armee bis 1905.

Dieser Plan ging davon aus, dass die russischen Truppen länger brauchen würden als die Deutschen, um kampfbereit zu sein.

Eben auf dieser angenommenen Verzögerung auf russischer Seite basierte die, der Annahme der Deutschen, dass ein schneller und entschlossener Angriff gegen Frankreich notwendig sei, um dieses Land zu überrennen.

Er wurde als ein Blitzkrieg gegen Frankreich geplant, wenn dieser Begriff damals auch noch nicht verwendet wurde.

Dazu sollten die deutschen Truppen über Belgien nach Nordfrankreich eindringen und die französische Armee in einem schnellen Bewegungskrieg von hinten umfassen und vernichten.

Dann sollten die in Frankreich siegreichen Truppen schnell nach Russland gebracht werden und dort abermals siegen.

Das Ziel bestand darin, einen Zweifrontenkrieg zu vermeiden.

Die gesamte Operation sollte innerhalb von sechs Wochen abgeschlossen sein.

In der Realität ging der Plan aber nicht auf und es entstand ein Stellungskrieg in Frankreich und Belgien.

Der unerwartete starke Widerstand der belgischen Armee und die Zerstörung von Eisenbahnlinien verzögerten den deutschen Vormarsch erheblich.

Nach dem deutschen Einmarsch in Belgien und Frankreich gemäß dem Schlieffen-Plan drang die deutsche Armee schnell vor und bedrohte Paris.

Die Alliierten vor allem die französischen Streitkräfte unter General Joseph Joffre und das britische Expeditionskorps unter Sir John French, zogen sich zunächst zurück.

Die deutschen Truppen unter dem Kommando von Generaloberst Helmuth von Moltke rückte weiter vor, aber die schnellen Fortschritte führten zu einer Ausdünnung der Linie und logistischen Problemen.

Die französische und britische Armee nutzte die Gelegenheit, um einen Gegenangriff zu planen.

Am 6. September 1914 starteten die Alliierten ihren Gegenangriff. Die französische sechste Armee unter General Michel-Joseph Maunoury griff die rechte Flanke der deutschen Armee an.

Ein entscheidender Moment war der Einsatz von Pariser Taxis (die sogenannte *„Taxi de la Marne"*), die Soldaten schnell an die Front brachten.

Schlieffen Plan

Strategischer Plan des Deutschen Reiches zu Beginn des 20. Jahrhunderts, der im Falle eines Krieges gegen Frankreich und Russland angewendet werden sollte.

1. Schneller Angriff auf Frankreich

Der Plan sah vor, Frankreich schnell zu besiegen, bevor Russland seine Truppen vollständig mobilisieren konnte. Dies sollte durch einen schnellen Vorstoß durch Belgien und Luxemburg geschehen, um die französische Verteidigung zu umgehen.

2. Einhaltung der Neutralität der Niederlande

Die deutschen Truppen sollten Belgien durchqueren, aber die Niederlande möglichst meiden, um deren Neutralität nicht zu verletzen und den britischen Eintritt in den Krieg zu provozieren.

3. Umfassende Einkreisung

Die Hauptkräfte sollten nördlich durch Belgien und dann südwestlich nach Frankreich marschieren, um Paris von Norden her zu umfassen. Das Ziel war, die französischen Streitkräfte einzukesseln und sie in einer großen Schlacht zu vernichten.

4. Verteidigung gegen Russland

Während der Großteil der deutschen Armee in Frankreich kämpfte, sollte eine kleinere Truppe im Osten gegen Russland defensiv stehen und deren Vormarsch verzögern.

5. Schnelles Vorgehen

Der Plan basierte auf der Annahme, dass ein schneller und entschlossener Angriff notwendig war, um einen Zweifrontenkrieg zu vermeiden. Die gesamte Operation sollte innerhalb von sechs Wochen abgeschlossen sein.

Bild 5: Inhalt des Schlieffen Planes.

Die Alliierten griffen entlang eines breiten Frontabschnittes an. Der britische General Sir John French und die französischen

Generäle Ferdinand Foch und Franchet d'Espèrey spielten dabei wichtige Rollen.

Denn die deutschen Truppen wurden im Westen von massiven Gegenoffensiven gestoppt und verloren die *„Schlacht an der Marne"* im September 1914.

Die deutsche Armee war gezwungen, sich zurückzuziehen, als sie realisierten, dass an mehreren Stellen ihre Linien durchbrochen worden waren.

Was zur Stabilisierung der Front führte.

Die Deutschen zogen sich über die Marne zurück.

Nach dem Scheitern der anfänglichen Offensive begannen beide Seiten sich einzugraben und Verteidigungsstellungen zu errichten, um sich vor feindlichen Artilleriefeuer und Angriffen zu schützen.

Der Einmarsch in Belgien führte dazu, dass Großbritannien Deutschland den Krieg erklärte.

Russland mobilisierte seine Truppen schneller als erwartet, was dazu führte, dass Deutschland Truppen von der Westfront abziehen musste, um die Ostfront zu verstärken.

Auch wenn der ursprüngliche Plan gescheitert war.

Das Deutsche Reich hatte bis Oktober 1914 im Westen, Belgien und Luxemburg besetzt und waren nach Nordfrankreich eingedrungen.

In Elsass und in Lothringen - beide damals Teile des Deutschen Reiches - hatten die deutschen Truppen den französischen Vormarsch gestoppt.

Nun begann die Front im Westen zu erstarren.

Deutschland wurde in einen langen und zermürbenden Zweifrontenkrieg hinein gezogen.

So war bis Jahresende 1914 - zu dem man in Deutschland schon lange den Sieg hatt feiern wollen - eine für Deutschland schwierige Situation entstanden.

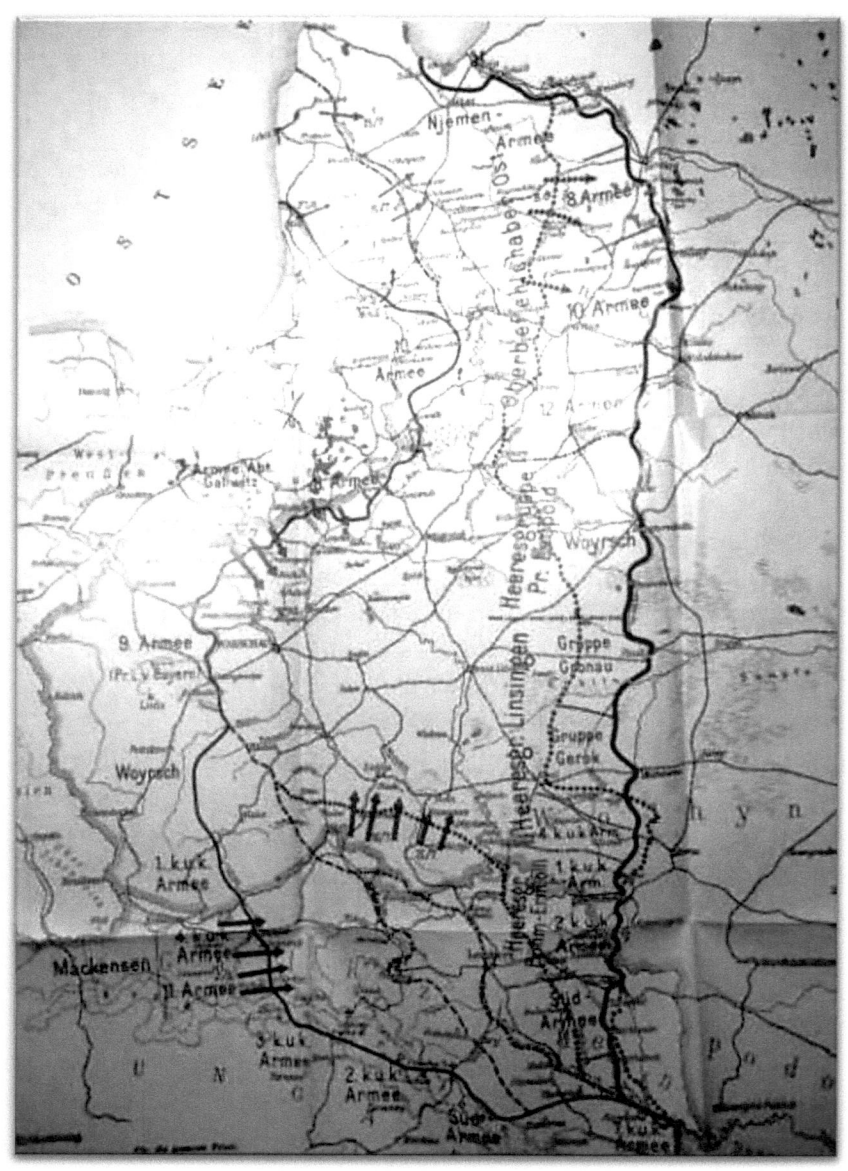

Bild 6: Angriff im Osten (1915).

Wenn auch die Truppen der Mittelmächte tief in den Ländern des Gegners standen, so war die Lage der Entente auf längere Sicht günstiger.

Die britische Marine blockierte deutsche Häfen, während deutsche U-Boote Handels- und Passagierschiffe angriffen.

Nach dem Debakel der Marne-Schlacht mit dem gescheiterten Vorstoß nach Paris und dem Rückzug hinter die Aisne standen sich die gegnerischen Heere an der Westfront gegenüber.

Der Stellungskrieg in Frankreich, oft auch als „Grabenkrieg" bezeichnet, war eine prägende Phase des Ersten Weltkrieges, die sich hauptsächlich an der Westfront abspielte.

Dieser Krieg führte zu einem nahezu statistischen Frontverlauf, bei dem beide Seiten in Schützengräben kämpften und es kaum zu Geländegewinnen kam.

3.

Am Abend marschierten Soldaten mit einer glühenden Begeisterung im Herzen und der *„schönen neuen Felduniform"* auf dem Leibe unter dem Jubel der Bevölkerung von der Kaserne zum Bahnhof.

Ein herrlicher Sommertag.

Heiß brannten die Strahlen der Sonne vom azurblauen Himmel. Im grünen Blätterwald der Bäume, die auf dem Bahnhofsvorplatz standen, zwitscherten die Vögel ihr lustiges Lied.

Nichts erinnerte hier an die Schrecken des Krieges, die auf dem westlichen Kriegsschauplatz, den neuen Rekruten erwarteten.

Die Bedeutung des Abschiedes von der Heimat und den nächsten Angehörigen wurde von vielen im Taumel der allgemeinen patriotischen Begeisterung nur dunkel wahrgenommen.

Die meisten atmeten erleichtert auf, als den rührenden Abschied Szenen ein Ende bereitet wurde.

Jäh wurde der fröhliche Gesang der Bundgefiederten, durch den schrillen Pfiff einer Lokomotive unterbrochen.

Der Transportleiter des Sonderzuges hatte das Signal zum Einsteigen geben lassen.

Jetzt wurde es ernst.

Gedrängt standen die Soldaten auf dem Bahnsteig, hielten ihre Frauen oder Mütter am Arm, die Kinder an der Hand.

Eine letzte Umarmung, ein zarter Kuss.

Über manche blasse Frauenwange rollten Tränen.

Ob er wiederkommt?

Sollten wir sein liebes Gesicht heute zum letzten Mal gesehen haben?

Was dann?

Was hat uns dann der Krieg genutzt?

All diese Fragen beschäftigten die Zurückbleibenden.

Aus den Fenstern der zahlreichen Personenwaggons, die entlang des Bahnsteiges auf den Gleisen standen, schauten Soldaten mit Taschentüchern winkend heraus. Andere nutzten die Taschentücher, um verstohlen eine Träne aus dem Augenwinkel zu wischen oder die Nase zu schnäuzen.

Zahlreich waren sie gekommen, die Eltern, Geschwister, Ehefrauen, Kinder und auch die Geliebte um Abschied zu nehmen, denn die Männer fuhren einer ungewissen Zukunft entgegen.

Ja, es ging einer ungewissen Zukunft entgegen.

Mit einem grellen Pfiff, der über den Bahnsteig hallte, setzte sich die Lokomotive des Zuges fauchend und ächzend in Bewegung. Für einen Moment drehten sich die großen gusseisernen Speichenräder der Lok durch.

Blitzschnell bewegten sich die glänzenden Kolbenstangen zischend hin und her.

Langsam kam Bewegung in die lange Wagenreihe und der Zug fuhr langsam unter den Klängen einer Militärkapelle aus der Bahnhofshalle hinaus.

Viele von denen, die dem Zug hinterher winkten, rollte Träne um Träne die blassen Wangen hinunter.

Was hieß in dieser Zeit schon Abschied?

Allzu oft konnte man solche Szenen sehen.

Überall nahmen Menschen voneinander Abschied, viele für immer.

Der Zug war schon lange nicht mehr zu sehen. Aber noch immer standen die Menschen auf dem Bahnsteig. Es dauerte noch geraume Zeit, ehe die Ersten sich langsam in Bewegung setzten.

Langsam, unendlich langsam setzten sie Fuß vor Fuß.

Traurig schritten sie in den grauen Kriegsalltag hinein, der keine Herzensregung achtete.

Schneller und schneller wurde der Zug und das ratternde Geräusch der Räder verschluckte die durch die Luft schwirrenden Gesprächsfetzen der Soldaten in den Abteils.

Bild 7: Eisenbahntransportmarsch an die Westfront.

Fort gings, einem noch unbekannten Ziel entgegen.

Die Fahrt durch Westdeutschland, insbesondere das Rheinland, glich einen Triumphzug, und mit offenen Herzen und Händen nahmen die Soldaten überall, unterwegs das begeisterte Tücher schwenken der rheinischen Mädels, die unzähligen

Blumensträuße und allzu gut gemeinte Berge von Butterstullen entgegen, als Vorschusslorbeeren auf die Heldentaten, die sie erst verrichten sollten.

Ausgedehnte Kiefernwälder, dichte Laubwaldungen, meilenweite Wiesen und riesige Kornfelder zogen am Abteilfenster vorbei.

Rasch ging es auf die Grenze zu.

Einen etwas deutlicheren Begriff von dem Ernst der Situation bekamen die Soldaten nach dem Passieren der Grenze beim Durchfahren der ersten belgischen Stadt mit ihren verkohlten Trümmern.

Die fast dreitägige Fahrt zur Kampffront erfuhr noch eine erwünschte kurze Unterbrechung.

In der Stadt, wo sie hielten, durfte mit scharfgeladenen Gewehr ein paar Stunden gebummelt werden.

Dieser Spaziergang vermittelte neue und interessante Eindrücke.

Mit der Weiterfahrt war nachts, bald das dumpfe Dröhnen der Artillerie von der Front her zu hören.

Sie bemerkten nun bereits, dass sie durch Feindesland fuhren.

Niemand winkte ihnen noch zu, die Leute standen stumm und unbeweglich in den Dörfern und Städten und musterten den Zug, feindselig.

Einmal erblickten sie sogar die missliche Bewegung des Halsabschneidens.

Alle waren erbittert, einige griffen bereits zum Gewehr.

Doch schnell war der Zug vorüber, und die Gemüter beruhigten sich wieder.

Der kleine Vorfall zeigte jedoch den ganzen Ernst der Lage.

Sie waren jetzt mitten im Feindesland.

Die Bewohner stumm und in eisiger Abwehr.

Auf vielen Gesichtern malte sich ein Zug der inneren Spannung und Erwartung, der in merkwürdigem Gegensatz zu den prahlerischen Aufschriften an den Waggonwänden und den begeisterten Soldatenliedern stand.

Auf der bisherigen Fahrt ertönten von Zeit zu Zeit in den Abteils lautstark einige dieser Lieder.

Wenn der Zug einmal hielt, wohl um die Lokomotive zu wechseln, kamen die Einwohner meistens Kinder und junge Mädchen und boten Lebensmittel zum Verkauf an.

Weiter ging es dem nahen Ziele zu.

Am nächsten Tag kam der Zug am frühen Morgen, für die Soldaten ermüdender Bahnfahrt, auf dem Zielbahnhof an.

Endlich das Kommando: „Aussteigen!"

Welche Erholung nach der langen Fahrt.

Auf einem großen Sammelplatz wurde der ganze Ersatz zusammengestellt.

Weit über 4.000 Männer.

In einem großen Viereck standen die Mannschaften, harrten der weiteren Dinge.

Dann eine kurze Ansprache über Sinn und Zweck der weiteren Verwendung.

Wer zu einem bestimmten Truppenteil wollte, konnte dies noch äußern.

Nach kurzer Rast ging es weiter dem endgültigen Bestimmungsort zu.

Hier waren bereits tiefere Spuren des Kampfes zu sehen.

Kurze Kommandos, Sammeln, Antreten, und weiter ging es.

Als das Kommando „Laden und Sichern!" kam, die Kanonen wesentlich näher wummerten, Flieger über die Stadt kreisten, Artillerie Batterien vorbei rollten und die Soldaten Mühe hatten, mit steif gewordenen Beinen durch das Gewirr der herunterhängenden Telefonleitungen stolperten, Anschluss nach vorn zu halten, da wurde es merklich stiller in der Kolonne.

Noch eine mehrstündige Rast auf dem Platz vor dem Rathaus war den Soldaten vergönnt.

Ein Heerlager aller Truppengattungen auf Plätzen und Straßen der Stadt.

Dazwischen dampfende Feldküchen, die ein Duftgemisch frischer Farbe und *„Untereinander Kochen"* ausstrahlten.

Erste Berührungen mit den verängstigten, scheuen Einwohnern, die sich bemühten, gegen Bezahlung mit deutschem Geld oder für die eingewechselten durchlochten belgischen Centime das herbeizuschaffen, was die Soldaten teils durch Gebärden, teils mit ihrem z. Z. mangelhaften Schulfranzösisch wünschten.

All mählich gewöhnte man sich an diesen Betrieb.

Von ortskundigen Artilleristen der schweren Munitionskolonne bekamen die Neulinge nun den ersten Bericht über die vor einer Woche stattgefundenen Kämpfe.

Sie hörten die gruseligen Geschichten von den in hinterlistiger Weise abgemurksten deutschen Soldaten und den standrechtlich erschossenen Belgiern.

Sie schauten sich die verkohlten Reste einiger in Brand geratener Häuser an und vernahmen mit Schaudern und Grimm von dem zum Stillstand gekommenen Vormarsch und den zahlreichen Kämpfen in vorderster Linie, wo sich Freund und Feind seit einigen Tagen auf ganz kurze Entfernungen in Erdlöchern und Schützengräben gegenüberliegend Tag und Nacht gegenseitig beschießen sollten.

Es war ein beklemmendes Gefühl.

Gegen Mittag ging es weiter.

In der ersten Stadt, die durchquert wurde, mussten zuvor heftige Straßenkämpfe stattgefunden haben.

Weiße, von Kugellöchern und Splittereinschlägen verunstaltete Gebäude prägten das Stadtbild. Durch die leeren, schwarzen Fensterhöhlen der zerschossenen und ausgebrannten Häuser pfiff der Wind. Im Inneren waren die Reste von Einrichtungsgegenständen zu sehen.

Wohin man schaute nüchterne graue Häuser, traurig alles, was dahinter war.

Und in den Vororten sah es noch schlimmer aus. Unbefestigte Straßen, Schlagloch an Schlagloch, Trümmer. Flache umgefallene Lattenzäune und zerzauste Bäume säumten hier und dort die staubigen Wege.

Aus den Fenstern und Dächern der stehen gebliebenen Häusern ragten Stangen mit weißen Lappen.

Bild 8: Durch Artilleriebeschuss zerstörte Häuser.

Froh, den Brandgeruch der Stadt hinter sich gelassen zu haben, stampfte die Kolonne in der noch warmen Mittagssonne mit schwerem Gepäck gen Westen.

Manche Bewohner hatten auch seine friedliche Gesinnung durch Kreideaufschriften an den Türen wie z. B. „nicht schießen", „gute Leute, bitte schonen" und dergleichen den deutschen Truppen zu erkennen gegeben.

Bald begann sich die straffe Marschordnung mehr oder weniger zu lockern.

Hier, bald dort *„baute einer ab"*.

Rechts und links hockten im Straßengraben die Fußkranken und hantierten mit Fußlappen und Strümpfen an ihren Füßen. Erst ein verdächtiges Brennen der Fußsohlen, dann wunde und schmerzende Füße.

Je näher das Marschziel kam, umso kriegerischer wurde die Szenerie.

Die Straßen waren belebt von marschierender Infanterie, vorbeirasselnden Munitionskolonnen, Sanitätswagen, Autos, Verwundeten Trupps, Feldküchen, Meldereiter, Marketenderwagen und dem ganzen sonstigen Tross an Bagagefuhrwerken, der zu einer Division gehörte.

Hinter Hecken gegen Sicht geschützt, beschossen Fliegerabwehrkanonen feindliche Flugzeuge.

Mit hellem Päng-päng krepierten Schrappnells bepflasterten den blauen Himmel mit weißen Watteflöckchen.

Es fiel auf, dass in der Ortschaft dem Kirchturm die Spitze fehlte.

Einige *„alte Leute"* erzählten, dass die Pioniere ihn abmontiert hätten, damit die feindliche Artillerie ihn nicht wieder wie vor einigen Tagen mit weittragenden Geschützen beschießen sollte.

Auch von stattgefunden Fliegerbombenangriffen wurde berichtet, und als am Spätnachmittag die deutsche Flakbatterie einen feindlichen Flieger über dem Dorf beschossen, drückten sich die Soldaten mit gemischten Gefühlen an die Häuserwände.

Nach wiederholten Herumstehen in verschiedenen Straßen des Ortes wurde eine erhöht gelegene Brauerei als vorläufiges Quartier zugewiesen.

Da die Kompanie erst in der Nacht aus der Stellung zurücker-
wartet wurde, richtete man sich zunächst in dem Quartier häuslich
ein.

Bald beschien der bleiche Mond durch die offenen Fensterlu-
ken der Brauerei müde, junge Feldgraue, die von der zurückgelas-
senen Heimat träumten und nicht ahnten, was ihnen alles noch bevorstand.

Endlich kam der mit großer Spannung, aber auch mit einem
inneren ungeten Gefühl der Bangigkeit erwarteten Augenblick, wo
die Neuen die Feuertaufe erhalten sollten.

Noch vor Tagesanbruch ging es los.

Beim Überschreiten der kleinen Anhöhe, die sich in der Nähe
befand, kamen sie bereits in den Geschoßbereich der feindlichen
Infanterie und sie hörten die ersten Infanteriegeschosse mit kurzem huitt - huitt über die Köpfe hinwegpfeifen.

Anfangs hielten sie die einzelnen Töne für zwitschernde Vogel-
stimmen, bis dann einige recht nahe am Ohr vorbeisummenden
Kugeln sowie die bedeutungsvollen Blicke der erfahrenen Kameraden eines Besseren belehrten.

Unwillig quittierte man am Anfang jeden dieser eisernen Grüße
von drüben mit einer leichten Verbeugung, bis allmählich diese
Tönchen in ein regelrechtes Gewitter ausarteten.

Rechts grub sich eine Batterie ein, an der vorbeimarschiert
wurde, um 150 m weiter, dann hinter einer Hecke, auf dem Bauch
liegend Stellung zu beziehen.

In der Nachbarkompanie trug in diesen Augenblick ein Sanitäter einen Schwerverletzten hinweg.

Die inzwischen aufgegangene Sonne vertrieb allmählich den
Frühnebel.

Der Angriff begann.

Auch die Batterie hinter den Infanteristen eröffnete das Feuer
auf den Feind.

Die unerwarteten Abschüsse dicht dahinter, versetzten die Soldaten einen gehörigen Schrecken, der ihnen mächtig durch die Glieder fuhr.

Aufgrund ihrer mangelnden Erfahrung hielten sie dieselben für Einschläge feindlicher Granaten.

Das Feuer wurde nun beiderseits lebhafter.

Dumpfe Erschütterungen.

Nach folgendes Krachen.

Einige Stunden lang lag der Zug in Reserve und wartete darauf nach vorn gerufen zu werden.

Dann war es so weit.

Gegen Mittag verließen die Soldaten ihren Platz hinter der Hecke.

Sie trabten über ein Rübenfeld, auf welchen sie ausschwärmten, um dann zwischen den kühlen Blättern in volle Deckung zu gehen.

Dicht über sie hinweg strichen die Kugeln wie gefährliche Hummeln und schlitzten oft die Blätter auf, unter denen die Soldaten lagen.

Man achtete ihrer nicht mehr so wie am Anfang, denn *„eine jede Kugel trifft ja nicht"*.

Nachmittags sammelte sich der Zug hinter einer Strohmiete und es ging in einzelnen Sprüngen über ein Stück Feld, das von dem Feind eingesehen und stark beschossen wurde, hinter die Gartenhecke eines nahen Gehöfts in Deckung gegen Flieger.

Ein deutscher Erkundungsflieger flog tief über das Gehöft.

Sein erscheinen wurde von drüben mit einer tollen, aber zwecklosen Knallerei erwidert.

Die Soldaten duckten sich und schlichen an die nächste Mauer heran und hörten, dass das teuflische Zischen der Granaten und Schrappnells über sich, welche die Straße beschossen.

Bald wurde ein etwa 300 Meter weiter westlich gelegenes Gehöft von der französischen Artillerie unter Feuer genommen, in welchen der Feind deutsche Soldaten vermutete oder beobachtet hatte.

Die Deutschen lagen gerade in der Schussrichtung und hörten die Geschosse jedes Mal jaulend herankommen, fühlten sie geradezu über ihren Kopf hinwegrauschen und sahen sie drüben im jenseitigen Gehöft mit krachendem Getöse unter starker Feuer- und Rauchentwicklung einschlagen.

Das Vieh von diesem Gutshof hatte man aus den Ställen heraus auf den eingezäunten Hof getrieben, wo es nach jedem Einschlag wie wildgeworden herum jagte.

Einige Volltreffer saßen auch mitten zwischen den Rindern, und die Todesschreie der Tiere drangen bis an die Ohren.

Nach Einbruch der Dunkelheit schlichen die Soldaten lautlos um das Haus herum in den inneren Hof und der Zug bekam als Nachtquartier den im rechten Winkel zum Wohnhaus verlaufenden Schweinestall zu gewiesen.

In einem kam 20 Quadratmeter großen Stall, dessen Boden mit Dickwurzeln bedeckt war, hockten sie in sitzender Stellung eng beieinander, etwa 30 Personen.

Ausstrecken konnte man sich nicht.

Die Decke bestand aus einem dünnen Backsteingewölbe.

Es wurde für ein bombensicheres Loch gehalten.

Während der Nacht hörte man deutlich die feindlichen Gewehrkugeln gegen die Wände und Dachziegeln klatschten.

Mit Einbruch der Dunkelheit begann in den vordersten Gräben eine beiderseitige nervöse Knallerei.

Tagsüber in dem Schweinekoben sitzend, wenn die feindliche Artillerie, Feuerüberfälle auf die nahe Straße und die umliegenden Häuser machte, erwarteten sie jeden Augenblick, dass sie ein Granattreffer, sie alle erledigen würde.

Sie wurden aber von den Granaten der Franzmänner verschont.

Nur die Essenholerei abends war eine verteufelte Sache.

Das Finden der Feldküche weit hinten an einer Feldwegkreuzung war in der Dunkelheit an sich schon das reinste Kreuzworträtsel. Dazu kam diese verteufelte Schießerei, die so viele Zufallstreffer im Gefolge hatte.

Plötzlich bewegte sich im Dunklen ein stöhnendes Ungeheuer.

Der hervortretenden Mond beleuchtete die dunklen Umrisse einer angeschossenen Kuh, wie man sie damals zu Dutzenden im Gelände herumlaufen sehen konnte.

Ein direktgezielter Schuß in den Kopf machte den Qualen des armen Tiers ein Ende und den *„Küchenhengsten"* wurde anschließend Bescheid gesagt, dass sie sich vom Fleisch des Rindes holen sollten, was sie gebrauchen könnten.

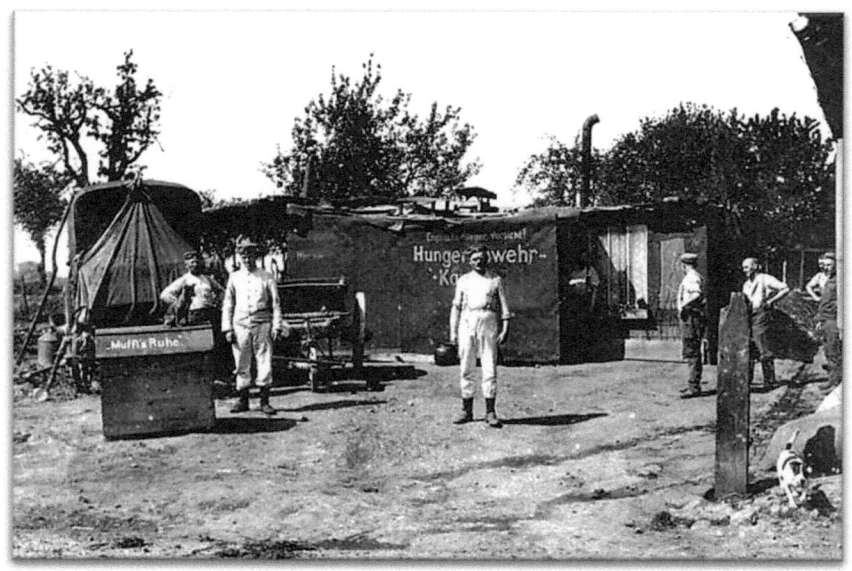

Bild 9: Deutsche Feldküche in Flandern. (1915).

Wie froh war man da, wenn nach 2 bis 3-stündigen Herumtappen dann mit gefülltem Kochgeschirr und einem umgehängten Brotsack wieder heil bei der Kompanie angekommen war.

Oft kamen auch die Essenholer unverrichteter Dinge zurück, weil sie die Feldküche nicht gefunden hatten.

Am nächsten Abend wurde Quartier nebenan in der Scheune bezogen. Zwar flutschten hier nachts die Gewehrkugeln oft durch das Scheunentor. Dafür konnten die Soldaten wenigstens ihre müden Knochen auf weicher Streu ausstrecken.

In der Strohmiete auf dem Hof hatten sich einige Unvorsichtigen ihr Nachtlager zu Recht gewühlt, mussten aber ihren Leichtsinn mit teils leichteren, teils schwereren Verwundungen bezahlen.

Tagsüber keine besonderen Vorkommnisse.

Mit dem hereinbrechen der Dunkelheit kam der Befehl: „Kompanie fertigmachen zum Sturmangriff!"

Im Gänsemarsch ging es zu einen nahe gelegenen Reservegraben.

Scheußliches Wetter!

Mühsam wurden die Mäntel von dem Tornister losgemacht und angezogen.

Kaum waren sie an Ort und Stelle eingetroffen, da ging vorne die Schießerei los.

Ein Hagel von Infanterie- und Maschinengewehrfeuer schlug ihnen entgegen.

Die zischenden Geschosse knackten in die Deckung und klatschten in die hinter ihnen stehenden Bäume.

Ein vorbeihetzender Gefechtsordonnanz schrie plötzlich getroffen auf und wurde von einem Sanitäter in den Graben gezogen und beim abgeblendeten Schein einer Taschenlampe verbunden.

Die Schießerei vorn wurde normal, und der Zug suchte triefend vor Nässe das Scheunenquartier wieder auf.

Doch mit dem Schlafen wurde es nichts mehr in dieser Nacht.

Der Nachmittag des nächsten Tages brachte uns den Befehl zum Einrücken in den zweiten Graben.

Bei helllichtem Tage tappten wir los im Gänsemarsch.

Hinter Büschen, Strohmieten und zerschossenen Mauerresten suchten wir gegen Sicht etwas Deckung zu nehmen. Stellenweise ging es über vollständig freies Feld einzeln und im Laufschritt.

Bald schlichen wir geduckt an einem Bach entlang, dabei wurden wir lebhaft mit Infanteriefeuer beschossen.

Unterwegs bewaffnete sich noch jeder mit einem handfesten Spaten.

Etwa 150 Meter rechts beschoss eine französische Batterie ein Haus.

Bei jedem Granateinschlag ins Dach wurden die Balken emporgeschleudert und Ziegel rutschten herunter.

Nachdem durch einige rauchende Brandruinen gekrochen wurde, galt es noch einige schnelle Sprünge über den Bach zu machen, wo die Schießerei besonders lebhaft war.

Glücklich drüben angekommen wurde der Anfang eines kurzen etwa metertiefen Laufgrabens erreicht.

Gott sei Dank, hier war man etwas sicherer gegen Infanteriefeuer.

Dicht neben dem Grabeneingang lag steif und verkrampft ein toter deutscher Soldat.

Gebückt wurde eiligst vorwärts geschlüpft durch den Verbindungsgraben in den etwa mannstiefen zweiten Graben, der recht dünn besetzt schien und dessen linker Flügel verlängert werden sollte.

Die mit Lehm beschmierten Kameraden der Grabenbesatzung baten inständig um einen Schluck Kaffee.

Die Helmspitzen hatte die Grabenbesatzung abgenommen, und ihre Dunstkiepen sahen mit den herunterhängenden schlappen Spitzenbezügen recht spaßig aus.

Endlich an Ort und Stelle angekommen.

„Weiter ausschachten und einrichten", lautete der Befehl.

Tiefe geräumige Löcher wurden gepuddelt und mit dem vorgefundenen Stroh ausgepolstert.

Es war unheimlich still.

Man hörte nur das Reiben der Spaten und Gewehre.

Plötzlich schlug eine Granate dicht vor dem Grabenstück ein und durch die Erschütterung stürzte die ganze überhängende Erdschicht herunter, und begrub zwei Mann bis an den Hals.

Die schnell herbeigerufenen Kameraden buddelten diese flink heraus.

Nachdem auch noch die verschüttet gewesenen Gewehre und Tornister etwas gereinigt waren, kauerten die beiden sichtlich geknickt mitten im Loch des Nebenmannes.

Gegen Abend wurde die Kompanie noch weiter nach rechts gezogen.

Auf einen warmen Novembertag folgte eine kühle mondhelle Nacht.

Einige gingen an die Brustwehr und sahen durch den Sehschlitz.

50 Meter drüben lag der Franzose, dazwischen die verstümmelten Körper, gefallener Soldaten beider Seiten.

Wer konnte das vergessen!

Postenablösung stündlich.

Gegen Abend dieses ersten Tages im Graben setzte plötzlich ein Feuerüberfall der eigenen Artillerie ein, der wahrscheinlich einem folgenden Nachtangriff auf die vorderen Linien galt und eine lebhafte beiderseitige Infanterieschießerei nach sich zog.

Dabei schlug auch eine deutsche Granate in den eigenen Graben ein, die einige Verluste brachte.

Der nächste Tag stieg herauf, sonnig und heiter wie ein Frühlingstag.

Jetzt wo es ruhig war, konnte man sich auch etwas genauer orientieren im Vorgelände.

Die Soldaten lugten durch die notdürftig hergestellten Schießscharten nach vorne und bemerkten, dass der Graben sich durch ein großes Rübenfeld zog und sich nach links im flachen Bogen hinzog.

Etwa 300 bis 400 Meter davor befand sich der vorderste Graben und man konnte beobachten, wie die Kameraden da vorne auch hier und da mit ihren Spaten hantierten.

Bild 10: Deutscher Schützengraben (Juli 1916),

Die Luft war erfüllt vom Gebrumm deutscher und feindlicher Flieger und den hellen Klang krepierender Schrapnells, welche Ketten von weißen Wölkchen an den blauen Himmel zauberten.

Am späten Nachmittag wurde die Ruhe plötzlich durch einen heftigen feindlichen Artillerieüberfall unterbrochen.

Wie Wiesel flitzten die Soldaten in ihre Löcher.

Es dauerte zwar diesmal nicht sehr lange, aber die Schüsse saßen verflucht nahe und nach den Einschlägen herunterpolternden Erdklumpen, klatschten auf die ausgespannten Zeltbahnen.

In der hinteren Deckung des Grabens befanden sich nach dem Überfall einige frische Trichter.

Jetzt war klar, dass die feindliche Artillerie sich auf den Grabenabschnitt eingeschossen hatte.

„Heute Abend wird vorn gestürmt", hieß es plötzlich.

Alle standen bald in voller Ausrüstung bereit.

Plötzlich so gegen 20.00 Uhr brach die Hölle los.

Die französische Artillerie belegte mit ihrem Feuer die deutschen Gräben und das Hinterland, ganz gegen sonstige Gewohnheit, nach Einbruch der Dunkelheit, noch zu schießen.

Sss rum ... sss rum fauchten die Granaten vorn und hinten in die deutsche Deckung.

Rote Feuerkreise von in der Luft platzenden Schrappnells blendeten die Augen.

Beißender Pulverdampf zog träge durch den Graben und legte sich beklemmend auf die Lunge.

Der Boden erzitterte unter pflügenden Granaten.

Zitternd hockten die Soldaten geduckt hinter der Schulterwehr, von Zeit zu Zeit einen kurzen Blick über die Deckung nach vorn werfend.

Manche glaubten, ihr letztes Stündlein sei gekommen, denn einen Feuerüberfall von solcher Heftigkeit hatten sie bisher noch nie erlebt.

Doch alles nahm ein Ende.

So schnell wie der feurige Spuk losgebrochen war, so schnell beruhigte sich der Lärm wieder, als der Feuerorkan sich ausgetobt hatte.

Es hieß, der Feind hätte vorne einen Sturmangriff versucht.

Die Seitengewehre wurden aufgepflanzt, die Wachsamkeit erhöht und der Postendienst verstärkt.

Außer der üblichen Knallerei ereignete sich während dieser Nacht nichts Wesentliches weiter.

Endlich nach langer aufregender, schlafloser Nacht kroch im Osten der erste blasse Schein des grauen Morgens herauf, und bald erwärmte die aufgehende Sonne die kalten und steifgewordenen Glieder.

Was würde der neue Tag bringen?

Allgemeine Gefechtsruhe.

Die üblichen Grabenarbeiten, wie das Gewehrreinigen und dergleichen standen auf dem Programm.

Nicht dabei zu vergessen, die Verpflegung der Truppe.

Der ruhige und verhältnismäßig warme Tag sowie der gefüllte Magen ließen bei vielen die Aufregung der Nacht wieder etwas verblassen und sogar eine gewisse Lustigkeit aufkommen, die jedoch mehr Galgenhumor war.

Im Laufe des Tages wurden die Verbandspäckchen ergänzt und es hieß schon wieder: „Heute Abend ist allgemeiner Sturmangriff auf die feindlichen Stellungen!"

Die hereinbrechende Nacht ließ das übliche beiderseitige Gewehrfeuer aufflackern.

„Fertigmachen!", kam der erwartete Befehl.

Jetzt ging es los!

„Rechtsum marsch!"

„Kontakt halten!"

Durch den Kompanieabschnitt ging es. Dann an einer Stelle heraus aus den Graben und ein ganzes Stück über freies Feld.

Hütt ... hütt ... hütt pfiffen die Kugeln den Angreifern um die Ohren.

Da, ein Stück Verbindungsgraben nach vorn!

Schnell hinein!

Doch nur für kurze Zeit.

Wieder heraus durchs Rübenfeld!

Dann kurz vor dem ersten Graben.

Und dort gerade aus, kaum 150 Meter weiter, lag der böse Feind.

Unbedingte Ruhe und Vorsicht mit den Taschenlampen und etwa klapperndes Schanzzeug war geboten.

Noch hatte der Franzmann nichts gemerkt, denn die Schießerei hielt sich in den gewohnten Grenzen.

Da ein Graben im flackernden Schein einer Leuchtkugel dicht hinter der vordersten Linie.

Durch geflüsterte Befehle: „Seitengewehr aufpflanzen und Gewehre entladen".

Deswegen Gewehre entladen, dass in der Dunkelheit nicht etwa auf eigene Kameraden geschossen wurde.

Das Aufpflanzen des Seitengewehres wurde schwierig wegen der unterwegs mit Erde verstopften Rinnen am Griff des Seitengewehres.

Das Entladen der Gewehre wurde jedoch unterlassen und man begnügte sich schnell damit, den Sicherungshebel am Gewehrschloss auf seine richtige Stellung zu überprüfen.

Die Weisung „Tornister ablegen" ging durch den Grabenabschnitt.

Aber zur Ausführung kam man nicht mehr.

Schlagartig setzte ein heftiges Infanteriefeuer ein.

Nichts wie runter mit der Nase!

Was tun?

Befehle kamen nicht durch, wurden bei dem Höllenlärm sowieso nicht verstanden.

Jetzt aufzuspringen wäre Wahnsinn.

Die Erde spritzte von der niedrigen Deckung, hinter der die Deutschen verkrampft hockten.

Hell klackten die in der Erde stecken bleibenden Geschosse.

Inzwischen setzte auch das Abwehrfeuer der französischen Feldartillerie ein. Ganze Lagen rauschten über uns hin weg und schlugen in der Gegend ein, wo der zweiter Graben lag, aus dem sie gerade gekommen waren.

In der Luft zuckende Blitze explodierender Schrappnells.

Leuchtkugeln erhellten für Augenblicke taghell das Gelände.

Plötzlich war alles wieder in schwarze Finsternis getaucht.

Als die erste wütenden Feuerwoge etwas nachließ, sprangen einige Soldaten das kurze Stück in den ersten Graben.

Hier vorn herrschte ein ziemliches Durcheinander.

Die Stürmenden waren zum Teil nach dem missglückten Angriff, der im feindlichen Feuer zusammenbrach, wieder in den Graben zurück gekrochen.

Viele Gefallene und Verwundete, deren Stöhnen zu hören war, lagen noch draußen.

Im Graben hockten überall Leichtverwundete.

Der und jener sei gefallen, hieß es.

Sanitäter rannten durch den Graben.

Bild 11: Soldaten im Schützengraben.

Auf Schützenauftritten standen Posten und spähten nach vorn in Richtung des Feindes.

Einzelne, der eigenen Leuten kamen, zum Teil verwundet, von vorn zurück, berichteten von Schwerverwundeten, die geholt werden müssten.

Die Sanitäter hatten alle Hände voll zu tun.

Wir begaben uns weiter an den linken Flügel, wo der Graben noch nicht so tief war, auch hatte er hier noch keine Schützenauftritte.

Hier sollten wir uns einrichten.

„Die Gewehre schussbereit auf die Deckung legen und scharf Ausschau halten!", befahl ein Unteroffizier.

Wer nicht Wache stand, sollte mit den Herumstehenden den Graben weiter ausschachten, Schützenauftritte und Schlupflöcher herstellen.

Im Graben wurde es ruhiger.

Nach dem misslungenen Nachtangriff machte sich eine sehr niedergedrückte Stimmung breit.

Es waren viele gefallen und verwundet.

Dieser und jener fand sich im Laufe des Tages wieder beim Rest der Kompanie im Graben ein, der schon als vermisst gegolten hatte.

Und der Schützenzug im Vorgelände hatte die Hände hochgehoben und war zu den Franzosen hinüber gelaufen.

Alle sehnten sich nach Ablösung, wurden aber von einem Tag zum anderen vertröstet.

Dann, am nächsten Abend kam die Ablösung.

Die Abgelösten wankten müde und abgekämpft durch den Verbindungsgraben zurück, wieder am Bach entlang über die Wiese, die viele Granatlöcher aufwies.

Durch das Streufeuer der gegnerischen Infanterie wurden bei der Ablösung noch etliche verwundet.

Auch wurden beim Rückzug, unterwegs eine Anzahl von Relaisposten bemerkt, die in gewissen Abständen mannstiefe Löcher gegraben hatten.

Deren Zurufe erleichterte die Orientierung etwas.

An einem Gehöft sammelte sich dann der übrig gebliebene Rest der Kompanie und marschierte alsdann auf der immer noch unter Infanteriefeuer liegenden Straße zurück, wo sie in einigen zerschossenen Häusern an der Straße Quartier bezogen.

In den nächsten Nächten fand die Verbesserung hinsichtlich der Lage der Hauptwiderstandslinie statt.

Es sollte ein Vorstoß gegen das Wäldchen auf feindlichem Gebiet in Betracht gezogen werden.

Dieser Angriffsversuch scheiterte infolge starken Nebels und der großen Aufmerksamkeit des englischen Feindes.

Gegen Abend steigerte sich das feindliche Artilleriefeuer auf die vorderen Linien und erreichte bei Einbruch der Dunkelheit größte Heftigkeit.

Dann griff der Feind mit dem Feuer schwerster Kaliber an.

4.

An einem herrlichen Maienmorgen wurde die Truppe darauf vorbereitet, dass das Signal zum Sturmangriff gegen die feindlichen Befestigungen bald kommen würde.

In dem Labyrinth von Gräben, die sich viele Stunden weit kreuz und quer, durch Hügel und Wälder, durch Felder und Dörfer hinzogen, wimmelte es von Soldaten und neu herangezogenen Reserven.

Viele Regimenter waren hier zusammengezogen und in Bereitschaft, um dem hartnäckigen und verstärkten Feind entgegenzutreten.

Überall im Gelände lagen mehrere Reihen Schützengräben hintereinander.

Alle Gräben waren durch feste Stützpunkte, durch Drahtverhaue, Maschinengewehrstände und verdeckt dahinter liegende Geschützstände verstärkt.

Da, als ob die Feinde eine Witterung von dem ihnen bevorstehenden Angriff gehabt hätten, verkündete ein Kanonenschuss, dass die Artillerie die deutschen Gräben mit „Liebesgaben" zu bedenken, begannen.

Eine Batterie nach der anderen richtete ihr vernichtendes Feuer auf die deutschen Linien. Unaufhörlich sausten die Granaten durch die Luft heran, und gar oft verschütteten sie ganze Gräben und mit ihnen viele Soldaten, die dann, so rasch es ging, ausgegraben wurden und oft mit dem Schrecken davonkamen.

Ununterbrochen dröhnten Detonationen.

Diese hörten sich wie ungeheurer Paukenwirbel an, der auf die deutschen Linien trommelte.

Es schien, als wenn der Erdboden unter den Füßen beben würde.

Der feindliche Eisenhagel riss die Erde auf und spritzte Tod und Verderben ringsumher.

Steine und Staub wurden in dicken Wolken hochgeschleudert.

Die Luft zitterte in unzähligen Wellen, die die Nerven in einen beunruhigenden Zustand höchster Anspannung versetzten.

Über die geduckten Köpfe der Mannschaft hinweg sauste, zischte, krachte, surrte und dröhnte es ohrenbetäubend.

Keiner konnte sich mit dem Nebenmann anders verständigen als durch Zeichen.

Und dann dieser grässliche, sausend heulende Ton, der durch die Lüfte heranbrauste.

Große Geschosse durchschnitten heulend die Luft.

Was blieb da einen übrig als sich platt im Graben auf den Boden zu werfen.

Nach bangen Sekunden erfolgte dann irgendwo ein schreckliches Krachen, dass einem das Herz sekundenlang still stand.

Bild 12: Deutscher Soldat im 1. Weltkrieg, in kompletter Ausrüstung.

Auf viele Hundert Meter weit wurden Steine und Eisenfetzten durch die Lüfte geschleudert, und wehe dem Sterblichen, in dessen Nähe ein solches Vernichtung speiendes Ungeheuer niederging.

Über dem Schützengraben stieg eine hohe Wand von hochgeschleuderten Staubwolken und schwarzem Rauch empor.

Ein wallender Vorhang, aus dem grelle Flammen zuckten.

Endlich schwiegen die feindlichen Geschütze, sei es, dass ihre Eisenrohre heiß geschossen und unbrauchbar geworden waren, oder dass sie durch die überlegene deutsche Artillerie zum Schweigen gebracht wurden.

„Sprung auf, marsch, marsch!", schlug in diesem Moment, der Befehl an die Ohren der bereits nervös und ungeduldig gewordenen Soldaten.

Aus dem Graben springend stürmten sie im rasenden Lauf vorwärts.

Warfen sich auf den Boden, um dem heranrauschenden Eisenhagel zu entgehen.

„Sprung auf!" ertönte schon wieder lautstark der Befehl.

Wieder stürzten die Schützenkolonnen zehn Schritte vor, blieben gebückt hinter einem Baum und Busch in Deckung stehen oder suchten in der nächsten Bodenwelle Deckung.

Von der deutschen Seite fiel noch immer kein Schuss.

Endlich, es hörte sich wie eine Erlösung an, erdröhnten die deutschen Kanonen und sendeten ihre feurigen Grüße dem Feind entgegen.

Alle Batterien, die in dem Abschnitt vereinigt waren, legten jetzt mit ihrem Schnellfeuer einen Eisenriegel vor die deutschen Gräben.

Am Horizont flammte eine grelle Stichflamme in die Höhe.

Ein Volltreffer schien es zu sein.

Häuser brannten und der matte Schein ihrer Glut fiel auf das schwarze Laub der Bäume, unter denen die Feldgrauen, wie Raubtiere, zum Sprung bereit, lagen.

Ringsum surrten und pfiffen die Kugeln.

In dem furchtbaren Tumult, der die Luft erzittern ließ, bekam nicht einer der Soldaten mit, was um einen herum geschah.

Wurde einer der Kameraden getroffen?

Gab es bereits Verletzte oder Tote?

Man bekam es nicht mit.

Die Herzen schlugen bis zum Hals.

Der Atem pfiff und keuchte.

Der Mund war geöffnet.

Die Augen weit aufgerissen.

Bild 13: Zum Sturmangriff vorwärts.

Die Hände umklammerten mit festem Griff das Gewehr. Es schien, als ob sie an der Waffe festgeschmiedet wären und nicht mehr loslassen könnten.

Plötzlich schrillte ein einziger mächtiger Laut durch die schwarze Nacht.

„Hurra! Hurra! Hurra!", klang es vieltausendstimmig aus den Kehlen der Angreifer.

Jeden der Kameraden überlief es eiskalt, wenn dieser Schrei markerschütternde Schrei erschallte.

Dieser Ruf dröhnte wie ein tausendstimmiger Posaunenchor, wie die Stimme des Jüngsten Gerichts.

Der Schrei hatte eine einzigartige Wirkung. Er befreite alle wie von einem übermächtigen Albdruck, der schwer auf jedem der harrenden Soldaten gelastet hatte.

Alle stürmten vorwärts!

Nur vorwärts!

Vorwärts!

Von Entsetzen gepackt flohen die Feinde und warfen ihre Waffen weg.

An einigen Stellen hielten sie jedoch den Angriff stand, aber nur für einige Sekunden.

Bajonette blitzten im nächtlichen Dunkel.

Schreie ertönten, und weiter stürmten die Feldgrauen hinter dem Feind her.

Eine feindliche Maschinengewehr-Batterie schickte seine tödlichen Garben noch herüber.

„Drauf! Kameraden!", rief der Hauptmann.

„Macht sie nieder!"

Er stürmte voran und ihm nach, mit gefälltem Bajonett, über Leichen, über Gräben, sprungweise stürmten die Soldaten vorwärts. Sie feuerten in die feindlichen Gräben, so viel ihre Gewehre nur hergeben wollten.

Einige der deutschen Angreifer wurden von einer gegnerischen Kugel getroffen und stürzten zu Boden.

Auch der Hauptmann fiel, doch nicht von einer gegnerischen Kugel wurde er getroffen. Er stürzte in ein Drahtverhau und blieb dort liegen.

Der linke Flügel der vorgehenden Kompanie war heftigem Flankenfeuer eines feindlichen Maschinengewehrs ausgesetzt.

„Weiter, Männer!", rief er, „kümmert euch nicht um mich. Räumt erst die Maschinengewehre weg!"

Mutig und entschlossen stürzten sich die beiden vordersten der Voranstürmenden auf des feuernde feindliche Maschinengewehr und töteten mit geschickt geschleuderten Handgranaten die Bedienung.

Eine Handgranate wurde im Augenblick des Schleuderns nach dem feindlichen Maschinengewehr in der Hand des einen Soldaten durch ein feindliches Infanteriegeschoß zertrümmert.

Die dadurch entstehenden stählernen Splittern zerrissen die Hand des Werfers.

Blut spritzte auf den Erdboden.

Neben der Eroberung des Maschinengewehres wurden noch sechs unverwundete Franzosen gefangen genommen.

Jetzt waren auch die anderen Kameraden herangekommen und wehrten die ihnen in den Rücken fallenden Gegner ab.

Die Kerle liefen, von der einen Seite gejagt, von der anderen getrieben, in die ihnen entgegengehaltenen Bajonette.

Der gegnerische Offizier hob den Revolver und wollte auf einen der angreifenden Kameraden schießen.

Dies bekam einer der Angreifer mit. Mit einem Kolbenschlag schlug er dem Offizier die Waffe aus der Hand, die zu Boden fiel.

Ein zweiter Angreifer machte den Offizier kampfunfähig.

Mit der Eroberung der Maschinengewehr-Batterie war die letzte feindliche Stellung eingenommen.

Am Horizont zog die Helligkeit des neuen Tages langsam empor.

Bis auf dem letzten Mann waren alle erschöpft.

Die Trompete gab das Signal zum Sammeln.

Über die massenhaft niedergestreckten Feinde ging es schweigend durch den erwachenden Tag den Stellungen zu.

Viel Lücken gab es beim Sammeln.

So mancher Kamerad war auf dem Schlachtfeld geblieben.

5.

Wieder einmal hatte die Nacht ihre schwarzen Flügel über die Erde ausgebreitet, und friedlich blinzelten die funkelnden Sterne vom Firmament hernieder, als ob sie sagen wollten: „Wir wandern im ewigen Frieden durch den Himmelsraum, und eure blutigen Kämpfe, ihr kleine Menschen, stören uns nicht!"

Die beiden Kompanien zogen ihres Weges, an verwüsteten Feldern vorüber, an zerschossenen Wohnstätten, aus denen nur die schwarzen verbrannten Dachsparren klagend zum Himmel starrten.

An sumpfigen Wiesen ging ihr Weg vorbei, aus denen ihnen das Quaken der Frösche entgegenklang.

Keiner wechselte mit dem anderen ein Wort.

Stumm nahmen die Kolonnen ihren Weg.

In der Ferne flammten ringsumher, in weit gestreckten Bogen, das Mündungsfeuer der abgefeuerten Kanonen auf.

Rechts und links des Weges standen brennende Häuser.

Bild 14: Zerstörtes Dorf.

Die Luft war von dem schrecklichen Donner der Geschütze erfüllt, vom Geknatter der Maschinengewehre und den Abschüssen der Gewehre.

Immer grausiger wurde das Bild, je näher sie ihren Bestimmungsort kamen.

Endlich wurde die Niedergeschlagenheit durch die ihnen entgegenkommenden leeren Munitionswagen unterbrochen.

Wie ein Spuk rasselten diese an ihnen vorbei.

Dann, nach einer Weile, flammten plötzlich die Lichter eines Autos auf, das pfeilgeschwind an ihnen vorbeijagte.

Weiter ging es durch die Finsternis, bis ein lautes Kommando durch die Nacht hallte: „Zurücktreten!"

Die Soldaten drängten nach rechts, um zwei langsam entgegenkommende Kraftfahrzeuge mit Schwerverwundeten vorbei zulassen.

An Vorposten ging es vorüber, an mächtigen Feldbefestigungen, die durch starke Verhaue aus Baumstämmen verstärkt waren.

Große Waldflächen hatte man abgeholzt, um dem etwas anschleichenden Feind jede Deckungsmöglichkeit zu nehmen.

Auf der jetzt allmählich ansteigenden Wegstrecke bewegte sich die Kolonne vorwärts.

Plötzlich führte der Weg schräg bergab.

Aus nicht allzu weiter Entfernung blinzelte ihnen ein kleines Licht entgegen.

Die Kompanie hatte den Fuß der Höhe erreicht, schritt aber jetzt in den kreuz und quer gezogenen, tiefen Einschnitten des Hügels, in den Schützengräben dahin.

Etwas Besonderes gab es hier für die Ankömmlinge nicht zu sehen.

Die Schützengräben glichen zumeist einander. Bald waren sie drei Meter tief, bald vier und mehr. Bald waren die Unterstände wohnlich ausgebaut, bald sahen sie wüst und wenig einladend aus, bald mussten die Soldaten bis an die Knöchel oder gar bis ans Knie im Wasser stehen und kämpfen oder man schritt auf gedielten Wegen, mit abgesteiften Wänden, dahin.

Eine Erholungspause, wie sie sich es erhofft hatten, wurde der ankommenden Reservetruppe nicht zu Teil.

Kaum waren sie über die vielen Gräben verteilt, als sich die feindliche Artillerie vernehmen ließ.

Unaufhörlich schlugen die heillosen Granaten ein.

Ein Graben wurde getroffen.

Unter dem Erdreich verschwand mit einem Male alles, was eben noch sprach und sich bewegte.

Vier, fünf, sechs Mann waren im Nu verschwunden.

Flink und augenblicklich machten sich die Kameraden daran, die Verschütteten auszugraben.

Mit den Spaten in der Hand, die in das Erdreich fuhren, arbeiteten sie schnell, wie eine Maschine.

Die Arme flogen, nein sie wirbelten durch die Luft.

Wohin die Erde fiel, das war in diesem Moment vollkommen egal.

Nur helfen, rasch helfen war in diesem Moment die Devise, um die Vergrabenen ans Licht zu bringen.

Da! Einen hatten sie erreicht.

Gottlob, er lebte und wischte sich Staub und Erde aus den Augen und holte tief Atem.

Da! Ein Zweiter!

Ein Dritter, hurra!

Alle wurden heil herausgeholt.

Es hatte Schweiß gekostet, aber gern war es geschehen.

Wie strahlten die in Schweiß gebadeten Helfer. Sie wussten, dass umgekehrt man sie ebenfalls ausgegraben hätte.

In dieser kurzen Zeitspanne, die den sechs verschütteten Kameraden das Leben wiedergegeben hatte, schlugen erbarmungslos Granate auf Granate in die Gräben, als wollten sie das Stück Land durch Feuer und Pulverdampf endgültig in Atome auflösen.

Seit Monaten ward die Höhe mit riesigen Eisen- und Bleimassen überschüttet.

<u>Bild 15:</u> Erfolgloser französischer Angriff auf eine deutsche, durch Trommelfeuer nahezu vollständig eingeebnete Stellung.

Ungezählte Tausende mutige Kameraden hatten hier den Tod gefunden.

Den weiten Hügel herauf lagen und moderten die Leichen der Tapferen.

Unbestattet, entweder mit Erde bedeckt oder tief unten am Fuße des Hügels, in dem riesigen Sumpfgelände, eingesogen vom Sumpf.

Tief im Moor und schlick, zur ewigen Ruhe gebettet.

Dann stieg die Sonne immer höher.

Mit ihren hellen Strahlen verscheuchte sie das nächtliche Leichentuch, das die Armen gnädig umhüllt hatte.

Je höher die Sonne stieg, desto heißer wurden ihre hellen Strahlen, die auf die Erde herunter knallten.

Die Körper der toten Kameraden verdorrten zu wesenlosen Gerippen.

So verzehrt vom himmlischen Feuer, starrten die leeren Augenhöhlen in den blauen Himmel hinein.

Rings um sie her, ob Freund oder Feind, spross das grüne Gras, die bunten Blumen.

Doch unerbittlich, wie der Tod selbst, Gewährten die Feinde keinen Waffenstillstand, keine Stunde, keine Minuten, um die Gefallenen zu begraben.

Ein unendlicher Leichenhügel war die Höhe geworden.

Zu den ehemaligen Kapellchen, dass der Mutter Gottes auf dem Hügel errichtet wurde, und zu dem Tausende fromme gläubiger Franzosen wallfahrten, hatte der Tod jetzt seit Monaten eine endlose Schar tapferer Wallfahrer ins Jenseits geführt.

Die Deutschen hätten gern eine Waffenruhe gehabt, um ihre gefallenen Kameraden zu bestatten.

Die rachegierigen Franzosen blieben aber unerbittlich.

Sie ließen ihre eigenen Leute unbestattet liegen, sie holten ihre Verwundeten nicht aus dem Feuer, sie waren nur von dem einen brennenden, unerbittlichen Wunsch beseelt, die Deutschen von der Höhe zu verjagen.

Ob ungezählte Tausende von feindlichen Geschossen auf dem Hügel niederfielen, ob Tausende deutsche Kameraden dabei ihr Leben lassen mussten, den Hügel und die befestigten Stellen verließen die Deutschen nicht.

Sie verteidigten die Höhe mit einem Löwenmut gegen die erdrückende Übermacht.

Sie aßen nichts, weil sie nichts zu essen hatten. Die Proviant war ausgegangen, oder der Wagen mit der Verpflegung war von feindlichen Granaten zertrümmert worden.

Die deutschen Kämpfer in den Erdhöhlen auf dem Hügel hungerten einen Tag, einen zweiten Tag und noch länger.

Kein Murren, kein Klagelaut war vernehmbar.

Die Gesichter waren schwarz, wie ihre Hände vom Pulverdampf. Ihre Kleidung starrte von Lehm und Schmutz.

Unerbitterlich kämpften sie Tag und Nacht und Nacht und Tag.

Sie verließen die Gräben nicht, in denen sie standen oder knieten. Auch wenn sie das feindliche Feuer verschüttete oder die Gräben zertrümmerten.

Sie wichen und wankten nicht.

Unentwegt und unbesiegt, als wäre nichts geschehen, hoben sie von neuem Erdreich aus, um die Verteidigungsgräben wieder so und zum so vielten Male von Neuem herzurichten.

<u>Bild 16:</u> Freund und Feind im Tod vereint.

Doch eines Nachts, als die Eisengarben des Feindes gar zu zahlreich auf sie niederprasselten, als sie aus dem ersten Verteidigungsgang wegen fortwährend hier einschlagenden Geschossen, in die nächste Linie gehen mussten, als plötzlich von allen Seiten, den Leichenhügel hinauf, die Feinde Sturm liefen, da wussten sie, ihre letzte Stunde war gekommen.

Die Hälfte der ihrigen waren bereits gefallen oder lagen verwundet in dem hinteren Graben.

Es hieß sich zusammennehmen, da hieß es, gegen eine zehnfache Übermacht zu kämpfen und standzuhalten.

So wie sie es in dieser harten Zeit täglich und stündlich gewohnt waren, ließen sie in unerschütterlicher Ruhe die Feinde herankommen. Sie kannten die Distanz, auf die hin ihre Maschinengewehre eine tödliche Sprache redeten. Sie wussten, bis zu welchem Drahtverhau der Feind herankommen durfte und um ihre Musketen dann sprechen zulassen.

Sie kamen, sie stürmten, die tapferen Feinde.

Doch nun galt es.

Wenn jetzt die Franzosen siegten, dann war es um den Hügel und um die wichtigsten Stellungen geschehen, dann mussten die Deutschen zurückweichen.

Neue Ströme deutschen Blutes würden nötig sein, um wieder bis hierher vorzudringen.

Die Maschinengewehre sangen ihr grausiges Lied.

Die Flinten schickten ihre unerbitterlichen Salven in die Reihen der Anstürmenden.

Der Tod hielt seine fürchterliche Ernte.

Aber die Franzosen stürmten todesmutig vor.

Die Drahthindernisse hielten sie nicht auf.

Schon waren sie in die ersten Gräben eingedrungen.

Jetzt entschied das Bajonett, der Revolver und das Messer.

Fürchterlich war das Gemetzel, entsetzlich die Schreie und Kämpfe, Brust an Brust, bis endlich die deutschen Soldaten auch dieses Mal - trotz unendlicher Übermacht - die Feinde zurückschlagen konnten.

Der Feind flutete zurück, verfolg von den Geschossen, die ihnen nach gesandt wurden.

Das blutige und furchtbare Ringen um die deutschen Stellungen war vorüber.

Bild 17: Überall lagen Tote, eigene Kameraden und Franzosen.

6.
Es dämmerte ein fahlbleicher Regentag. Im Morgengrauen wurden die Gräben ausgehoben. Wir mussten uns mit anderen Einheiten aufs Neue einbuddeln.

So tief wie möglich.

In unmittelbarer Nähe des Grabens fuhr eine Haubitzbatterie in Stellung.

Die würde schnell genug das feindliche Feuer auf sich ziehen.

Geschwind wurde der neue Unterstand errichtet, das hieß eine Schicht dünner Bäumchen über den Graben, auf die Laub und Erde geschüttet wurden.

Die Schlacht erwachte mit neu entfesselter Wut.

Auf weniger als einen Kilometer standen die Franzosen gegenüber.

Ringsum aus der Nähe und Ferne brüllte die Schlacht.

Es raste um her und fauchte über die Gräben hinweg.

In unmittelbarere Nähe krachten Schlag auf Schlag die Abschüsse der eigenen Haubitzbatterie.

Aber auch die Einschläge der feindlichen Granaten, die diese zu vernichten versuchten.

Dicke Schwaden strichen über die Gräben dahin, nahmen den Soldaten ihren Atem.

Dicht aneinandergepresst saßen sie im Graben.

Gegen Mittag erschien der Bataillonskommandeur am Eingang des Grabens und rief mit lauter Stimme hinein, denn das Getöse der Schlacht übertönte ihn: „Kompanie in Linie sammeln!"

In dem Augenblick wo die ersten aus dem Graben kletterten, krachte es über ihren Köpfen, prasselte eine bleierne Garbe auf ihre Helme.

Bei einem wurde das Gesicht auf einmal ganz lang und starr, aus seinem Hals quollen zwei fingerdicke Blutstrahlen.

„Herr Hauptm ..." gurgelte er, „Herr Hau ..."

Nach der Hand des Nachbarn greifend, ihn starr und unverwandt ansehend begann sein Körper krampfhaft sich zu schütteln.

Seine Augen wurden gläsern.

Er sackte in sich zusammen.

Armer Junge, keiner konnte ihn mehr helfen.

Die Kompanie trat in Reih und Glied an.

Es begann zu regnen.

Die Kompanie zog sich in den 2. tieferen Graben zurück, auf den der Regen jetzt erbarmungslos niederprasselte.

Die Aufgabe wurde erläutert, die es zu erfüllen galt.

Jeder verstand den harten Ernst der Stunde.

Sie standen da. Ihre Stiefel, Mäntel, Bärte, Waffen starrten vom Lehm und Schmutz.

Halb Ferkel, halb Teufel.

Auf allen Gesichtern ruhige, verbissene Unnachgiebigkeit.

Und dann auch noch der Regen.

„Die ganze Kompanie in Richtung auf die Holzbaracke am Waldrand - ausschwärmen!"

Bild 18: Kampfgraben.

Vorwärts gingt es durch den aufgelösten Matsch, über die kahle Hochebene, auf die der Franzose von anderem Ufer des Flusses herüber seine eiserne todbringende Saat schickte.

Voraus im jähen Abstieg zum Tal ein sperriger Wald, dem sich die Schützenkette näherte, um in ihm zu verschwinden.

Ein widriges Ringen gegen die Lotterei der französischen Forstwirtschaft begann.

Vom Waldrand führte ein breiter, grasüberwachsener Holzweg ins Innere des Waldes, dorthin wo eine vorspringende Bergnase weit ins Tal vorstieß.

Um den unteren Saum herum hatten die Soldaten Stellung bezogen und lagen unter ständigen Beschuss des Gegners.

Ein harter Kampf entbrannte.

Aus dem Waldesinnern tauchte erst ein Soldat, dann ein zweiter und dann immer mehr auf.

Verwundete die dem rückwärtigen Verbandsplatz zu strebten.

Blutübergossene, wankende Verwundete.

Der Wald, der Waldrand lag jetzt unter schwerem Artilleriebeschuss.

Schlag auf Schlag schlugen die Granaten in den Wald hinein, krachten die Schrappnells.

Durch das splitternde Gezweige sauste es eintönig wie brausender Herbstwind - das Schwirren der zu hoch gehenden Infanterie- und Maschinengewehrgeschosse.

Eine mächtige, herzumschauernde Todessinfonie.

Genau da, wo der breite Wildpfad zwischen den Bäumen herauskam, war ein Holzstapel aufgeschichtet.

Dieser war hohl, und überdachte einen tiefen breiten Graben.

Drinnen kauerten, leise schwatzend drei Soldaten.

An ihnen vorüber wälzte sich, ohne zu versiegen, der Strom der Verwundeten.

Ein einzelner, die Augen dick verquollen, die zerschmetterte Rechte zwischen den Knöpfen des blutübergossenen Waffenrockes.

Jetzt zwei, wankend, einander stützend.

Ein Vierter, humpelnd, der sein Gewehr als Krücke, gebrauchte.

Ganz allein, stieren Blickes, ein schrecklich Verstümmelter.

Ein Volltreffer hatte ihm den Oberarm in der Mitte weggerissen. An der Außenseite des kreisrunden Loches war nur noch ein Fetzen Fleisch und ein Fetzen Ärmel hängen geblieben. Der abgetrennte Unterarm hing noch immer im Ärmel fest. Der Verwundete hielt diesen Rest mit der Linken fest an die Patronentasche gepresst.

So ging er dahin, starrte immerfort betäubt, geneigten Hauptes, auf das kreisrunde Loch, das einmal sein Oberarm gewesen war.

Prozession des Entsetzens.

Ein Unteroffizier mit der Roten Kreuzbinde schleppte sich aus Richtung des Waldweges heran, einen regungslosen Schwerverwundeten auf dem Rücken.

Der Unteroffizier taumelte, fiel mit seiner Last hin.

Die Besatzung des Unterstandes stürzte heraus und schleppten den Verwundeten und seinen ohnmächtigen Retter in die Sicherheit der ausgebauten Deckung.

Sie brachten beide wieder zum Bewusstsein und labten sie mit dem Inhalt eines Päckchens Hygiama.

In diesem Augenblick krachte die Ladung eines schweren Schrappnells auf den Unterstand. Eine Kugel durchschlug die Deckung, hieb mit derartiger Wucht in die Schulter eines der Retter, dass der eine lauten Fluch ausstieß.

Durch die Deckung war die Wucht des Treffers gebrochen.

Der Arm war ganz, nur wie gelähmt.

Die Dunkelheit der Nacht brach herein.

Es wurde vollends Nacht.

Der Feind machte Feierabend.

Noch einmal heulten alle seine Geschütze gleichzeitig auf.

Die Franzosen machten auch an diesem Tage keine Überstunden.

Teufel!

Was war das?

Ein Krachen, ein Aufblitzen dicht über den Häuptern der Männer der Kompanie.

Hier ein dumpfes Aufstöhnen.

Dort ein Schrei ...

Ein Schrapnell, ein Stück vom *„Abendsegen",* war dicht über ihnen in einen Baum gesaust. Dort vom Anprall vorzeitig geplatzt, hatte es seine Splitter über den Anwesenden ausgespuckt.

Nur zwei Verwundete.

Glück im Unglück.

Die beiden hatte es jämmerlich erwischt.

Dem einen war eine Kugel in die Lunge gedrungen. Kalkig erbleichte sein Gesicht und aus dem Mund quoll schaumiges Blut.

Sofort wurde er mit dem Verbandspäckchen verbunden, so gut, wie es ging.

Er winselte kläglich.

Dem anderen hatte ein Mantelsplitter die linke Wade abgerissen.

Sofort wurde mit dem Kriegsmesser die Fetzen der Hose, des Stiefelschaftes entfernt und ein sauberer Fußlappen sorgfältig um den des Beines beraubten Fleisches gewickelt.

Mit einem Wischstrick aus seinem Tornister - er brauchte in diesem Leben kein Gewehr mehr zu reinigen - ergab dies einen prachtvollen Verband. Zu gleich wurde über dem Knie, die Arterienblutung abgeschnürt.

Bald schwankte dieser, in eine Zeltbahn ein gewickelt, auf den Schultern zweier Kameraden zum Lazarett.

Der mit dem Lungenschuss blieb bis zum nächsten Morgen liegen.

Ruhe war für ihn die Hauptsache.

Er jammerte: „Ich muss sterben!"

„Unsinn, Kerlchen, Lungenschüsse heilen glänzend. Wenn du sterben müsstest, wärst du schon längst tot", wurde beschwichtigend auf ihn eingeredet.

Es war Zeit zum Schlafen.

Für die zweihundert Menschen, die sich jetzt mit dem zehn Toten die enge Waldschlucht teilten, war der Platz sehr knapp. Auf das schlüpfrige, schleimige Steingeröll streckten die Mannen sich zur Ruhe aus, dachziegelartig übereinander gepackt.

Die Schlucht war mit lebenden und toten Menschen vollgepackt wie eine Sardinenbüchse.

Ganz, ganz still war es in der Nähe und Ferne.

Die Schlacht schien eingeschlummert zu sein.

7.

Im Westen gruben sich die Truppen mehr und mehr ein, an beiden Seiten der Front. Über eine Länge von 700 Kilometern von der Schweitzer Grenze bis zur belgischen Kanalküste - zogen sich die Schützengräben. Oft waren sie nur wenige Dutzend Meter voneinander entfernt.

Beide Seiten gruben umfangreiche Netzwerke von Schützengräben, die durch Drahtverhaue und Minenfelder geschützt wurden. Diese Gräben bestanden aus Frontgräben, Unterstützungsgräben und Versorgungsgräben.

Die Front bestand nicht nur aus Gräben und Stellungen. Bis weit ins Hinterland reichten die Einrichtungen zur Versorgung wie etwa die Feldküchen, Bäckereien, Pferdeställe und Fuhrparks, Munitionsdepots und Waffenarsenale.

Auch für die Verwundeten musste gesorgt werden: Verbandsplätze waren etwa drei, Feldlazarette etwa 20 Kilometer von der Front entfernt.

Schnell wurde das Maschinengewehr zum Symbol des mörderischen Stellungskrieges.

Die Schlacht an der Marne war von entscheidender Bedeutung, weil sie den Schlieffen-Plan der Deutschen vereitelte und einen langen und blutigen Stellungskrieg einleitete, der bis 1918 andauern sollte.

Artilleriefeuer dominierte den Stellungskrieg. Vor einem Angriff wurden oft massive Artillerievorbereitungen durchgeführt, um die feindlichen Linien zu schwächen, was jedoch selten entscheidende Erfolge brachte und oft nur zu hohen Verlusten führte.

Die Soldaten lebten unter extrem schlechten Bedingungen in den Schützengräben. Sie waren ständigen Gefahren durch Artilleriebeschuss, Scharfschützen sowie Krankheiten und schlechtes Wetter ausgesetzt.

Mehrere große Schlachten fanden statt, um die Front zu durchbrechen.

Das Jahr 1916 war das Jahr der größten Schlachten des Krieges, der *„Materialschlachten"*. Die Schlacht von Verdun und die Schlacht an der Somme sind in die Geschichte eingegangen als die schrecklichsten, die verlustreichsten Schlachten des Ersten Weltkrieges.

Die Festungsanlage von Verdun war eine der Säulen der französischen Front. Hier nun wollten die Deutschen den Feind *„ausbluten"*, ihm also heftige Verluste zufügen.

In der Schlacht von *Verdun*, eine der längsten und blutigsten Schlachten des ersten Weltkrieges, die vom 21. Februar bis 18. Dezember 1916 stattfand, gelang es den französischen Truppen, unter General Philippe Pétain die deutschen Angriffe abzuwehren.

Die Schlacht wurde von der deutschen Armee unter dem Befehl von General Erich von Falkenhayn geplant. Sein Ziel war es, die französische Armee durch massive Verluste zu zermürben.

Verdun war eine stark befestigte Stadt mit symbolischer Bedeutung für Frankreich.

Am 21. Februar 1916 begann die deutsche Offensive mit einem massiven Artilleriebeschuss, der die französischen Verteidigungsstellungen zerstören sollte.

Die Deutschen setzten neue Waffen wie Flammenwerfer und Giftgas ein, um die französischen Verteidigungsstellungen zu durchbrechen.

Die deutschen Truppen erzielten Anfangs schnelle Fortschritte und eroberten wichtige Forts wie Douaumont und Vaux.

Die französische Armee unter dem Kommando von Philippe Pétain organisierte eine standhafte Verteidigung und den kontinuierlichen Nachschub an die Truppen und Material, bekannt als die „Voie Sacrée" (Heilige Straße).

Die Kämpfe erreichten in der Zeit von Mai 1916 bis Juli 1916 einen Höhepunkt, wo beide Seiten enorme Verluste erlitten.

Die Deutschen setzten ihre Angriffe fort, konnten aber keinen entscheidenden Durchbruch erzielen.

Bild 19: Frankreich: Abtransport deutscher Kriegstoter (1916).

Der französische Widerstand blieb ungebrochen.

Ab August 1916 starteten die Franzosen unter dem Kommando von General Robert Nivelle Gegenoffensiven, um die verlorenen Forts und Gelände zurückzuerobern.

Fort Douaumont wurde am 24. Oktober und Fort Vaux am 2. November zurückerobert.

Die französischen Truppen setzten ihre Angriffe fort, und die Schlacht endete schließlich im Dezember 1916, nachdem die Deutschen ihre Offensive eingestellt hatten.

Die Schlacht bei Verdun führte zu etwa 700.000 Opfern (tote, verwundete und vermisste Soldaten) auf beiden Seiten.

Obwohl die Franzosen am Ende ihre Stellungen weitgehend hielten, war die Schlacht ein Beispiel für die Brutalitäten und Sinnlosigkeit des Stellungskrieges.

Verdun wurde zu einem Symbol des französischen Widerstandes und der nationalen Identität.

Die Schlacht bei Verdun hatte tiefgreifende Auswirkungen auf die Moral und die Militärstrategien beider Seiten und gilt als eines der grausamsten und verlustreichsten Kapitel des Ersten Weltkrieges.

Am nordfranzösischen Fluss Somme hatte schon kurz zuvor eine weitere Schlacht begonnen, die größte des Krieges.

Ein Ziel der Entente war hier gewesen, die Front bei Verdun zu entlasten, indem umfangreiche deutsche Truppen an der Somme gebunden worden.

Die Schlacht an der Somme, eine der größten Schlachten des Ersten Weltkrieges, fand vom 1. Juli bis 18. November 1916 statt.

Die Schlacht wurde von den Briten und Franzosen geplant, um die deutschen Linien zu durchbrechen und Druck von den Franzosen bei Verdun zu nehmen.

Die Materialschlacht lief nach dem damals typischen Muster ab.

Das Ziel war, die deutsche Armee zu zermürben und Territorium zurückzuerobern.

Am 1. Juli 1916 begann die Schlacht mit einem massiven Artilleriebeschuss, der eine Woche lang dauerte und die deutschen Verteidigungsstellungen zerstören sollte.

Trotz des intensiven Beschusses blieben viele deutsche Stellungen intakt, was die britischen und französischen Truppen unterschätzten.

8.

Der erste Schützengraben war durch die feindlichen Granaten vollständig verschüttet worden. Bis er wieder hergerichtet und befestigt war, sollte die Schützenlinie um dreißig Meter vorgeschoben werden.

Für einen Augenblick ruhten auf beiden Seiten die Waffen. Diese Zeitspanne sollte genutzt werden, um die Gefechtslinie weiter vorzutragen.

Zwölf Mann erhielten den Befehl.

Ohne Verzug, der Offizier voran, ging es den Hügel hinab, so rasch sie ihre Beine tragen konnten.

Bei einem mächtigen Feldstein, der, wenn auch im beschränkten Maße, einigen etwas Deckung bot, wurde in rasender Eile der neue Graben ausgehoben. Die Hände flitzten so schnell durch die Luft, dass man die Spaten kaum sehen konnte.

Jede Sekunde war kostbar, jeder ausgehobene Zoll Erdreich bedeutete einen Gewinn und eine Verlängerung ihres bedrohten Lebens.

Es war ein Einsatz, ein Schaufeln ums Leben.

Als sie den Spaten in das weiche Erdreich stießen und den Graben auszuheben begannen, wurde jeder von ihnen für kurze Zeit von Entsetzen gepackt. Sie waren auf die Überreste von Gefallenen gestoßen, die hier, eingesunken in das Erdreich, vermodert waren.

Die Nacht war zum Glück undurchdringlich finster, sodass ihnen der unbehagliche Anblick der Zerstörung, die der Tod hier vollführt hatte, im Weiteren erspart blieb.

Auch wenn es ihnen einen Stich ins Herz gab, die toten Kameraden mussten eiligst vor den Erdwall gebettet werden, um sich selbst vor den tödlichen Geschossen in der Erde zu verstecken.

Mit Bangen würden sie noch lange an den Tag denken, der ihnen hier die ganze Furchtbarkeit des Krieges vor die Augen führte.

Kein Schritt, kein Zoll gab es auf diesem Hügel, der nicht von Strömen warmen Blutes durchtränkt war.

Tausende, Freund und Feind, wurden kaum von der Erde bedeckt.

Dem schweren Kampf erlegen, lagen sie hier im ewigen Schlummer.

Endlich hatte der Graben eine Tiefe von zwei Metern erreicht.

Jetzt konnte man schon etwas tiefer Atem holen.

Ein Teil der Soldaten machte sich auch sofort daran, die Brustwehr zu befestigen und Stacheldrähte zu spannen.

Die Aktion wurde jäh durch die Wiederaufnahme des Gefechtes unterbrochen.

Kaum hatten die Franzosen die neue Feldbefestigung der Deutschen wahrgenommen, als sie auch schon mit einem neuen Bleihagel diese Vorpostenlinie überschütteten.

Bis der vollständig verschüttete Schützengraben wieder in Gefechtszustand versetzt war, sollte die kleine Gruppe in den vorgeschobenen Graben aushalten und sich dann erst auf die frühere Linie zurückziehen.

Wie lange sie in dieser gefahrvollen Stellung würden ausharren müssen, hing ganz von der Geschwindigkeit ab, mit der ihre Kameraden den ersten Graben neu instand setzen würden.

Die Kugeln flogen über ihre Köpfe hinweg, während noch fleißig an der Schaffung eines Unterstandes gearbeitet wurde.

Es war Gewehrfeuer, das aus dem ersten, ihnen gegenüberliegenden französischen Graben kam, der kaum hundert Meter von ihrigen entfernt war.

Am Horizont tauchten die ersten schwachen Strahlen des beginnenden Tages auf und ließen schwach das verheerende Schlachtfeld erkennen.

Zwischen beiden Schützengräben war alles mit Toten und Wehklagenden übersät.

Es waren Franzosen, die hier hoffnungslos gegen den deutschen Graben vorgestürmt waren.

Von den deutschen Maschinengewehren waren sie jämmerlich gestoppt und niedergemacht worden.

Bild 20: Beschuss deutscher Soldaten im Schützengraben (1917/1918).

Vor dem deutschen Graben, kaum fünfundzwanzig Meter von ihm entfernt, war ein starker Drahtverhau. Von dort her erscholl fortgesetzt ein lautes Heulen, Jammern und Wimmern.

Es war ein Verwundeter, der mit flehenden Worten um Hilfe bat.

Er rief nach seinen Landsleuten, seinen Kameraden, ihn doch zu holen.

Dann wieder stieß er laute Schmerzensschreie aus, die einen erschauern ließen.

Die Franzosen mussten ebenso deutlich, wie die Deutschen, seine Worte hören.

Aber niemand von ihnen rührte sich.

Nicht einer wagte es, ihn zu holen und in Sicherheit zu bringen.

Als es heller wurde und die ersten Strahlen der Sonne am Horizont auftauchten, sah man an seiner Uniform, dass es ein französischer Hauptmann war, der in das Drahthindernis gestürzt war.

Französische Granaten hatten ihm die Füße zerschmettert.

Der Arme musste entsetzliche Qualen erleiden.

Sein Wehklagen, sein lautes Jammern zerschnitt einem das Herz.

Die Franzosen verstärkten das Gewehrfeuer.

Es interessierte sie dabei überhaupt nicht, dass ihr Hauptmann dabei drauf gehen würde.

Am Himmel erschien ein Flieger, der wohl erkunden sollte, wie der Nachtangriff gewirkt und wo bei Angriffen neue Truppen eingesetzt werden konnten.

Dreißig Meter hinter ihnen wurde mit fliegender Hast in dem von den französischen Granaten verschütteten Graben gearbeitet.

Es war Tag geworden und die Sonne stand hoch im Zenit.

Jetzt bestand die Gefahr, dass man recht schnell das kleine Häuflein, das den Tod Geweihten aufgespürt hatte, in dem neuen vorgeschobenen Graben entdeckte.

Die Feinde brauchten keine großen Truppenformationen heranführen, um die schwachbesetzten Geländeabschnitte zu erobern.

Hunderte gegen einen, da nützte kein tapferes Standhalten.

Die schwingenden Spaten klirrten und schepperten.

Mit Hochdruck wurde gearbeitet.

Die feindlichen Geschosse hatten alles verwüstet, alles zermalmt.

Der Ausbau eines solchen Grabens nahm eine gewisse Zeit in Anspruch.

Der Flieger war am Horizont verschwunden.

Aber bald stieg über der Höhe ein weißes, scharf gezacktes Wölkchen auf und streute Eisenstücke und Bleikugeln auf die Stellungen.

Dem ersten Wölkchen folgt ein zweites, drittes. Es wurden zehn, zwanzig und noch mehr.

Immer zahlreicher schwirrten die Schrapnells durch die Luft, um ihren Verderben bringenden Inhalt auf den Hügel zuschütten.

Noch immer lag in dem Drahtverhau der französische Hauptmann. Sein Klagen, sein Rufen um Hilfe wurde von seinen Landsleuten nicht beachtet.

Es schien, als hätte der Krieg alle französischen Herzen in Stein verwandelt.

Das Jammern des von Schmerzen Gepeinigten war kaum noch zu ertragen. Wenn doch eine wohltätige Kugel käme und ihn von seinen Schmerzen erlösen wollte.

Endlich war es so weit, um auf die Hauptstellung zurückzugehen.

Wie sollte das aber geschehen?

Im grellen, hellen Licht des Tages würde keiner lebend zurückkommen.

Es hieß also warten, mit unmenschlicher Geduld in dem Kugelregen warten, bis die Nacht kam.

Die Stunden verrannen, die Sonne stand längst hoch am Himmelszelt und schickte ihre glühend heißen Strahlen unbarmherzig auf die Erde hernieder.

Das Wehklagen des französischen Offiziers war in ein Delirium übergegangen. Er schrie, rief Gott und alle Heiligen an. Dann jammerte er in sanften Tönen, nannte zärtlich einige Namen, wahrscheinlich waren es die Namen seiner Kinder und seiner Frau. Dann hörte man ihn singen, dass es einen kalt überlief, dann bettelte er wieder um einen Trunk Wasser.

Plötzlich war es still. Der französische Hauptmann rührte sich nicht mehr. Ihn hatten die Kugeln seiner Landsleute getötet und ihn endlich von seinen schrecklichen Qualen befreit.

Der Tag war richtig heiß.

Die Sonne glühte mächtig und förderte die Verwesung der zahlreichen Leichen, die im offenen Gelände lagen.

Die Luft ward von fürchterlichem Verwesungsgeruch erfüllt.

Das Atmen wurde fast zur Unmöglichkeit.

Endlich stieg, wie eine Erlösung, die erfrischende Nacht hernieder, und in deren Schatten zog sich die kleine Schar, mit ihren Verwundeten, aus dem vorderen Graben auf den inzwischen neu errichteten ersten zurück.

9.

Der erste Tag der Schlacht war der blutigste Tag in der Geschichte der britischen Armee, mit fast 60.000 Opfern, darunter etwa 20.000 Tote.

Die britischen Truppen konnten nur geringe Geländegewinne erzielen, während die Deutschen gut vorbereitet und stark verteidigt waren.

Deutsche Soldaten stürmten aus den Schützengräben, versuchten durch die Front zu brechen, scheiterten aber im feindlichen Feuer, in den Stacheldrahtverhauen und auch in den Giftgaswolken.

Mal gewannen sie zwar ein paar Hundert Meter, verloren sie aber auch wieder. Dieser Ablauf wiederholte sich immer und immer wieder.

Die Kämpfe zogen sich über den Sommer hin, mit schweren Verlusten auf beiden Seiten und geringen Geländegewinn.

Der Geländegewinn für die Alliierten betrug etwa zehn Kilometer in der Tiefe und 40 Kilometer in der Breite.

Die Briten setzten erstmals Panzer ein, aber diese frühen Modelle waren unzuverlässig und hatten nur begrenzten Erfolg.

Im September 1916 starteten die Alliierten eine größere Offensive, bekannt als die Schlacht bei Flers-Courcelette, bei der Panzer wieder eingesetzt wurde.

Die Briten und Franzosen erzielten einige Fortschritte, aber die deutsche Verteidigungen blieben größtenteils intakt.

Die Kämpfe dauerten bis November 1916 an, wobei das Wetter und der Zustand des Schlachtfeldes die Gefechtshandlungen zunehmend erschwerten.

Bild 21: Im Schützengraben.

Die Alliierten erzielten am Ende der Schlacht einige wichtige Geländegewinne, aber keinen entscheidenden Durchbruch.

Die Schlacht an der Somme führte zu enormen Verlusten auf beiden Seiten, mit etwa einer Million Opfer insgesamt (tote, verwundete und vermisste Soldaten).

Die Briten und Franzosen konnten etwa 12 Kilometer tief in das deutsche Gebiet vordringen, aber strategisch blieb der Durchbruch aus.

Die Schlacht von Passchendaele, auch bekannt als die dritte Flandernschlacht, fand vom 31. Julie bis 10. November 1917 statt.

Die Schlacht wurde von den Briten unter der Führung von Feldmarschall Sir Douglas Haig geplant. Das Ziel war es, die deutsche Position in Flandern zu schwächen und die deutschen U-Boot-Basen an der belgischen Küste zu bedrohen.

Die Region um Ypern war bereits stark umkämpfte worden, und das Gelände war durch frühere Kämpfe und schlechten Wetterbedingungen stark beeinfluss.

Am 31. Juli 1917 begann die Schlacht mit einem massiven Artilleriebeschuss, gefolgt von einem Infanterieangriff. Das Ziel war, die deutschen Verteidigungslinien zu durchbrechen und die belgischen Küstenhäfen, die von deutschen U-Booten genutzt wurden, zu erobern.

Der anfängliche Fortschritt war langsam, da schwere Regenfälle das Schlachtfeld in ein schlammigen Morast verwandelte, was die Bewegungen der Truppen, den Einsatz von Panzern und die Versorgung stark behinderte.

Die britischen Truppen erzielten anfängliche Erfolge, stießen aber auf starken Widerstand der gut vorbereiteten deutschen Verteidigungsstellungen.

Die schweren Regenfälle führten zu katastrophalen Bedingungen auf dem Schlachtfeld. Wodurch viele Soldaten im Schlamm stecken blieben und ertranken.

Trotz der widrigen Bedingungen setzte Haig die Offensive fort. Die Briten führten mehrere begrenzte Angriffe, um Schritt für Schritt Gelände zu gewinnen.

Die Kanadier wurden ab Oktober in die Kämpfe einbezogen und spielten eine entscheidende Rolle bei den weiteren Angriffen.

Vor einem Angriff erfolgte oft ein massives Artilleriebombardement, um die feindlichen Verteidigungsanlagen zu zerstören.

Die Kämpfe konzentrierten sich zunehmend auf das Dorf Passchendaele, das symbolisch und strategisch wichtig war.

Soldaten mussten das „*Niemandsland*" überqueren, um die feindlichen Gräben zu stürmen. Das führte häufig zu hohen

Verlusten, da die Angreifer dem Maschinengewehrfeuer und dem Artilleriebeschuss ausgesetzt waren.

<u>Bild 22</u>: Der Schützengraben wird mit Sandsäcken befestigt.

Nach einem erfolgreichen Angriff wurde oft ein Gegenangriff gestartet, um die eroberten Positionen zurückzugewinnen.

Es erfolgte der Einsatz von neuen Waffen.

Maschinengewehre machten Sturmangriffe extrem gefährlich und führten zu hohen Verlusten.

Große Kaliber der Artillerie und weitreichende Geschütze prägten den Grabenkrieg. Die Artillerie war für die meisten Verluste verantwortlich.

Die Briten erzielten mit der Zeit wichtige Geländeabschnitte.

Am 6. November eroberten die kanadischen Truppen die Ruinen von Passchendaele.

Die Schlacht endete offiziell am 10. November 1917 mit einem taktischen Sieg der Alliierten, da sie das Dorf Passchendaele einnehmen konnten.

10.

Soweit der Blick reichte, frühlingsfrische Wiesen mit bunten Blumen. Hier und da lief ein kleines Bächlein plätschernd zwischen den grünen Rasenflächen dahin.

In weiter Ferne zwei spitze Türme, die wohl mitten aus dem Häusergewirr, einer Stadt aufragten.

Ganz in der Nähe zerschossene Gebäude.

Hier hatten Granaten ihr Vernichtungswerk vollbracht.

Mehrere Meter tiefe Trichter im Erdreich zeigten, dass hier todbringende Geschosse niedergegangen sein mussten.

Weiterhin türmten sich, zu einem unentwirrbaren Hügel, zerschossene Wagen, zertrümmerte Kriegsgeräte aller Art, unbrauchbare zertrümmerte Waffen.

Wie schrecklich war der Krieg.

Wie entsetzlich die Vernichtung.

Am Straßenrand lagen zerrissene Körperteile zweier Pferde, die das mörderische Eisen einer Granate niedergemetzelt hatte.

Unweit von den Kadavern zerbrochene Radspeichen, zerfetzte Sattel und Tornister auf der Straße.

Und gleich daneben grüßten frische Soldatengräber mit einfachen Holzkreuzen herüber.

Kurz an den Gräbern stehen bleibend grüßten sie schweigend die gefallenen Kameraden, die hier zu ewigen Schlummer gebettet waren.

Vor der Majestät des Todes salutierten sie stumm und ehrfürchtig.

Weiter ging es, an blühenden Wiesen vorbei, auf ein Dörfchen zu, aus dem der zerschossene Kirchturm wie klagend in die Luft starrte.

Der Kanonendonner wurde mit jedem zurückgelegten Kilometer deutlicher vernehmbar und jetzt, wo das Bataillon die Landstraße verlassen und zwischen den Feldern auf das Dorf zustrebte, dröhnte der Lärm der Geschütze immer fürchterlicher.

Andere ernste Bilder zogen nun an der jungen Truppe vorüber.

Langsamen Schrittes rollten geschlossene Lazarettwagen daher, die Schwerverwundete nach dem nächsten Lazarett schafften.

In rascher Fahrt sausten Automobile mit leichter verwundeten vorbei, die bleich und ernst die ankommenden Kameraden durch ein Nicken des Kopfes, durch eine Bewegung mit der Hand grüßten.

Stumm und staunend ließen die jungen Soldaten diese neue Erscheinung des Krieges auf sich wirken.

Ganz Leichtverwundete kamen aus dem Gefecht. Durch die angelegten weißen Verbände drängte sich das rote Blut hervor.

Vor dem Eingang des Dorfes hielt die Sanitätskolonne.

Jetzt bestand die Gelegenheit, mit den verwundeten Kameraden zu sprechen, sie zu befragen, wie und wann sie die Verletzung erhalten hatten.

Alle umdrängten die Verwundeten und bestürmten sie mit ungezählten Fragen.

Denn morgen, vielleicht schon in einigen Stunden, sollten sie ihre leeren Stellen im Schützengraben einnehmen.

Wenige Kilometer nur von ihnen entfernt, sahen sie zum ersten Male am Firmament weiße, feingezackte Wölkchen aufsteigen. Es waren Schrapnellgeschosse, die hoch in der Luft explodierten, um ihren fürchterlichen Blei- und Eisenhagel Verderben bringend zur Erde zusenden.

Unablässiger fürchterlicher Krach und lauter Donner erfüllte die Luft.

Die Erde zitterte und bebte in einem fort.

Das also war der Krieg!

Was würden die nächsten Stunden bringen?

Das Dorf war von zahlreichen Einheiten besetzt.

Überall wimmelte es nur so von Soldaten.

Da kamen und standen Munitionskolonnen, hier waren Meldereiter, da waren Pionierabteilungen mit ihren mannigfachen Waffen und Geräten tätig.

Ambulanzen und Sanitätswagen standen bereit.

Unaufhörlich strömten neue Infanterieeinheiten heran, als sollte hier an dieser Stelle der mächtige Krieg entschieden werden.

Von den Häusern und Gehöften des Dorfes war noch ein guter Teil erhalten. Zahlreiche lagen dagegen zusammengeschossen in einem wüsten Trümmerhaufen, von anderen ragten nur ein paar verkohlte schwarze Holzstümpfe aus Schutt und Asche noch hervor.

Die Truppen des angekommenen Bataillons wurden auf die verschiedenen Häuser, Scheunen und sonst noch bewohnbaren Gehöfte verteilt.

Viele, der einst hier untergebrachten Kameraden waren gefallen oder verwundet worden, sodass reichlich Platz für die Eingetroffenen vorhanden war.

<u>Bild 23</u>: Laufgraben.

Am anderen Morgen wurden Gefechtsübungen hinter der Front vorgenommen.

Man musste auf alles vorbereitet sein.

Nach dem Mittagessen sollten alle auf Vorrat schlafen, beim Hereinbrechen der Nacht würde es gegen den Feind gehen.

Eine wundervolle Maiennacht zog herauf.

Große silberne Sterne funkelten friedlich vom dunklen Himmelszelt auf die blutgetränkten Gebiete herab.

Jeder Kamerad hatte sich für die nächsten beiden Nächte und Tage mit Proviant versorgt.

Erst am dritten Tag sollten sie wieder abgelöst werden.

Im Schweigen der Nacht marschierten sie im Gleichschritt dahin, bis zu einer Stelle, an der sie nur gebückt vorwärtsgehen konnten.

Der Weg führte leicht hinab in einen ausgebauten Graben und die Soldaten konnten nur noch im Gänsemarsch hintereinander in diesem Verbindungsgraben gehen.

Dann wurden sie auf die verschiedenen Gräben verteilt, die in größeren Abständen parallel dem Feind zugekehrt waren.

Eine schnelle Begrüßung der Mannschaft, die abgelöst wurde.

Ein kurzer staunender Blick auf einige verwundete, schon verbundene Kameraden. Sie warteten jetzt hier im Dunkel der Nacht darauf, einem Lazarett zugeführt zu werden.

Dann waren auch diese fort und der furchtbare Ernst des Augenblicks trat jeden vor die Augen.

Die Truppe befand sich in Alarmbereitschaft.

Jeden Augenblick konnte der Feind anstürmen.

Die Büchse in der Hand oder schussbereit auf der aufgeworfenen Erde vor sich, so warteten die jungen Rekruten auf den Ansturm, auf ihre erste Schlacht.

Die Offiziere gingen die Reihen entlang, um Verhaltensmaßregeln zu erteilen.

Schleichpatrouillen wurden ausgeschickt.

Die Aufmerksamkeit der Soldaten wurde besonders auf die Lage der Drahtverhaue gerichtet.

Mitternacht war vorüber.

Alles war ruhig, vom Feinde nichts zu spüren.

Die angespannten Nerven fingen an, sich langsam zu beruhigen.

Allmählich begann auch die Wachsamkeit nachzulassen.

Lau und lind strich der Südost über die erregten Gesichter der Soldaten, die mit ihren Augen versuchten, das nächtliche schwarze Dunkel zu durchdringen.

Bald glaubten, sie hier oder da einen heranschleichenden Franzosen zu sehen, oder in der Ferne dunkle Massen sich auf die deutschen Stellungen zu zubewegen.

Doch so aufmerksam auch alle in Richtung des Gegners spähten, von Feinden war nichts wahrzunehmen.

Der eine und andere musste sich in diesen Moment eingestehen, dass seine Sinne ihn getäuscht hatten.

Zudem meinte auch der Unteroffizier, dass man sich um einen Überfall keine Sorge zu machen brauche, da ja einige vorgeschobene Vorposten bei einem Nahen des Feindes Alarmschüsse abgeben würden.

Die Feinde hatten von den Verlusten der letzten Tage genug, besonders die englischen Regimenter waren bis auf einen Bruchteil gänzlich vernichtet worden.

Es leuchtete daher Allen ein, dass sie jetzt ein paar Tage Ruhe haben würden.

Damit sollten sie sich aber gewaltig getäuscht haben.

Eine dunkle, sich fortbewegende Masse, tauchte kaum zweihundert Meter vom Graben auf. Verschwand plötzlich vom Erdboden, um dann wieder aufzutauchen.

Niemand in den deutschen Schützengräben bekam in diesen Moment diese Bewegung vor ihnen auf dem Gefechtsfeld mit.

Kein Zweifel, der Feind näherte sich in langsamen Vormarsch. Verschwand zeitweise in einer Talsenke oder warf sich in Deckung nieder, um vorsichtig an die deutschen Stellungen heranzuschleichen.

„Der Feind! Der Feind ist das!", ertönte plötzlich ein lauter Ruf.

Alles sprang auf und griff zu den Waffen.

Jetzt konnte jeder, einmal darauf hingewiesen, die Vorwärtsbewegung der Feinde erkennen.

Es galt als sicher, die Vorposten waren von anschleichenden gegnerischen Franzosen, die eine besondere Fähigkeit für schlangenartiges Vorwärtskriechen besaßen, überfallen und niedergemetzelt worden.

Über das Feldtelefon wurden sofort sämtliche Gefechtsstände und Maschinengewehrabteilungen alarmiert.

Die deutschen Soldaten verhielten sich äußerst ruhig und nun, da der feindliche Ansturm zur Gewissheit wurde, ließ man die Feinde bis auf eine kurze Entfernung herankommen.

Die Gefahr kam langsam heran, geführt von einem Kerl, dessen bleiches Gesicht in der Finsternis deutlich zu sehen war.

Immer näher rückte die Truppe.

Aufrecht voran schritt der Anführer, ein grinsendes Lachen auf seinem furchtbaren Gesicht.

Es war der Tod, dem eine sichere Ernte gewiss war.

Jetzt waren die Feinde nur noch fünfzig Meter vom ersten Schützengraben entfernt.

Die Deutschen taten, als schliefen sie.

Noch fünf Meter ließ man den Gegner näherkommen.

Immer rührte sich noch nichts in der deutschen Linie.

Nun aber waren die Feinde nur noch vierzig Meter von den todbringenden deutschen Kugeln entfernt.

„Feuer!" gelte es durch die Nacht.

Ein verheerendes Feuer aus den Schützenwaffen zerriss mit einem Male die nächtliche Stille.

Unerbittliches, fürchterliches Schnellfeuer warf die anstürmenden Franzosen und Engländer in Haufen nieder.

Ein grässliches, schauerliches Lied sangen die Maschinengewehre, die die feindseligen Reihen scharenweise niedermähten.

Diejenigen der Anstürmenden, die tollkühn bis zu den Drahtverhauen vorgedrungen und dort zu Fall gekommen waren, wurden von zielsicher abgefeuerten Kugeln niedergestreckt.

Keiner der sicherlich mit großer Tapferkeit vordringenden
Feinden erreichte einen deutschen Schützengraben.

<u>Bild 24</u>: Deutsches Maschinengewehr bei der Unterstützung des Sturmangriffs (1917).

Langsam fing der Morgen mit grauen Lichtern am Horizont
heraufzudämmern.

Heller und heller wurde es.

In Massen lagen die Gefallenen und Verwundeten vor dem
deutschen Graben.

Es war grauenvoll, ihre Klagerufe, ihr Jammern zu vernehmen.

Der Feind hatte seinen nächtlichen Überfall teuer bezahlen
müssen.

In eiliger Flucht zog er sich zurück und musste seine Verwundeten preisgeben.

Es war fünf Uhr morgens, als die hell leuchtenden Strahlen der aufgehenden Sonne die vernichteten Menschenleben und das grauenhafte Zerstörungswerk im vollen Umfang erkennen ließ.

Erst jetzt konnte man das Entsetzliche des Geschehens deutlich erkennen.

Der Tod hatte auch in den eigenen Reihen seine Opfer gefunden.

Einen lieben Kameraden hatte eine Kugel ins Herz getroffen. Er lag auf dem Rücken, bleich und still. Die Flinte hielt er noch krampfhaft mit der Rechten umspannt. Aus der tödlichen Wunde sickerte das rote Blut hervor und überrieselte die ganze Uniform.

Es war aber keine Zeit, sich um den Toten zu kümmern, denn der Feind traf neue Vorbereitungen zu neuem Angriff.

Warm, freundlich und lachend war die Sonne heraufgezogen, als ob nichts geschehen wäre, als ob nicht Hunderte Menschen kurz vorher den Tod gefunden und noch vielmehr verstümmelt und schwer verletzt in ihrem Blute ächzten.

Deutlich waren die feindlichen Schützengräben in dem Flachland zu erkennen.

Einige Waldstreifen zogen sich dort quer durch das Gelände.

Zur Linken zeigte sich ein Kirchturm, und in gerader Linie sah man die Türme einer befestigten Stadt.

Der Vormittag ging dahin, ohne dass die deutsche Artillerie, wie sie sonst zu tun pflegte, ihre Geschosse auf die feindlichen Linien abgefeuert hätte.

Endlich, Mittag war längst vorüber, vernahm man in der Luft einen schauerlich, heulenden Ton, der mit jeder Sekunde an Kraft und Deutlichkeit zunahm.

Aller Augen waren nach dem Himmel gerichtet.

Sollten das Motoren von Flugzeugen oder Luftschiffen sein?

Ehe die Truppe noch Zeit hatte, sich den seltsamen Vorgang zu erklären, erschütterte eine grässliche Explosion die Luft.

Man blickte in die Runde, man suchte wieder den Himmel nach allen Richtungen ab.

Man konnte sich weder das Ohren zerschneidende Sausen erklären noch den furchtbaren Knall.

Fragen wurden gestellt und Vermutungen geäußert.

Da!

Bild 25: Nach einem abgewiesenen französischen Angriff.

Wieder zog der schauerlich heulende Ton hoch durch die Luft, und endlich Sekunden später ließ wieder ein ohrenbetäubender Knall die Luft erbeben.

So viel hatte man schon festgestellt: Die deutsche Artillerie war in Tätigkeit.

Aber wo konnte keiner sagen?

Am blauen Firmament zogen zwei deutsche Flieger dahin. Sie sollten feststellen, ob die deutschen Geschosse getroffen hätten.

Die Wirkung war jedoch schon für jedes unbewaffnete Auge sichtbar. Mächtige Rauchsäulen stiegen in der Ferne in die Höhe. Sie zeigten die Wirkung der unsichtbaren Geschütze.

Wo aber standen die Kanonen?

Hinter der Front?

Da hatte ein Meldereiter dem Kommando im Dorf des Rätsels Lösung gebracht.

Fünfzig Kilometer entfernt standen die neuen schweren Geschütze und spien Tod und Verderben aus.

Unaufhaltsam, unter Zurücklassung von Hab und Gut, flohen die beklagenswerten Bewohner aus der Stadt, die durch die immer wieder erneut einschlagenden, alles zermalmenden Riesengranaten zu einer wahren Hölle geworden war.

Bild 26: Zerstörte Ortschaft nach dem Artilleriebeschuss.

Ganze Häuserreihen wurden durch die Gewalt der explodierenden Granaten wie vom Erdboden weggefegt.

Zahllose Tode blieben unter den Trümmern.

Mächtige Brandherde vergrößerten die Verwirrung und Not.

Mit den Zivilbewohnern fluteten sowohl französische als auch englische Truppenteile aus der Stadt.

Gleichzeitig mit dem Artillerieangriff fand ein Sturmangriff auf die feindlichen Stellungen statt.

Die französische Linie wurde in die Flucht geschlagen.

Die Engländer wurden fast aufgerieben, und der Erfolg des Tages war, dass fast alle wichtige Stellungen in die Hände der Deutschen fielen.

Die Schlacht führte zu enormen Verlusten auf beiden Seiten, mit schätzungsweise 275.000 britischen und etwa 220.000 deutschen Opfern.

11.

Als herkömmliche Waffentechnik im Schützengrabenkrieg der festgefahrenen Westfront keine Erfolge mehr brachte, dämmerte ganz allmählich den führenden Militärs, dass dieser Krieg völlig anders war als alle anderen davor.

Die Militärs griffen auf neue Waffentechniken zurück.

Die *„moderne"* chemische Kriegsführung begann im Ersten Weltkrieg. Es waren die französischen Streitkräfte, die im August 1914 als erste C-Waffen gegen die deutschen Truppen einsetzten. Allerdings handelte es sich zunächst *„nur"* um das Tränengas Xylybromid.

Von Oktober bis November 1914 tobte die erste Schlacht um Ypern. Sie war ein Teil der Versuche, die deutschen Truppen daran zu hindern, die Kanalhäfen zu erreichen.

Die Kämpfe endeten in einer Pattsituation, und die Frontlinie stabilisierte sich.

In der zweiten Schlacht von April bis Mai 1915, setzten die deutschen Truppen am 22. April 1915 erstmals Giftgas als Massenvernichtungsmittel im Krieg ein.

Der deutsche Gasangriff bei Ypern, auch bekannt als die zweite Schlacht von Ypern markierte den ersten groß angelegten Einsatz von Giftgas in einem Krieg.

Das XV. Armeekorps griff unter General Berthold von Deimling zwischen Langemark und Ypern mit Chlorgas an.

Die entscheidende Wirkung des Gases und die Möglichkeit, durch einen Gasangriff im Blasverfahren zu operativen Zielen an der Westfront zu kommen wurde anfangs kein Glauben geschenkt.

Obwohl die Franzosen und Engländer durch Agenten gewarnt wurden, blieben diese Informationen bei den höheren Stäben der Franzosen und Engländer liegen.

Sie wurden als einen deutschen Bluff angesehen.

Da Chlor schwerer ist als Luft, sank es in die französischen Schützengräben.

Die Deutschen hatten mehrere Wochen lang Chlorgas in Druckflaschen an die Front gebracht. Insgesamt wurden etwa 5.730 Flaschen, die jeweils 40 bis 50 Kilogramm Gas enthielten, entlang eines etwa 6 Kilometer breiten Frontabschnittes aufgestellt, um rund 168 Tonnen Chlorgas freizusetzen.

Diese Flaschen wurden in flachen Gräben eingegraben, um sie vor feindlichen Feuer zu schützen.

Für den erfolgreichen Einsatz des Gases waren die Windverhältnisse entscheidend. Der Wind musste konstant in Richtung der gegnerischen Linien wehen, um das Gas effektiv zu transportieren.

Am 22. April waren die Windbedingungen günstig, und die Entscheidung wurde getroffen, den Angriff zu starten.

Nach heftiger Beschießung der feindlichen Stellungen griffen die deutschen Truppen unter erstmaligen Gebrauch von Gasen die französische Division an.

Gegen 17.00 Uhr öffneten die deutschen Truppen die Ventile der Gasflaschen.

Eine dicke grün-gelbe Wolke stieg aus den deutschen Gräben auf. Bewegte sich schnell in Richtung der französischen und algerischen Soldaten.

Damit die Soldaten wussten, was in den einzelnen Gasbehältern enthalten war, erhielten diese farbige Markierungen. Grüne Kreuze standen für Lungenkampfstoffe, blaue Kreuze für Blutkampfstoffe, gelbe für Hautkampfstoffe.

Bei einem chemischen Angriff mit verschiedenen Kampfstoffen sprachen die Soldaten deshalb lapidar von *„Buntschießen"*.

Das Gas bewegte sich langsam über das Niemandsland und drifteten auf die alliierten Schützengräben zu.

Die alliierten Soldaten waren völlig überrascht auf den Einsatz von Giftgas. Viele von ihnen hatten keine Schutzmasken oder andere Schutzvorrichtungen.

Es wurde zu improvisierten Schutzmaßnahmen gegriffen.

Ein einfaches und effektives Mittel war das Befeuchten von Tüchern oder Taschentüchern mit Kalkwasser oder anderen Flüssigkeiten und das halten dieser vor Mund und Nase, um die Auswirkungen des Gases zu mindern.

<u>Bild 27:</u> Deutsche Infanterie während eines Gasangriffes (Frühjahr 1918).

Wenn das Kalkwasser fehlte, sollte man in die Taschentücher pissen. Das war zwar primitiv, aber im Augenblick das einzige Vorbeugungsmittel, das sie hatten.

Was folgte, war unbeschreiblich.

Die Wirkung der Gase war so kräftig, dass die ganze von der französischen Davison besetzte Stellung zu jedem Widerstand unfähig war.

Zunächst war es unmöglich, festzustellen, was eigentlich geschehen sei.

Rauch und Dämpfe entzogen alles der Sicht.

Das Chlorgas verursachte schwere Atemnot, Verätzungen der Atemwege, Husten, Brennen in Augen und Hals sowie Flüssigkeitsansammlungen.

Die betroffenen Soldaten erlitten schwere Verletzungen und viele starben durch Ersticken oder Lungenödeme.

Hunderte waren es.

Wer nicht sofort umkam, verfärbte sich schwarz im Gesicht, hustete Blut und kam anschließend jämmerlich zu Tode.

Unzählige Soldaten, die überlebten, erblindeten.

Einige Truppen versuchten improvisierte Schutzmaßnahmen, wie das Befeuchten von Tüchern und das Halten dieser vor Mund und Nase, um das Gas zu filtern.

Der Name des Giftgases „Yperit" leitet sich von der Stadt Ypern ab und bezeichnet das chemische Kampfmittel Senfgas, das dort erstmals großflächig eingesetzt wurde.

Es war so aggressiv, dass es sogar Uniformen durchfraß und zu tödlichen Verätzungen oder kaum heilenden, eiternden Wunden führte.

Der Angriff verursachte erhebliche Verluste bei den französischen und kolonialen Truppen, die die Hauptlast des Angriffes trugen. Er forderte schätzungsweise 1.200 Tote und 3.000 Verwundete.

Durch die Panik und Verwirrung, die das Gas verursachte, gelang es den deutschen Truppen, einen bedeutenden Vorstoß zu erzielen.

Hunderte von Leuten wurden betäubt und innerhalb einer Stunde gaben die Franzosen die ganze Stellung mit etwa 50 Geschützen auf.

Die Franzosen hatten außerdem ein heftiges, ununterbrochenes Artilleriefeuer auszuhalten, von einer großen Zahl von deutschen Geschützen mit unbegrenztem Munitionsnachschub.

Es war für die Franzosen unter diesem weit überlegenen Feuer unmöglich, gute Gräben auszuheben oder nach der durch den ersten Gasangriff hervorgerufenen Verwirrung und Demoralisierung und den Folgen der späteren Gasangriffe haltbare Stellungen herzurichten.

Die deutschen Truppen konnten aufgrund der Überraschung und des Chaos einige Geländegewinne erzielen, waren jedoch nicht in der Lage, den vollen Vorteil aus ihrem Durchbruch zu ziehen, da die Wirkung des Gases mit der Zeit nachließ und sie selbst nicht ausreichend auf die schnelle Ausnutzung der Lücke vorbereitet waren.

Alliierten Verstärkungen trafen ein.

Dadurch konnten sie jedoch ihre Linien halten.

Daraufhin nutzten auch andere Kriegsparteien die unsichtbare Waffe. Die Alliierten entwickelten schnell eigene chemische Waffen und Schutzmaßnahmen wie Gasmasken.

Zu Beginn wurde das Gas abgelassen und der Wind trieb es in die feindlichen Stellungen. Diese Methode erwies sich allerdings als zu wetterabhängig, daher entwickelte man gasgefüllte Granaten.

Den Höhepunkt erreichte der Gaskrieg 1918, schätzungsweise jede dritte abgefeuerte Granate war damals mit giftigen Chemikalien bestückt.

Während des Krieges setzten die Kriegsparteien Dutzende unterschiedliche Giftgase als Kampfstoffe ein.

Egal, welches Gas - die Folgen waren immer grausam.

Neben den Schädigungen der Atemorgane lösten jetzt auch bestimmte Gasmischungen, die auch die Kleidung durchdringen konnten, starke Hautreizungen und Verätzungen aus.

Die Entwicklung und Verbreitung von Gasmasken war die effektivste Schutzmaßnahme und gehörte zu den jüngsten technischen Entwicklungen, die während des Ersten Weltkrieges zum Einsatz kamen.

Am 13. Oktober 1914 hatte der US-amerikanische Erfinder Garret Morgan das Patent für eine Gasmaske eingereicht – keine drei Monate nach Beginn des Krieges.

Morgan teilt sich den Ruhm des Erfinders der Gasmaske mit dem Kanadier Cluny MacPherson, welcher zeitgleich Atemschutzmasken entwickelte.

Allerdings konnte eine Gasmaske nur schützen, wenn die Soldaten rechtzeitig vor dem Gasangriff gewarnt wurden und die Maske aufsetzten.

Bild 28: Gasmaske mit Transportbüchse.

Zu diesem Zweck kamen Kanarienvögel sowie trainierte Hunde zum Einsatz, die mit Alarmlauten auf Veränderungen in der Luftzusammensetzung reagierten. Erkennen des charakteristischen Geruchs, Veränderung des Aussehens des Grases sowie durch die Beobachtung der Wetterbedingungen waren weitere Merkmale.

Akustische Alarmsysteme wie Sirenen oder Signalhörner wurden eingesetzt, um die Truppen zu alarmieren und ihnen Zeit zu geben, ihre Schutzmaßnahmen zu ergreifen.

Soldaten wurden im Umgang mit Gasangriffen geschult. Dies umfasste das schnelle Anlegen von Gasmasken, das Erkennen von Gas angriffen und das Verhalten während eines Angriffes.

Übrigens auch Simulationen halfen den Soldaten, im Ernstfall schneller und effektiver zu reagieren.

Die medizinische Versorgung für Gasopfer wurde verbessert. Spezielle Behandlungsmethoden wurden eingesetzt, um betroffene Soldaten schnell zu versorgen und die Auswirkungen des Gases zu mildern.

Maßnahmen wie die Sauerstoffgabe und die Behandlung von Augen- und Atemwegsreizungen wurden standardisiert.

Die ersten eingeführten Gasmasken wurden rasch durch verbesserte Modelle ersetzt. Sie erhielten Filter aus Aktivkohle oder anderen Materialien, die das Gas absorbierten und die Atemluft reinigten.

Die Gasmasken bedeckten das gesamte Gesicht und hatten oft Augenschutzvorrichtungen aus Glas, um die Augen zu schützen.

Die deutschen Modellnummern der Gasmasken entsprachen dabei dem Erscheinungsjahr.

So löste die Gasmaske 17 ab Juni 1917 das Modell Gasmaske 16 ab. Sie wurde in einer speziellen Bereitschaftsbüchse stets griffbereit mit sich getragen.

Durch die passgenauere Form der ledernen Gasmaske 17 sollte Sitz und Dichtigkeit verbessert werden. Die doppelten Augenfenster verfügten zur Verstärkung über feine Blechdrähte, sogenannte Spinnen. Als neues Material kam bei den Filtern Aktivkohle zum

Einsatz. Dessen Filterwirkung stellte im Vergleich zu dem Vorgänger Modellen, die lediglich Baumwollstoff als Filtermaterial nutzten, einen großen Fortschritt da.

Während des Ersten Weltkrieges starben insgesamt über 90.000 Soldaten an den direkten Auswirkungen von Giftgas. Weit mehr, über eine Million, erlitten Verätzungen und oft lebenslange gesundheitliche und psychische Schäden. In Anbetracht der sonstigen Kriegsverluste von 10 Millionen Toten fallen diese Zahlen überschaubar aus. Der groß angelegte Einsatz von Giftgas erwies sich kriegstechnisch als unwirksam.

Bild 29: Maschinengewehrbedienung mit aufgesetzter Gasmaske im Einsatz.

Der Mythos um die unsichtbare Waffe Gas hat trotz der geringen Effizienz dazu geführt, dass sich die Gasmaske zu einem Symbol für die Schrecken des Ersten Weltkrieges entwickelte.

Der Angriff führte zu einer großen Anzahl von Toten und Verletzten unter den alliierten Truppen. Es wird geschätzt, dass etwa 5.000 Soldaten sofort starben und viele weitere schwer verletzt wurden.

Der Einsatz von Giftgas führte zu internationaler Empörung und wurde als Verstoß gegen die Haager Konvention von 1899 und 1907 angesehen, die den Einsatz von Gift und vergifteten Waffen verbieten sollte. Dies führte schließlich zur Entwicklung von Gasmasken und anderen Schutzvorrichtungen sowie zu Gegenmaßnahmen seitens der Alliierten.

Der Einsatz von chemischen Waffen in Ypern eröffnete eine neue Dimension der Kriegführung und führte zu weiteren Einsätzen von Giftgasen durch beide Seiten im Verlauf des Krieges. Dies hatte tiefgreifende Auswirkungen auf die militärische Strategie und die Entwicklung von Schutz- und Gegenmaßnahmen.

Beim *„Gaskrieg"* im Ersten Weltkrieg wurden rund 120.000 Tonnen von Kampfstofftypen verschossen, dadurch starben ca. 100.000 Soldaten und 1,2 Millionen Mann wurden verwundet.

12.

Am kommenden Abend, als die Sonne untergegangen war, marschierten die Kompanien beherzt auf der Straße nach der nächsten Stadt.

Die fürchterlichen Kämpfe, die hier in dieser Gegend seit Monaten zwischen den Engländern, den Franzosen und den Deutschen tobten, hatte mit gewaltiger Anzahl die Reihen des Feindes dezimiert.

Aber auch auf der deutschen Seite waren Ersatzreserven bitternotwendig geworden.

Die feldgrauen Soldaten sollten für die Verwundeten und für die, die das Leben für das Vaterland ließen nunmehr eingesetzt werden.

Das Gewehr auf der Schulter, den Tornister und das Kochgeschirr auf dem Rücken, mit dem gerollten Mantel umspannt, so marschierten die jungen Männer ohne Gleichschritt dahin.

Je näher sie sich der Front näherten, umso schweigsamer wurden sie.

In der Luft schwangen sich jubilierend die Lerchen, und hoch am blauen Himmel zogen Schwalben dahin, die weder der nahe Kanonendonner noch der sonstige Kriegslärm verscheuchen konnte.

Die Sonne zeigte noch einmal ihre letzten blendenden Strahlen, um einige am Wege stehenden Birken und eine kleine Häuserreihe in ihr warmes Licht zu tauchen.

Die kleinen einstöckigen Häuser aus roten Ziegeln standen ziemlich unversehrt da, schienen aber von der Zivilbevölkerung verlassen zu sein.

Das letzte Haus hatte unter, seiner vier Fenster breiten Fassade ein kleines Schild, das anzeigte, dass das Haus dem müden Wanderer in friedlichen Zeiten Erfrischungen und eine Herberge bot.

Ohne Aufenthalt marschierten die Männer an dem Haus vorüber.

Der geradeaus gerichtete Blick glitt über die weiten Flure und unbebauten Felder.

Ganz in der Ferne tauchten Pappeln auf und dann hin und wieder Birken.

Überall, wohin das Auge fiel, waren die Spuren des fürchterlichen Krieges zu erkennen.

Die Chaussee beschrieb einen weiten Bogen.

Der staubige Weg stieg sanft an, um dann plötzlich wieder bergab zu führen.

Immer näher, immer deutlicher war das Knattern des Gewehrfeuers zu hören.

Jetzt konnte man auch schon deutlich den eigenartigen, schauerlichen Lärm, den die Maschinengewehre machten, vernehmen.

Die Mienen der Marschierenden zeigten Mut und Entschlossenheit.

Ja, ihre Schritte schienen unter der Einwirkung des dringenden Kampfes rascher, energischer zu werden.

Da, als der Weg die Kolonne wieder bergan führte, konnten sie das ferne Feuer der Kanonen hören und die Rauchwolken, die beim Abfeuern der Geschütze entstanden sehen.

Ihr Weg führte auf eine Höhe zu, die in ihrer Richtung lag.

In zwei Stunden etwa konnten sie da ihren bedrängten Kameraden zu Hilfe kommen.

Dort wo der Hügel und die Straße ganz in Pulverdampf gehüllt waren, wo unausgesetzt grelle Blitze aus unerbittlichen Feuerschlünden geschleudert wurden, wo unzählige Geschosse durch die Luft schwirrten, wartete tausendfältig der Tod.

Die Nacht brachte für die deutschen Linien den Befehl zu einem nächtlichen Angriff.

„Das Regiment rückt aus, greift den Feind an und schlägt ihn!" kam der Befehl.

Die Herzen schlugen höher.

Beim Angriff gab es keine Deckung mehr, wie in der zumeist sicheren Verschanzung des Schützengrabens.

Jede Unterstützung durch die eigenen Kameraden fiel hier aus.

Es entschied mit einem Male der persönliche Mut und die sichere Gewandtheit des einzelnen.

Wenige Minuten nur vergingen, bis alle in Reih und Glied standen, bis die Patronen verteilt und die Magazine für die Gewehre gefüllt waren.

Tornister und Mantel, sowie jeder der Schlagkraft und Raschheit des Vormarsches hemmenden Ballast wurde zurückgelassen.

Die Rechte hielt mit eisernen Griff, das Gewehr umfasst, mit dem aufgepflanzten scharfen, blitzenden Bajonett.

Einige Minuten vergingen noch, bis das Kommando ertönte.

In diesen bangen Minuten kam bei vielen zum ersten Mal mit überzeugender innerer Gewalt zum Bewusstsein, dass er sein junges Leben für etwas in die Schanze schlug, dass er bisher noch gar nicht so recht erkannt hatte.

Stark bewaffnet standen sie alle in Reih und Glied.

Ein jeder von ihnen wartete mit angespannter Ungeduldigkeit nur auf dieses bestimmte Wort.

Dieses Kommandowort kam wie eine unbeugsame Notwendigkeit, wie ein göttlicher Befehl über alle, dem sich keiner entzogen konnte, selbst wenn er die ewige Seligkeit hätte dafür erkaufen können. Denn dieses eherne Kommandowort, das sie gegen die Reihen der exzessiven Feinde trieb, war der Inbegriff aller guten Worte, die von der fernen Heimat her zu ihren Herzen strömten.

Dieser gewaltige Wille machte in ihnen alle schlummernden Tugenden lebendig.

Die Stimme der Liebe, die jetzt in der harten Stunden der Gefahr mit elementarer Gewalt in allen Herzen Wurzeln schlug, hatte dem bisherigen Verwaisten in einem einzigen Augenblick alles das gegeben, wo nach sich die feurigen, liebesdurstigen Herzen gesehnt hatten.

Sie wollten für ihr Vaterland leben, es verteidigen und wenn es nicht anders ginge, für dieses geliebte Vaterland ruhigen Herzens sterben.

„Achtung!" ertönte jetzt das Kommando mit halblauter Stimme.

Alle standen stramm.

Jeder wusste, jetzt galt es, jetzt ging es um Ehre und Leben. Nun wollten sie dem Feind zeigen, dass sie tapfer zu kämpfen und tapfer zu sterben wussten.

„Bataillon marsch!"

Dumpf und wuchtig dröhnten die Schritte auf dem Erdboden.

Durch die klare Maiennacht marschierten die Infanteriekolonnen in Richtung des Gefechtsfeldes.

Kaum hatten die feindlichen Vorposten den Anmarsch der Deutschen signalisiert, als die Stürmenden mit einem Bleihagel überschüttet wurden.

„Marsch, marsch, hurra!" so gelte es durch die Nacht.

Der deutsche Siegesruf pflanzte sich brausend von Linie zu Linie fort und erstickte alle feindlichen Gewehrsalven.

Nachdem die deutsche Infanterie ihre Magazine entleert hatten, ging es im Sturm, mit gefällten Bajonetten vorwärts.

Vorwärts stürmten die Deutschen, alles vor sich niederwerfend, was sich ihnen entgegenstellte.

Diesen furchtbaren Anprall hielten die vereinigten Franzosen und Engländer nicht stand.

Sie wurden aus ihren stark befestigten Stellungen herausgeworfen. Die naheliegenden Ortschaften wurden besetzt und alle die im Osten beherrschenden Höhenzüge.

Über tausend Mann wurden gefangen genommen.

Bild 30: Erstürmte französische Stellungen.

Wieder war mancher brave Kamerad für immer, oder für einige Zeit durch Verwundung, von dem Schauplatz seiner Tätigkeit abgetreten.

An einem klaren Sonntag, frühmorgens marschierte das Bataillon in südliche Richtung ab.

Schon um 10.00 Uhr wurde die Truppe von feindlichem schweren Artilleriefeuer überrascht. Die Schrappnells und Granaten platzten links und rechts der Straße.

Dann kam auch noch das Infanteriefeuer aus einem nahen Gehöft dazu.

Sofort wurde ausgeschwärmt und gegen das schwachbesetzte Gehöft vorgegangen, welches in kurzer Zeit eingenommen wurde.

Die Hauptstellung der Franzosen lag auf einer dahinter liegenden inselartigen Wiese.

Dagegen wandte sich jetzt der deutsche Angriff.

Lebhaftes Infanterie- und Maschinengewehrfeuer der Franzosen versuchten den Angriff aufzuhalten.

Die ersten Verluste.

Trotzdem ging es unentwegt vorwärts.

Es kam wieder das „Sprung auf! Marsch! Marsch!" zur Geltung.

Heftiges Gewehrfeuer prasselte den Infanteristen entgegen.

Die Deutschen waren aber nicht aufzuhalten.

Sie stürmten geduckt wie Katzen vorwärts.

Der Erfolg ihres Vorgehens wurde sichtbar.

Mit mächtigen Sprüngen über die lehmige, nasse, klebrige Brustwehr gelang es, den feindlichen Schützengraben zu erreichen.

Der Feind feuerte eine Salve nach der anderen auf die Angreifer ab. Sie wollten damit verhindern das ihr Gegner über die Brustwehr, in den Schützengraben eindrang.

Das feindliche Feuer aus den Schützenwaffen war so stark, dass der deutsche Angriff zum stocken kam.

„Eingraben...! Schnell!"

„An die Brustwehr heranbuddeln!"

Unter dem fortgesetzten Feuer der Franzosen verrichteten die Spaten in den Händen der Angreifer im morastigen Lehm ganze Arbeit.

Pitschenass wurden die Uniformen.

Schweiß lief von der Stirn.

Schließlich gelang es einigen, den Menschenkörper notwendig deckenden schwachen Graben bist an die Brustwehr zu buddeln.

Emsig wurde mit dem Spaten weiter gearbeitet.

Endlich gelang es, die an der Innenseite der Brustwehr befindlichen Zementblöcke, Sandsäcke und Eisenplatten in den Graben zu stoßen.

Durchstoßen war die Brustwehr und das unter dem nicht aufhörenden Feuer aus den Schützenwaffen.

Die Franzosen nahmen jetzt reiß aus und suchten ihr Heil in einer chaotischen Flucht.

In diesem Moment begann die französische schwere Artillerie erneut mit seinem mörderischen Feuer.

An ein weiteres Vorgehen war dadurch in diesem Moment nicht mehr zu denken.

Alles hatte sofort Deckung gesucht, lag im fußhohen Wasser am matschigen Boden.

Die deutsche Artillerie im eigenen Rücken, da sie die Stärke des Feindes unterschätzt hatte, war nicht stark genug, um dieses zu verhindern.

Sss ... hui ... hui ... sauste es über die Köpfe hinweg.

Der Feind schoss ziemlich genau.

Die Schwerpunkte der Schrapnells lagen so tief, dass allergrößte Vorsicht geboten war.

Hier war wieder zu spüren, was der Mensch im Kriege alles auszuhalten vermag.

Er lag im Sumpf, es regnete, wurde kalt, stürmisch fegte der Wind vom Meer her über den Landstrich.

Die zahlreichen vorhandenen Gräben erschwerten die Bewegung der Kompanie.

An den sumpfigen Rändern eines solchen Grabens, mit den Stiefeln bis über den Schaft im Wasser, hatten Soldaten Stellung bezogen, ohne sich zu rühren.

Zu dieser wenig angenehmen Lage kam das nervenzerrüttende Pfeifen und Krachen der Granaten.

Glücklicherweise saßen die Treffer nicht direkt im Graben, sondern krepierten in unmittelbarer Nähe.

Es waren qualvolle Stunden.

Bei Einbruch der Dunkelheit musste der Melder sich beim Bataillonsstab melden.

Sein Weg führte durch einen Wassergraben. Er sprang an das andere Ufer, konnte sich aber an dem niedrigen Weidengesträuch nicht festhalten. Er fiel rückwärts bis an die Brust in das modrige Wasser.

Durchnässt bis auf die Haut, triefte der feldgraue Anzug von der braunen Schlammbrühe.

Trotz der Kälte war an ein Umziehen nicht zu denken und woher sollte er auch die neue Uniform nehmen.

In diesem Aufzug traf der Melder im Bataillonsstab ein.

„Es wird angegriffen!", kam am nächsten Morgen der Befehl.

Unter der Ausnutzung aller Deckungsmöglichkeiten wurde die vorderste Linie bezogen.

Kaum waren die Soldaten 500 Meter vorangekommen, da schlug ihnen heftiges feindliches Gewehr- und Artilleriefeuer entgegen.

Nichts anderes blieb übrig, als sich schon wieder notdürftig einzugraben.

Es zeigte sich jedoch, dass die feindliche Artillerie über die vorderste Linie hinweg schoss.

Das war Glück für die angreifende Kompanie.

Aber die dahinter liegenden Kompanien der zweiten und dritten Linie lagen im Zielbereich der feindlichen Artillerie.

Sie wurden mit dem Granatsegen bedacht.

Dreißig Mann ließen ihr Leben und viele, viele wurden verwundet.

Nur mit größter Vorsicht, unter Ausnutzung vorhandener Deckungsmöglichkeiten, konnten einige Sanitäter sich den Verwundeten nähern.

Trotz dieser Vorsicht vielen zwei der Helfer dem Infanterie-feuer des Gegners zum Opfer.

An die vorgehenden Pioniere wurden zu ihrem eigenen Schutz Sauerstoffmasken verteilt.

Das konnte nur bedeuten, dass der Einsatz von *„Stinkbomben"* kurz bevorstand.

Und wie vermutet, geschah es.

Bild 31: Deutsche Soldaten mit Gasmasken am Maschinen-Flak M 14 (1916/1918).

Es dauerte nicht lange, da züngelten bereits niedrige Flammen aus den Nebelbomben. Der sich daraus entwickelnde weiße Rauch stieg als haushohe Nebelwolke empor, die der günstig wehende Wind in Richtung feindliche Stellungen trieb.

Das Zeug stank bis in die deutschen Stellungen.

Die Nebelwolke tat ihre Wirkung.

Zahlreiche Franzosen brachen zusammen und blieben re-gungslos auf dem Gefechtsfeld liegen.

Erneute ging es zum Sturmangriff.

Hörner gellten!

Die Sturmtrommeln rasselten!

Mit „Hurra!" tobte die deutsche feldgraue Welle vorwärts.

Was die Beine laufen konnten, wurde aus ihnen herausgeholt.

Nach kürzester Zeit waren die feindlichen Drahthindernisse überwunden und man fand hier die ersten betäubten Soldaten am Boden liegen.

Die Betäubten wurden als Gefangene abgeführt und konnten ohne Waffen hinter der deutschen Front ihren Nebelrausch ausschlafen.

13.
Die beiden Ruhetage gingen zu Ende und morgens erfolgte die Fortsetzung des Marsches.

Die Kampfspuren wurden jetzt wieder zahlreicher.

Franzosen und Engländer, hatten hier dem Ansturm der Deutschen noch einmal Widerstand entgegenzustellen versucht.

Überall an den Straßen lagen französische und englische Ausrüstungsgegenstände.

Man sah Berge von feindlicher Artillerie Munition.

Die Division folgte jetzt offenbar hinter den vordersten Kampflinien.

In einem dichten Wäldchen wurde eine kurze Rast eingelegt.

Dann ging es weiter in Richtung der Kampffront.

Die freudige Stimmung verflogen bald, denn mit dem hereinbrechen der Nacht wurde der Vormarsch immer beschwerlicher.

Die Straßen waren gestopfte voll von vor- und rückwärtsziehenden Kolonnen, durch die sich das Regiment hindurchzwängen musste, so gut es eben ging.

Zeitweise marschierten zwei und drei Kolonnen nebeneinander.

Die Marschordnung der Verbände rissen auseinander.

Die Soldaten mit ihrem schweren Gepäck ermüdeten und wurden immer missmutiger infolge der dauernden Stockungen.

Zu diesen Erschwernissen kam die Gewissheit, dass es nun bald an den Feind herangehen würde.

Durch den merkwürdigen Verlauf der Frontlinie, der zu erblicken war, machte sich eine leise Unruhe unter den Soldaten bemerkbar.

Man sah das ständige Aufblitzen, des nächtlichen Störungsfeuers von Freund und Feind.

Bald gerade aus, bald links seitlich, bald links hinter sich der grelle Schein von Artillerieeinschlägen.

Man wünschte sich den Tag herbei, damit man wenigstens für die nähere Umgebung Klarheit bekam.

Wo war der Freund, wo war der Feind?

Die Marschschwierigkeiten verzögerten die Ankunft am befohlenen Standort.

Erst gegen Mittag trafen sie ein.

Der Gegner schien den Anmarsch bemerkt zu haben, Artilleriesalven krachten in die Marschkolonne.

Soldaten und die Maschinengewehrbedienungen suchten mit ihren Waffen in einer rettenden Talmulde Deckung vor dem gegnerischen Feuer.

Für die stark erschöpften Soldaten bedeutete dies eine Atempause.

Aber nur für kurze Zeit.

Ein feindlicher Gegenangriff war im Gange gegen eine von den Deutschen besetzten Höhe.

Es galt sich zu einem Gegenstoß bereitzuhalten.

Reserven wurden eingesetzt.

Die Minenwerfer-Kompanie wurde nördlich der Straße vorgezogen, insbesondere zur Abwehr etwaiger Tankangriffe.

In den Abendstunden wurde der Gefechtslärm lauter und lebhafter.

Eine Nachricht über die Ursachen lagen nicht vor.

Da es bei dem trüben Regenwetter schon zu dämmern begann, gingen rechts und links der Straße je eine Kompanie bis zur Höhe der Schützenlinie vor.

Sie sollten sich hier für ein Eingreifen bereit halten.

Nichts geschah.

Es kam zu keiner Feindberührung. Wie man später feststellte, war die Höhe nicht mehr von ihm besetzt.

Man rechnete aber am nächsten Tag mit weiteren Angriffen des Feindes.

Der Anschluss zur Nachbartruppe wurde hergestellt und es sollte zu einer nachhaltigen Verteidigung übergegangen werden.

Die Ablösung wurde nicht einfach, da eine zusammenhängende Linie der abzulösenden Truppe nicht vorhanden war.

Es galt, sich den Feind anzunähern, dessen Stellungen man nicht kannte, der aber in den Hecken und Wäldchen vor ihnen gute Deckungen vorgefunden hatte.

Die Schützen tasteten sich vor und gruben sich ein.

Dabei litt die Einheit sehr unter dem Regen und der Kälte.

Durchnässt und zähneklappernd fand sie der Morgen in ihren gegrabenen Löchern, in welchen sich das Wasser des Regens anzusammeln begann und den Boden in Schlamm verwandelte.

Das feindliche Artilleriefeuer belegte ununterbrochen das Gelände mit seinen Granaten.

Tagsüber galt es, sich in den ausgebuddelten Löchern still zu verhalten, zumal die feindlichen Fliegerkräfte ständig am Himmel auftauchten,

Müde wie die Truppe war, wurde an der Herstellung von Gräben zunächst nur das Notdürftigste geschafft, dabei immer den Hintergedanken im Kopf, den Angriff in den nächsten Tagen weiter vortragen zu dürfen.

Tatsächlich war der Angriff jedoch an dieser Stelle zum Erliegen gekommen.

Der Übergang zum Stellungskrieg hatte sich heraus kristallisiert.

Es ging jetzt darum, verteidigungsfähige Stellungen in Form von Schützengräben zu erschaffen, was sich außerordentlich schwierig gestaltete.

Bild 32: Deutscher Kampfgraben an der Front zu Frankreich (Februar 1917).

Der deutsche Angriff war an einer außerordentlich ungünstigen Linie für die deutschen Truppen zum Stehen gekommen.

Taktisch war der Gegner schon deshalb im Vorteil, weil er in unberührtem Kampfgelände mit geordneten Verbindungen dicht an den Vorräten lag, während die deutsche Linie eine weite Strecke frisch erobertes Gelände hinter sich hatte, in welchem die Verbindungen für den Nachschub erst geordnet werden mussten.

Was das bedeutete in einer Phase des Kampfes, wo Mengen von Material zum Bauen von Stellungen neben dem erforderlichen Nachschub an Munition, Ausrüstung und Verpflegung notwendig waren, wurde jedem bei diesen Kämpfen erst zu richtig bewusst.

Zu diesen Schwierigkeiten gesellten sich besondere Gefechtsaufgaben, sei es zu dem Zweck, den Feind durch kleine Teilangriffe

110

in Schach zu halten, sei es, um die eigenen Linien taktisch zu verbessern.

Schließlich war der Gegner auch nicht passiv, sondern versuchte wiederholt dank seiner taktisch günstigeren Lage Patrouillenvorstöße gegen den Abschnitt des Regimentes.

Daneben zeigte sich vor den Augen der Soldaten wieder einmal besonders eindrucksvoll die ganze Schwere des Krieges.

In der französischen Stadt, die vor ihnen lag, hatte sich die Bevölkerung noch aufgehalten mit der guten Hoffnung, dass die eigenen Truppen die Schrecknisse des Krieges von der Stadt fernhalten würden.

Da war aber plötzlich der deutsche Sturm darüber gebraust, fluchtartig hatte die Bevölkerung bis auf ganz wenige, meist alte Leute die Stadt verlassen.

Hab und Gut wurden zurückgelassen.

Dann hatten die Granaten das friedliche Bild entstellt und die Stadt in einen Trümmerhaufen verwandelt.

Außer den Granaten waren es die durchziehenden Truppenteile gewesen, welche, aus den Wohnungen sich das geholt hatten, was sie an Lebensmitteln und Sonstigen gebrauchen konnten.

So vollzog sich hier wieder der Übergang zum Stellungskrieg. Die Schützenlöcher wurden zu Gräben verbunden. Drahtverhaue mussten angelegt werden. Unterstände, wenigstens behelfsmäßige, wurden aus dem vorgefundenen Material errichtet.

Alles sollte möglichst schnell gehen.

Schanzen, schanzen und nochmals schanzen!

Man wusste gar nicht im Einzelnen, wo der Feind saß.

War er weit entfernt oder in unmittelbare Nähe?

Ebenfalls waren seine Stärke und seine Gewohnheiten nicht bekannt.

Dies bedeutete bei Nacht ins Blaue hinein einen unbekannten Gegner anzugreifen.

Entweder Angriff mit regelrechter Feuervorbereitung oder Überrumpelung, etwas anderes gab es für solche Unternehmen nicht.

Die Überrumpelung schied aus den dargelegten Gründen zunächst aus, vor allem, da der Feind in Erwartung der Fortsetzung des Angriffs besonders aufmerksam das Gefechtsfeld beobachtete.

Bild 33: Nach Artilleriebeschuss, die Überreste einer zerstörten französischen Stadt.

Ein Angriff mit regelrechter Feuervorbereitung scheiterte an den Ungenügenden, vor allem an der Schwierigkeit hinsichtlich des Nachschubes von Munition.

Parallel dazu wurde darangegangen die neuen Linien auszubauen und in einen verteidigungswürdigen Zustand zu versetzen.

Am nächsten Tag sandte die Sonne ihre goldenen Strahlen hernieder auf die zurzeit friedlichen Stellungen.

Es herrschte fieberhaftes Treiben.

Gegen Mittag lag alles dann in höchster Alarmbereitschaft.

Befehle gingen und kamen.

Zum befohlenen Zeitpunkt nahm das Wirkungsfeuer der deutschen Geschütze seinen Anfang und hielt bis in die späten Abendstunden mit unverminderter Stärke an.

Die Geschütze brüllten auf, Minen heulten durch die Luft, jeder Schuß traf.

Eine Feuer-, Dreck- und Qualm Säule nach der anderen schoss in den feindlichen Stellungen empor und bald war nichts mehr zu erkennen.

Die MG-Leute hatte es in Aufregung versetzt, denn für sie war es das erste Mal, wo sie mit der stürmenden Infanterie gleichzeitig zum Angriff vorgingen.

Alles war aufs Peinlichste abgestimmt und vorbereitet.

Die allgemeine Stimmung stieg, als der Befehl zum Sturmangriff gegeben wurde.

„Sprung auf, Marsch, Marsch!"

Da erklommen die MG-Leute mit ihrem Maschinengewehr den Grabenrand und stürmten im rasenden Granatfeuer nach vorn.

In diesem Augenblick verlegte die eigene Artillerie ihr Vernichtungsfeuer auf dem zweiten französischen Graben.

Schon nach kurzer Zeit war der erste feindliche Graben erreicht, der nur schwach besetzt war.

Ohne nennenswerten Widerstand wurde dieser geräumt.

Nachdem die deutsche Artillerie das Feuer weiter in Richtung Feindesland verlegt hatte, nahm der Sturm seinen Fortgang.

Bald war die gesamte feindliche Stellung fest in deutscher Hand.

Man hatte mit größerem Widerstand gerechnet, aber das Artillerie Feuer der eigenen Waffen war so wirkungsvoll gewesen, dass der Franzose froh war, aus dieser Hölle entronnen zu sein.

Ganze Gruppen graublauer Gestalten krochen aus den Gräben hervor. Hunderte stellten sich in Marschkolonne auf und marschierten zurück hinter die deutsche Front.

Die eigenen Verluste waren sehr gering, nur 2 Offiziere und einige Mannschaften waren zu beklagen.

Die feindlichen Gräben waren dem Boden fast gleichgemacht, die vielen Drahtverhaue wie von der Erde weggefegt.

Einzelne Franzosen lagen umher.

Uniformstücke.

Ein Bild grausamer Verwüstung.

Bei Anbruch der Nacht versuchten die Franzosen einen Gegenangriff.

Sofort erfolgte die Alarmierung mit dem Hinweis das der Franzmann versuchte in seine verlorenen Stellungen einzudringen.

Das MG war bereits feuerbereit.

Und nicht nur das, schon nach Sekunden später eröffnete die eigene Artillerie und Minenwerfer ihr Sperrfeuer, sodass kein Franzose hindurchkommen konnte und die Infanterie gar nicht erst in Tätigkeit zu treten brauchte.

Als die Artillerie ihr Feuer einstellte, war der französische Gegenangriff, dank der Kanoniere, zusammengebrochen.

Der Feind hatte daraufhin anscheinend beträchtliche Verstärkungen herangeholt, besonders schwere Artillerie, die sich im Laufe des Tages einschossen.

Da der Feind keine Ruhe ließ und mit aller Gewalt seine verlorenen Stellungen wieder haben wollte, mussten zwei MG-Bedienungen ganz nach vorn, in den ersten neuen Graben.

Der Morgen brach an.

Die deutschen Stellungen lagen unter schwerstem Feuer.

Nebel stieg empor.

Ein hässlicher Tagesanbruch.

Sssssscht! - Krach!

Die Granaten schlugen haarscharf in der vordersten Linie ein.

Explosion auf Explosion, in Abständen von nur fünf Metern etwa, mitten hinein.

Ein Wirbelwind raste es über den deutschen Schützengraben.

Wie vom Blitz getroffen, Treffer mitten hinein.

Erdmassen spritzten in die Höhe.

Wehmütige Schreie zitterten heraus aus Feuer und Qualm.

Beizender Rauch legte sich über die Stellung.

Schlag auf Schlag kamen die Treffer.

In langsamen Schritt schlich der Tod durch die Reihen.

Alles lag flach auf dem Boden, kaum Schutz findend in den zerschossenen Gräben.

Kein Unterstand - und mit unglaublicher Sicherheit streute die französische Artillerie den ganzen Grabenabschnitt ab.

Immer schneller folgten hintereinander die Einschläge.

Ringsum Verluste, nur noch Verluste.

Die Stunden schlichen dahin.

Seit Sonnenaufgang dieses mörderische Feuer.

Die MG-Leute ergriffen ihr Maschinengewehr, die Munition und schritten im Granathagel, etwas weiter nach rechts, wo sich ein Unterstand befand.

Ob sie auf Befehl handelten oder ob sie es von selbst taten, konnten sie anschließend nicht mehr sagen.

Auch wenn der Unterstand voller Feldgrauer war und die MG-Bedienung nur oben am Eingang stand, fühlte sie sich jetzt sicherer als auf dem von Granateneinschlägen zerwühlten Erdboden.

Die Schlacht ging weiter.

Dunst lag über der mit Toten und Verwundeten übersäten Gelände.

Hallendes Geschützdonner.

Blutrot verschwand die Sonne westwärts durch die zerschossenen Baumstümpfe und beleuchtete die im Qualm verhüllten Reste des Geländes.

Über das Grauen sank die Dunkelheit der Nacht.

Es wurde eine ruhige Nacht.

Im Osten blinzelte der Tag über das hügelige Land.

Das Wetter war umgeschlagen, Tauwind wehte über das weite Gelände.

Bild 34: Überfluteter Schützengraben.

Der Kampf ruhte, nirgends wo irgendein Gefechtslärm.

Es sollte nicht lange dauern und das Konzert begann von Neuem.

Granaten jagten über die Köpfe, der im Graben Hockenden hinweg und suchten ihr Ziel bei der Artillerie der Deutschen, schossen sich dann auf den Graben ein.

Erneut brach die Nacht herein.

Am nächsten Tag ging es weiter.

Wieder das allgemeine Artillerie-Vernichtungsfeuer und feindliche Versuche, in die alte Stellung einzudringen.

Die zerwühlten französischen Laufgräben waren durch das Tauwetter ganz grundlos geworden.

Blutgetränkte Gräben.

Über allen ein fürchterlicher Granatenregen.

Durch das eingetretene Tauwetter herrschte namenloser Dreck.

Granaten schlugen in ca. 60 m Entfernung ein.

In diesem Moment ging alles im Dreck und dem Wasser in Deckung.

In Folge des Tauwetters hatte sich das Wasser im Graben gesammelt.

Das Wasser und der Schlamm waren ca. 1 m hoch, aber es half nichts, der Graben und der Unterstand waren in Moment die einzige Deckungsmöglichkeit, die vorhanden war.

Ein Vorankommen war kaum möglich, da der Schlamm und das Wasser bis zur Hüfte reichte. Die Beine sanken dermaßen in den Schlamm ein, dass man sie kaum wieder herausbekam.

Tiefschwarze Nacht legte sich über das Geschehen.

Man konnte die Hand nicht vor den Augen sehen.

Ratlos standen alle da, alles schimpfte und fluchte.

Da, plötzlich zwei Abschüsse eines schweren Geschützes.

Heranheulende Granaten.

Einschlag, mit donnerndem Getöse.

Die Granate explodierte direkt am Grabenrand über den Soldaten, die sich hier befanden.

Speiendes Feuer!

Krachen!

Verschiedene taumelten, griffen in die Luft und stürzten in den
Schlamm des Grabenbodens.

Alle schrien durcheinander!

Als das Feuer nachgelassen hatte, ging es an die Bergung der
Verwundeten und ihren Abtransport zu dem nächsten Verbandsplatz.

14.

Ein Angriff auf einen vorgeschobenen Teil der
französischen Befestigungen wurde festgesetzt.
Dadurch das die Franzosen selbst ein Angriff beab-
sichtigten und dass sie gewarnt durch die gesteigerten Tätigkeiten
der deutschen Artillerie und durch andere Anzeichen eines bevorstehenden Angriffes, von der deutschen Seite keineswegs überrascht wurden, trafen die deutschen Truppen den Feind aufs Beste
vorbereitet.

Die französischen Kampfstellungen waren stark besetzt. Die
Artillerie war mit einer außergewöhnlich großen Menge Munition
ausgerüstet, alle Art von Nahkampfmitteln waren reichlich bereit-
gestellt.

Am vorhergehenden Abend und während der Nacht wurden in
den deutschen Gräben die letzten Vorbereitungen getroffen.

Jeder Einzelne wusste genau Bescheid, welche Aufgabe er zu
erfüllen hatte.

Bei dem Gedanken an den bevorstehenden Sturm klopfte bei
allen das Herz schneller, voll kampffreudiger Erregung und Spannung.

Was würden die nächsten zwölf Stunden bringen?

Vielleicht manchen den Tod, aber sicherlich allen den Sieg.

Es fing an zu dämmern.

Ein kühler und trüber Morgen brach an.

Mehrere Reihen Schützengräben lagen überall hintereinander.

Alle Gräben waren durch feste Stützpunkte, durch Drahtverhaue, Maschinengewehrstände und verdeckt dahinter liegenden Geschützständen verstärkt.

Es wurde versucht diese Stellungen fortgesetzt zu verbessern und zu stärken.

Dazu war es aber nötig, die Franzosen zu vertreiben.

Das war aber eine nicht leicht zu lösende Aufgabe.

Zunächst wurden stärkere Kräfte in den rückwärtigen Etappen zusammengezogen.

Die Franzosen hatten eine aus einem wahren Gewirr von Schützengräben bestehende Stellung inne.

Es war noch nicht richtig hell, da kam sausend und heulend von weit hinten aus einer deutschen Batteriestellung die erste schwere Granate herangesaust.

Mitten in die feindliche Stellung schlug sie ein.

Berstete mit einem donnernden Schlag und überschüttete das weite Umfeld mit einem Hagel von Sprengstücken, Lehmklumpen und Steinen.

Jetzt ging es los.

In den nächsten Minuten glaubte ein jeder, die fürchterliche Hölle hätte sich aufgetan.

Von allen Seiten sauste und brauste und pfiff und heulte es heran. Schleuderte Tod und Vernichtung in die feindlichen Stellungen, die bald in einen gelbgrauen Nebel von Staub und Qualm gehüllt waren.

Neugierig streckten die deutschen Soldaten die Köpfe über die Brustwehr und überzeugten sich von der Wirkung des Artilleriefeuers.

Dieses Zuschauervergnügen dauerte aber nur kurz, denn bald eröffneten auch die französischen Kanonenbatterien und

Minenwerfer ihr Feuer, das sich von Stunde zu Stunde bis zur rasantesten Heftigkeit steigerte.

Bild 35: Champagnerkörbe dienten zum Ausbau der Stellung.

Sie hatten zu diesem Zweck ihre dort schon vorhandene zahlreiche schwere Artillerie durch weitere Batterien schweren Kalibers von anderen Fronten verstärkt.

Auch verwendeten sie in großen Mengen Geschosse, die bei ihrer Detonation erstickende Gase entwickelten.

Die Wirkung dieser Geschosse war eine doppelte. Sie wirkten nicht nur durch ihre Metallstücke, die durch die Gegend flogen, sondern sie machten durch die Gase auch im weiteren Umkreis sich aufhaltende Personen wenigstens für einige Zeit kampfunfähig.

Um sich selbst dieser Wirkung dort zu entziehen, wo derartige Geschosse nahe der eigenen Infanterie einschlugen, trugen die Franzosen Rauchmasken.

Zuweilen unterbrach das gewaltige Krachen einer Mine, die der Minenwerfer des Feindes herüberschickte, den Lärm der Granaten.

Das stundenlange untätige Aushalten in dem mörderischen Granathagel war viel schlimmer und zermürbender als der ganze Sturmangriff.

Am linken Flügel brach zuerst der Sturmangriff gegen den vorgeschobenen französischen Stützpunkt los. Es waren die deutschen Handgranatenwerfer, die mit umgehängtem Gewehr losstürmten, die Handgranaten in der rechten Hand.

In allen Grabenenden ertönten, nach beiden Seiten sich fortpflanzen, die Sturmsignale der Hornisten.

Die Reserven hinter der ersten Linie nahmen die Hornsignale auf und stürmten zur Unterstützung und zur Auffüllung der durch Verluste entstandenen Lücken gleichfalls vor.

In sieben Minuten waren die ersten drei Gräben überlaufen und der Feind wurde an dieser Stelle von beiden Seiten eingeschlossen. So konnte er von hier aus den späteren Hauptsturm nicht mehr von der Flanke, durch einen Angriff behindern.

In der Zwischenzeit erreichte auf der ganzen Front die Heftigkeit des Artillerie- und Minenfeuers ihren Höhepunkt.

Viele Gräben wurden im Laufe des Vormittages auf feindlicher wie auf deutscher Seite einfach eingeebnet.

An einer Stelle schlug eine Mine in ein französisches Handgranatenlager ein, das mit einer fürchterlichen Explosion in die Luft flog.

Hinter der Front fand man am nächsten Tage in einem einzigen, durch eine schwere Mörsergranate durchschlagenen Unterstand 105 tote Franzosen.

Ohne auf das vernichtende Feuer zu achten, saßen die Beobachter der deutschen Artillerie an ihrem Platz und gaben die notwendigen Meldungen über die Wirkung des Feuers durch.

An drei verschiedenen Stellen hielten diese Beobachter nur wenige Meter vom feindlichen Graben entfernt, den ganzen Morgen aus und leiteten von hier das Feuer der deutschen Batterien.

Kurz vor dem Sturmangriff schlichen sich zwei Pioniere in einen feindwärts vorgetriebenen Laufgraben bis dicht an die französischen Stellungen heran und brachten hier unter einem Hagel von Handgranaten und Minen in aller Ruhe eine doppelte Sprengladung an.

Kurz vor Mittag wurde die Sprengladung gezündet.

Eine gewaltige Explosion, gefolgt von einer riesigen Stichflamme und durch die Gegend fliegende Erd- und Gesteinsbrocken.

Im nächsten Augenblick stürmten schon die ersten Soldaten und Pioniere durch den Sprengtrichter hindurch auf den französischen Graben zu.

Im Handumdrehen waren die noch unbeschädigten Teile des Drahthindernisses auseinandergerissen und zerschnitten.

Rechts und links sausten Handgranaten den Franzosen an die Köpfe.

Es vergingen kaum ein oder zwei Minuten, da hatte die erste Sturmwelle schon den vordersten Graben überrannt und stürmte weiter gegen die zweite und dritte Linie.

Zur gleichen Zeit brach auf dem gesamten Frontabschnitt der Sturmangriff los.

An vielen Stellen wurden die Deutschen in dem Augenblick, in dem sie aus dem Graben heraussprangen, von dem rasenden Infanterie- und Maschinengewehrfeuer des Gegners empfangen.

Es kam nun darauf an, so schnell wie möglich die Hindernisse zu überwinden.

An einer besonders gefährlichen Stelle sprang ein junger Offizier mit einem einzigen Satz über das vier Schritte breite Drahthindernis.

Die anderen folgten ihm.

Vor ihnen lag ein Blockhaus, aus dem zwei Maschinengewehre Tod und Verderben spien.

Einige Mutige stürzten sich auf das Maschinengewehrnest, schleuderten ihre Handgranaten durch die Schießscharten und den rückwärtigen Eingang in das Innere.

Eine Granate nach der anderen explodierte im Inneren des Gebäudes mit lautem Knall und setzten dem Leben der Bedienungsmannschaft des Maschinengewehrs ein furchtbares Ende.

Drei, vier, fünf Gräben wurden noch überlaufen, um die getarnte Stellung eines Minenwerfers zu erreichen.

Die Bedienung lag tot oder schwer verwundet daneben.

Immer weiter ging es vorwärts.

Der Angriff kam zum Stehen.

Sofort wurde mit der notdürftigen Herrichtung einer neuen Stellung begonnen.

Nur ein kleiner Trupp allzu verwegener stürmte bis mitten in die Stellungen der französischen Batterien und Lager.

Wertvolle Beute.

Es waren vier leichte und vier schwere Geschütze.

Da die Kanonen fest eingebaut und auch zu schwer waren, musste man sich damit begnügen, sie unschädlich zu machen.

Mit Äxten, Spaten, Picken und anderen Geräten wurden die Richtvorrichtungen, Verschlüsse und Untergestelle der Geschütze kurz und klein geschlagen, um wenigstens die preisgegebene Beute in zerstörtem, unbrauchbaren Zustand dem Feind zu überlassen.

In letzten Augenblick wurden noch schnell von vorne in die Rohre zweier Geschütze je eine Handgranate gestopft.

Sie zerstörten durch deren Explosion die Ladekammern und andere Teile der Geschütze.

Eine weitere Handgranate wurde in das in der Nähe befindliche Munitionslager geschleudert, das mit gewaltigen Krach in die Luft flog.

An einer anderen Stelle erfolgte in aller Eile die gründliche Zerschlagung und Zerstörung eines starken Motors, der zum Betrieb der in einen Minenstollen führenden Pressluftleitung diente.

Dies alles spielte sich in kaum mehr als zwei Stunden ab.

In der Zwischenzeit hatte die feindliche Artillerie ein mörderisches Feuer eröffnet, in dem ein Aushalten zu den physischen Unmöglichkeiten gehörte.

Dann hieß es Rückzug.

Wer wollte schon den heranrückenden französischen Reserven in die Hände fallen?

In der gleichen Zeit wurde auf allen Abschnitten der Kampffront ein voller, glänzender Erfolg errungen.

An einzelnen Stellen der Front wehrten sich die Franzosen mit verzweifelter Fähigkeit und Widerstandskraft.

Den deutschen Truppen war es hier nicht immer möglich, von einer Stellung zur anderen über Stock und Stein vorwärts zu stürmen. Sie mussten sich Schritt für Schritt durch das Gewirr von feindwärts vorgetriebenen Lauf- und Verbindungsgräben vorarbeiten.

Am Ausgang eines solchen Grabens hatte ein französischer Offizier Deckung bezogen. Sobald ein Deutscher am Ende des Grabens auftauchte, erschoss er diesen.

Neben dem Offizier kniete ein Soldat mit einem zweiten Gewehr, das er immer wieder nach jedem Schuss seinem Leutnant reichte.

Erst nach längerer Zeit gelang es durch einen wohlgezielten Handgranatenwurf diesen zähen, heldenmütig kämpfenden Feind aus dem Weg zu räumen.

Auf dem nahen Hügel hatte der Angriff anfangs nur geringe Fortschritte gemacht. Erst der Vorstoß von Westen her in die Flanke der angegriffenen Franzosen brachte sie zum Weichen.

Gleichzeitig durchbrach an einer anderen, 500 Meter weiter östlich gelegenen Stelle, eine Kompanie die feindlichen Linie und drang in einige Blockhäuser ein, in denen viele Gefangene, ein Maschinengewehr, zwei Eselskanonen und zwei Revolverkanonen erbeutet wurden.

Bild 36: 42-cm Mörser, der deutschen Artillerie, auch Dicke Bertha genannt (1914 – 1918).

Der Feind setzte das ununterbrochene schwere Artilleriefeuer unter Aufwand gewaltiger Munitionsmengen und zeitweise unter Verwendung von Granaten mit erstickender Gaswirkung bis zum späten Abend fort.

Als dann endlich bei Eintritt der Dunkelheit alle Gegenangriffe zerplatzt waren und der Kampf langsam abflaute, lag die französische Infanterie auf der ganzen Front unmittelbar vor den neuen deutschen Stellungen.

Auf beiden Seiten wurde mit fieberhafter Anspannung aller Kräfte daran gearbeitet, schnell wieder neue Gräben auszuheben, um am nächsten Tag für eine Fortsetzung des Kampfes gerüstet zu sein.

Im Laufe des Abends und der Nacht fanden sich auf den Verbandsplätzen zahlreiche Verwundete ein, die schon frühmorgens einen Arm- oder Beinschuss, oder sonst eine Verwundung erhalten hatten und trotzdem bis zuletzt mitgekämpft hatten.

Mehr als zweihundert tote Franzosen bedeckten das Schlachtfeld. Sie wurden von den deutschen Truppen in den nächsten Tagen beerdigt.

Die furchtbare Wirkung der beiderseitigen schweren Artillerie und der Wurf- und Erdminen hatten das Kampfgelände in ein Chaos von Steingeröll und Felsplatten, Baumstümpfen und Gestrüpp, durchsetzt mit Knäueln von zerschossenen Stacheldraht, vernichtetem Gerät aller Art, verwandelt.

Dazwischen gesprengte Trichter, die das Gelände Schlucht artig zerrissen.

Da war die Aufgabe gleich schwer:

- o für den Verteidiger, sich einzurichten in widerstandsfähigen Gräben,
- o für den Angreifer, sich durch das Trümmerfeld hindurchzuarbeiten.

Rücksichtslos erkannten die deutschen Truppen voll ehrlicher Hochachtung und Verwunderung an, mit welch zäher, todesmutiger Tapferkeit sich die Franzosen Schritt für Schritt, von Graben zu Graben und von einem Granatloch zum anderen verteidigt hatten.

15.
Am Horizont ein gigantisches Feuerwerk. Eine geschlossene Wand rötlichen Qualms türmte sich empor.

Tausende und Tausende Blitze sprühten hinein.

Langsam, langsam hellte sich der Nebel von oben auf.

Jetzt kamen auch die ersten feindlichen Granaten herangeflogen.

Hauten bald näher, bald weiter weg ein.

Die Sonne stieß durch den Nebel - das Kampffeld wurde sichtbar.

Es waren die deutschen Linien, vom jahrelangen Stellungskampf alles verwüstet.

Schon waren die Pionierkolonnen beschäftigt, alle größeren Trichter, welche die französische Artillerie die Nacht ins Gelände gerissen hatte, mit Faschinenbündeln auszufüllen.

Heller, immer heller wurde die Sicht.

Harte Arbeit für die getreuen Leute. Ihre Füße fanden im glibbrigen Boden keinen Halt, oft stürzte einer, alle keuchten heftig.

Die Stirn- und Halsadern waren zum Platzen geschwollen, aber jeder wusste, es galt das letzte zu geben.

Zwei Stunden später liefen die Soldaten über die kahle Hochebene, dann erlangten sie das Grabenlabyrinth, der vordersten deutschen Stellung.

Sie passierten die rückwärtige Linie und erreichten die beiden vordersten Gräben.

Die Nachmittagssonne beschien freundlich das bewegte Bild. Es könnte friedensmäßig anmuten, käme in diesem Moment nicht eine Lage schwerer französischer Granaten herangesaust.

Wo diese einhauten, flog alles auseinander.

Jedoch schien das ständige Sperrfeuer eingeschlafen zu sein, nur links haute noch eine Lage Granaten nach der anderen mit zäher Wut ein.

Aus nicht ersichtlichem Grund.

Die Nacht brach herein.

Plötzlich brummelte es am Himmel, gar nicht aus großer Entfernung, aber aus beträchtlicher Höhe.

Unverkennbar, es näherte sich ein Flugzeug. Aus dem Rumpf segelte ein sprühender Lichtpunkt etwa einen halben Kilometer weiter links herunter.

Dieser schwebte langsam nieder, teilte sich in einen taubengroßen Sprühregen weiß glühender Funken.

Sekundenschnell war der gesamte Geländeabschnitt, in dem sich die deutschen Schützengräben befanden, fast taghell erleuchtet.

Regungslos kauerten die Soldaten in den langen schmalen Graben.

„Wenn er jetzt schmeißt und den Graben trifft. Was geschieht dann?" stellten sich in diesem Moment so manch einer die Frage.

Der Pilot schmiss etwas über Bord.

Schwarz Pünktchen sausten der Erde entgegen.

Auf den Boden aufschlagend, ein zuckender Feuerschein begleitet von einem krachen und bersten.

Es waren Bomben, die Tausende Splitter um sich schleudernd lautstark krepierten.

Aber kein Schrei, kein Ruf nach dem Sanitäter.

Die vier Bomben waren zehn Meter vor den Graben niedergefallen.

Mal wieder Dusel gehabt.

Der Flieger rauschte ab.

Im Sitzen, dicht aneinandergepresst, suchten die Soldaten den Schlummer.

Hin und wieder erwachte einer von ihnen, von der Nachtkälte geschüttelt.

Der eine und andere kletterte dann aus dem Graben und rannte die ganze Stellung ab, um sich zu erwärmen.

Im Westen wurde der Flammenschein eines in Brand geratenen Munitionsmagazins immer schwächer.

Verstummt war im ganzen Abschnitt der Schlachtenlärm.

Fast unheimlich die Stille.

Nichts weiter als das Schnarchen der Kameraden war zu hören.

Alles schlief, nur der Posten, Gewehr im Arm, döste vor sich hin.

In weiter Ferne grollte und rumpelte der Kampf.

In frühester Frühe kam der Befehl zum Angriff.

Lautes krachen der deutschen Artillerie.

Die schweren abgefeuerten Geschosse sausten über die Köpfe der Soldaten und schlugen im Feindesland feuersprühend ein.

Leise Kommandos, von Mund zu Mund wurden weiter gegeben: „Alles raus! Die Kompanie tritt in Gruppenkolonne an!"

Die Gewehre schnell geladen, gesichert und umgehängt.

„Vorwärts!"

Heraus aus den Graben, hinein in die Schlacht.

Vorwärts in den Nebel der Ungewissheit.

Die Truppen rückten vor.

Kein Abwehrfeuer des Gegners.

Gänzlich unangefochten wurden die Drahtverhaue durchschritten, in denen deutsche Granaten klaffende Lücken gerissen hatten.

Bravo, den Bombenschmeißer.

Der Graben war leer.

Ausgerissen der Feind.

Er hatte seinen Abmarsch durch sehr geschickte und wachsame Nachhuten getarnt.

Das Getöse des Munitionsbrandes hatte den vermeintlichen Lärm seines Ausbruches verdeckt.

Ein Sprung über den Graben.

Nur wenige Tote und Schwerverwundete lagen darin.

Das deutsche Vorbereitungsfeuer schien die Widerstandskraft des Feindes gebrochen zu haben.

Auf und davon war er ausgerissen.

Jenseits des Grabens stießen die Angreifer auf viele tote und verwundete Franzosen, sie lagen mit den Fußsohlen zum Angreifer, wie sie flüchtend durch das Verfolgungsfeuer erschossen wurden.

Hart hinter dem Graben zwei verstummte Feldgeschütze. Um sie herum die Leichen der Bedienungsmannschaft.

Vom Westen orgelte es heran.

Schwere Kaliber hauten bald näher, bald ferner durch brechende Zweige, des dickem, verfilzten Unterholzes des sich in der Nähe befindenden Waldes.

Seltsam, was für einen dicken, gelben Rauch diese Biester ausspuckten.

Dieser zog in trägen Schwaden durch das Gestrüpp, über zerbombte Erde, Richtung der angreifenden Deutschen.

Plötzlich Beklemmung in der Brust.

Ständiges heftiges Nießen und Husten.

Die Augen begannen zu tränen.

Wasser musste her und dieses lief nur so über die seit drei Tagen nicht mehr gewaschenen Gesichter.

Ah, die berüchtigten *„Tränengasquetscher"*!

Dass sie vom Westen kamen, war begreiflich und auch die notwendige Windrichtung stimmte.

Die Tränengasgranaten tasteten sich jetzt immer näher an den deutschen Schützengraben heran.

Auch wenn es nur diese Stinkadores waren, ohne einen ernstlich außer Gefecht zu setzen, waren sie eine Belästigung und Ärgernis zugleich.

Die ruppigen Biester pirschten sich immer näher.

Um die Mittagsstunde schwoll die Kanonade, die auf der deutschen Seite unverkennbar abgeflaut war, wieder lebhaft an.

In diesem Moment geschah etwas unvorstellbar Schauderhaftes.

Gerade hinter den in Stellung befindlichen Deutschen, genau von da, wo am gestrigen Nachmittag der Sturmangriff erfolgte, nahten in langer, wohlgeordneter, vorwärtsstrebender Linie die Musketiere des Schwesterregimentes.

Kaum waren die ersten Helme aufgetaucht, da knatterte es vom Gegner herüber, genau wie am Tag zuvor.

Hoch über den ersten Graben hinweg pfiffen die Kugeln, zischten die Maschinengewehrgarben in die anrückende Reihe der neuen Angreifenden.

Dutzende fielen vornüber, wie Garben unter sausenden Sensenschwung.

Wahnsinn! Heller Wahnsinn!

Wie Karnickel wurden die Musketiere abgeschlachtet.

Die Soldaten im ersten Graben mussten mit ansehen wie das schwungvolle Vorwärtsstürmen, schon lange vor Beginn des eigentlichen Angriffs von den einem haarscharf eingeschossenen Maschinengewehr des Feindes erfasst und zerfledert wurde.

Bild 37: In unmittelbarer Nähe der Tod.

Eine Welle nach der anderen, die heranstürmte, wurde hemmungslos vom Schwung der bleiernen Sichel erfasst.

Die Durchgekommenen stürzten sich sofort in den vorderen Graben.

In zwischen verstärkte sich das Vorbereitungsfeuer des Gegners.

Am Klang der Abschüsse und Einschläge wie auch am Rauschen der hoch über den Köpfen hintrudelnden Geschossen konnte man genau erkennen, die ganz schwere Artillerie spielte hier nicht mit.

Das französische Sperrfeuer schwoll zu einem rasenden Wirbel an.

Die deutschen Soldaten hockten auf dem Boden ihres Grabens wie in einer Theaterloge.

Ihre Zähne schlugen zusammen im Fieberfrost einer übermenschlichen Anspannung.

Ein wahrer Hagelschauer von Geschossen ging auf die vorderste Linie der Angreifer nieder.

Die vorderste Sturmwelle war trotzdem unter schrecklichen Verlusten bis an den Drahtverhau herangekommen. Dort mussten sie sofort Stellung beziehen, indem sie sich zu Boden warfen, um nicht den letzten Mann sinnlos der ungeschwächten Übermacht des feindlichen Maschinengewehreinsatzes zu opfern.

Nun zog, was noch lebte, langsam beim vollen Kampf zurück. Gruppenweise wurde immer wieder kehrtgemacht, um das Verfolgungsfeuer des Feindes wenigstens einigermaßen niederzuhalten.

Der Sturm der deutschen Soldaten war wieder einmal zurückgeschlagen.

Es war grauenhaft.

Fünf Tage lang erfolgten immer wieder neue Angriffe.

Immer und immer wieder vergeblich.

Was war die Ursache dafür?

Es war die mangelhafte Artillerievorbereitung und der allzu sorglose Einsatz der kostbarsten Gefechtskraft, der Leiber und Seelen der deutschen Soldaten.

16.

Der erste Kampfeinsatz von Panzern im Ersten Weltkrieg erfolgte am 15. September 1916 während der Schlacht an der Somme.

Die britische Armee setzte an diesem Tag zum ersten Mal Panzer in größerem Umfang ein.

Insgesamt kamen 49 Mark I-Panzer zum Einsatz, von denen jedoch nur 33 das Schlachtfeld erreichten. Der Mark I war groß, schwer und langsam.

Der Einsatz, dieser Panzer sollte die britischen Truppen unterstützen und den Grabenkrieg durchbrechen.

Obwohl die Panzer damals noch viele technische Probleme hatten, markierte dieser Einsatz den Beginn einer neuen Ära der Kriegsführung.

Die Panzer waren oft mit Maschinengewehren und leichten Kanonen bewaffnet und hatten eine dicke Panzerung, um Infanteriewaffen zu widerstehen. Die Besatzung bestand in der Regel aus mehreren Soldaten, die unter extremen Bedingungen handelten.

Panzer bewegten sich langsam über das Gefechtsfeld, etwa 5 km/h. Sie sollten feindliche Stützpunkte überrollen und Durchbrüche in den Verteidigungslinien erzwingen.

Die Sicht war für die Besatzung eingeschränkt, was das Manövrieren und Zielen mit dem Panzer erschwerte.

Die Briten und Franzosen waren führend in der Entwicklung und dem Einsatz von Panzern im Ersten Weltkrieg.

Die Deutschen hinkten hinterher und setzten hauptsächlich erbeutete alliierte Fahrzeuge ein.

Die Erfolgschancen der Panzer im Ersten Weltkrieg waren zu Beginn begrenzt, aber die verbesserten sich im Verlaufe des Krieges.

Die Panzer sollten feindliche Stellungen durchbrechen und über Stacheldrahtbarrieren hinwegrollen, die die Infanterie stark bei ihren Angriffen behinderten.

Der Überraschungseffekt, bei gut geplanten Panzerangriffen, konnten diese die gegnerischen Verteidigungen schnell überwältigen.

Die Panzer sollten die Infanterie unterstützen, indem sie Schutz vor Maschinengewehrfeuer boten und die feindlichen Schützengräben unter Beschuss nahmen.

Bild 38: Die ersten Panzer der Welt. Die Briten machten den Anfang; vom „MARK I" bis zum „MARK V".

Die Panzer sollten in der Lage sein, durch schlammiges, unebenes und zerklüftetes Gelände zu fahren, das für andere Fahrzeuge und Infanterie schwer passierbar war.

Durch ihre Panzerung konnten Panzer die eigenen Soldaten vor feindlichen Beschuss schützen, während diese vorrückten.

Der Einsatz von Panzern sollte auch psychologische Wirkung auf den Gegner haben, da diese neuen, bedrohlich wirkenden Kampfmaschinen die Moral des Feindes schwächen sollten.

Die ersten Panzer, insbesondere der Mark I, hatten zahlreiche mechanischen Probleme. Zahlreiche Panzer von diesem Typ fielen aufgrund von Pannen oder schwierigen Gelände aus.

Die frühen Einsätze erfolgten mit mangelnder Erfahrung und unzureichender Taktik.

Die Panzer wurden oft in kleinen Gruppen oder einzeln eingesetzt, was ihre Effektivität stark einschränkte.

Im Laufe des Krieges verbesserten sich die taktischen Konzepte, und Panzer wurden in größeren Formationen eingesetzt, was ihre Durchschlagsfähigkeit erhöhte.

Das Gelände an der Westfront war oft schwer passierbar, insbesondere nach Artilleriebeschuss.

Schlamm und Krater behinderten die Beweglichkeit der Panzer erheblich.

Die Deutschen waren zunächst überrascht und beeindruckt, entwickelten sofort Taktiken und Waffen zur Bekämpfung von Panzern, darunter spezielle Panzerabwehrgeschütze und modifizierte Artillerie.

Der erfolgreiche Einsatz von Panzern hing stark von der Koordination mit der Infanterie ab. Anfangs gab es Schwierigkeiten bei der Verständigung und Zusammenarbeit, die jedoch mit der Zeit verbessert wurde.

Trotz dieser Herausforderungen zeigten die Panzer im Laufe des Krieges ihr Potenzial.

Bei späteren Schlachten, wie der Schlacht von Cambrai im November 1917, wurden Panzer effektiver eingesetzt, was zu bedeutenden taktischen Erfolgen führte.

Diese Schlacht gilt als einer der ersten erfolgreichen groß angelegten Panzerangriffe. Rund 476 britische Panzer durchbrachen die deutschen Linien, was die Effektivität von koordinierten Panzerangriffen zeigte.

Die Panzer trugen dazu bei, die starre Frontlinie des Grabenkrieges zu durchbrechen und die Mobilität auf dem Schlachtfeld zu erhöhen.

Spätere Modelle wie der Mark IV und Mark V waren zuverlässiger und effektiver. Auch der französische Renault FT, mit seinem drehbaren Turm, setzte neue Standards. Die mechanische Zuverlässigkeit und Beweglichkeit dieser Panzer waren deutlich solider, was die Erfolgsaussichten erhöhte.

Trotz technischer Fortschritte blieben die Ausfallraten der Panzer hoch.

Die effektive Aufgabenabstimmung zwischen Panzer, Infanterie und Artillerie waren oft schwierig zu erreichen.

Die Panzerabwehr während des Ersten Weltkrieges entwickelte sich rasch, nach dem die ersten Panzer im Jahre 1916 auf dem Schlachtfeld erschienen waren.

Die Erfolgsaussichten der Panzerabwehr variierten, dass sie stark von den eingesetzten Mitteln und Taktiken sowie der Fähigkeit der Truppen abhing, sich and die neue Bedrohung anzupassen.

Standardartilleriegeschütze wurden verwendet, um Panzer zu zerstören, indem sie direkt auf sie feuerten. Dies erforderte jedoch präzise Zielerfassung und schnelles Reagieren.

Einige Artilleriegeschütze wurden modifiziert oder speziell für die Panzerabwehr entwickelt, z. B. die deutschen 37-mm-Panzerabwehrkanonen.

Gewehre und Maschinengewehre waren in der Regel unwirksam gegen die Panzerung der ersten Panzer, konnten jedoch die Besatzung durch Sichtschlitze oder Lüftungsöffnungen bedrohen.

Handgranaten fanden Verwendung, um die Ketten oder den Motor zu beschädigen, wenn sie nahe genug platziert wurden.

Einige Länder entwickelten großkalibrige Gewehre, die speziell dafür konzipiert waren, Panzerungen zu durchdringen, wie das deutsche Mauser 13,2-mm-T-Gewehr. Diese Waffe erwies sich als relativ erfolgreich, wenn sie in ausreichender Zahl und richtig eingesetzt wurden.

Dies traf auch für die eingesetzte Artillerie zu.

Landminen wurden in erwarteten Vorstoßrouten der Panzer vergraben und konnten erheblichen Schaden anrichten oder die Ketten zerstören.

Pioniere legten Sprengladungen auf oder unter die Panzer, um sie zum Halten zu bringen oder zu zerstören.

Tiefe und breite Gräben wurden als Hindernisse angelegt, um Panzer zu stoppen oder zu verlangsamen.

Bild 39: Zerstörter englischer Panzer mit deutschen Soldaten (1917).

Auch Stacheldraht und Barrikaden konnten die Bewegung der Panzer behindern und sie verwundbar für andere Angriffe machen.

Zu Beginn des Panzerkrieges (1916-1917) waren die Mittel und die Taktik zur Panzerabwehr noch unzeitgemäß, und die Soldaten hatten wenig Erfahrung im Umgang mit den neuen Bedrohungen, durch die Angriffe der Panzer.

Trotz einiger Erfolge in der Panzerabwehr hatten die Alliierten immer noch einen bedeutsamen Vorteil, dass die deutschen Gegenmaßnahmen oft unzureichend waren.

Mit der Einführung spezialisierter Panzerabwehrwaffen und Taktiken ab 1918 wurden die deutschen Truppen erfolgreicher in der Bekämpfung von Panzern.

Die Kombination all dieser Methoden und Mittel trug dazu bei, die anfängliche Überlegenheit der Panzer auszugleichen und neue Taktiken in der Kriegsführung zu entwickeln.

Die Schlacht von Cambrai zeigte sowohl die Stärken als auch die Schwächen der Panzerabwehr. Die anfänglichen Durchbrüche der britischen Panzer wurden durch schnelle und effektive deutsche Gegenmaßnahmen wieder rückgängig gemacht.

Die schnelle Anpassung und Entwicklung von Panzerabwehrmitteln während des Krieges zeigte die Fähigkeit der Armeen, auf neue Technologien zu reagieren.

Die im Ersten Weltkrieg gemachten Erfahrungen legten den Grundstein für weiterentwickelte Panzerabwehrstrategien im Zweiten Weltkrieg, wo die Panzerabwehr noch spezialisierter und technologisch fortgeschrittener wurde.

17.

Wie in unruhiger Erwartung, ahnungsbang liegt das fruchtbare Land mit seinem schweren Boden weit ausgebreitet. Rechts am wolkendüsteren Horizont der jetzt fast schwarze, hoch gelegene Wald, vorne links, von tiefer Abendsonne beleuchtet, Ruinen einstiger menschlicher Arbeit und Freude, Dörfer, Wälder, Fabriken, Gärten ...

In der nächsten Nacht ging es in Stellung.

Die Front war unruhig geworden.

Die allwissende Etappe hatte etwas an sich, es schien etwas in der Luft zu liegen.

Es fehlten jedoch alle sonstigen Anzeichen eines feindlichen Angriffs.

Kein übliches Einschießen der Artillerie.

Flieger konnten bei ihren Aufklärungsflügen keine Besonderheiten beobachten.

Vorgetriebene Patrouillenunternehmungen konnten nichts feststellen.

Der alte Frontsoldat konnte aber trotzdem die nächste Nacht nicht schlafen.

Und richtig - im Morgengrauen des heraufziehenden Tages brach ein Sturm von Gas-, Nebel- und heftiges Feuer auf die bisher „stille Front" hernieder.

Die Batteriestellung wurde vorläufig nicht in Mitleidenschaft gezogen.

Der eine frühstückte noch schnell, ein anderer schrieb einen Brief und der dritte rauchte gleichzeitig seine Zigarette.

Plötzlich, nach ganz kurzer Zeit und entgegen allen bisherigen Erfahrungen, zischten aus Richtung der englischen Gräben allerorts die roten Leuchtkugeln über der brodelnden, rauchenden Front.

Sperrfeuer!

Und fast in demselben Augenblick erfolgte die Verlegung des feindlichen Feuers auf die Batterie.

Eine Granate, nach der anderen schlugen in der unmittelbarer Nähe, tiefe Krater reißend ein.

Stichflammen zuckten in die Höhe, Granatsplitter schwirrten durch die Luft und alles wurde durch die Explosionswolken in einen undurchsichtigen Nebel gehüllt.

Hektik griff um sich.

Selbst mit dem schärfsten Fernglas konnten die Beobachter, vor lauter Qualm und Rauch nichts mehr erkennen.

Selbst die Anrufe zu den vordersten Posten brachte keine brachbaren Erkenntnisse, denn alle Strippen waren zerschossen.

Wind kam auf, der immer stärker wurde, bis eine orkanartige Böe die undurchsichtige dunkle Qualmwand auseinandertrieb.

In der plötzlich entstandenen Lücke, die der Windstoß gerissen hatte, konnte man endlich des Rätsels Lösung erblicken.

Wie eklige graue Kröten, rote Feuer speiend, krochen unaufhaltsam, hemmungslos alles niederwälzend, Hunderte von Tanks über die vorderen Schützengräben.

Jetzt waren die Ziele zu erkennen.

Sofort wurden die Geschütze aus denen das Schussfeld beengenden Feuerstellungen auf das freie Gelände gezogen.

Und dann, wie auf dem heimatlichen Exerzierplatz, trotz des Feuerhagels und Funkenregens verließen eine Granate nach der anderen die Rohre der Geschütze.

Schuß auf Schuß jagten den grauen Ungeheuern entgegen.

Die rochen bestimmt den Braten, zumal ihnen da vorn bereits mit Handgranaten und Stahlkernmunition einige Überraschungen geboten wurden.

Die Tanks nutzten rechts und links, geschickt die vielen Mulden und umfuhren die Feuernester.

Über die Schützengräben vorn kamen sie jetzt angefahren.

Wie ein einsamer Fels in der Brandung der Materialschlacht in des Wortes wahrster Bedeutung stand die Batterie.

Jeder Batterieangehörige wusste, was auf dem Spiel stand.

Auf die Tanks, die abgeschossen werden konnten, kam es weniger an. Wohl aber auf das Vorbild, den Willen zu halten, sich nicht einschüchtern zu lassen. Es ging darum, den Angriff der stählernen Ungetüme zu stoppen und sie zum Rückzug zu zwingen.

Die eingespielten Bedienungen jagten aus den Rohren der Geschütze donnerndes und brausendes Schnellfeuer den angreifenden Stahlkolossen entgegen.

Fauchend verließen die Granaten mit rasender Geschwindigkeit die Kanonenrohre.

Rauch und dicker Qualm vernebelte das Gefechtsfeld, sodass von den feindlichen Tanks kaum noch etwas zu erkennen war.

Haushoch warfen die um stählernen Fahrzeugen einschlagenden Granaten Trümmer und Erdbrocken empor.

Hier und dort wurde eines der Ungetüme von einer der heran sausenden Granaten getroffen.

Volltreffer!

Ruckartig stehen bleibend, legte sich der eine und andere stahlgraue Koloss auf die Seite. Die Besatzungen versuchten, die Tanks zu verlassen und ihr Leben in einer heillosen Flucht zu retten.

Nicht allen gelang dies.

Der eine und andere flüchtende riss die Arme in die Höhe und brach auf der Stelle zusammen.

Reglos lag er da, von einem tödlichen Infanteriegeschoss eingeholt, das ihr Ziel gefunden hatte.

Der Geschützführer am rechten Flügelgeschütz bediente die Kanone um die Wette.

Der Richtkanonier wurde durch einen, durch die Luft zischenden feindlichen Granatsplitter getroffen. Sofort übernahm der Geschützführer die Aufgaben des Richtkanoniers.

Ziel erfasst!

Angerichtet!

Abgefeuert!

Schuß auf Schuß rauschte aus dem glühend heißen Rohr.

Da ertönte von Links her der Hilferuf: „Munition! ..."

Ein, zwei Granaten wurden noch bei den anderen Geschützen abgefeuert.

Es wurde still.

„Rohre sprengen und zurückziehen!", ertönte lautstark der Befehl des Batterieführers.

Der Geschützführer am rechten Flügelgeschütz hatte ebenfalls die letzte Granate verschossen, die noch neben dem Geschütz gelegen hatte.

Als er sich umsah, erblickte er in einem Granatloch noch zwei volle Körbe.

Diese Tatsache rief einen gewissen Zwiespalt in ihm aus.

„Soll ich zurückgehen?"

„Soll ich den Befehl befolgen?"

„Nein, ich bleibe und decke den Rückzug meiner Kameraden!"

Allein am Geschütz stehend erblickte er in hundert Schritt Entfernung einen heranrollenden Tank.

„Dir werde ich es geben!"

Das Geschütz laden, anrichten und abfeuern war nur noch eins.

Die Granate fuhr mit pfeifendem Geräusch aus dem Rohr.

Eine glutrote Feuersäule schoss aus dem Kampfwagen empor.

Brennende Menschen stürzten sinnlos davon.

Dann ein krachender Einschlag in unmittelbarer Nähe des Geschützes.

Die Kanone flog durch die Gegend und landete auf dem Boden als Haufen zertrümmerten Metalls.

Den Geschützführer hatte es in Stücke zerrissen.

Ein Soldatengrab, fern der Heimat in einer fremden, durch Granaten zerwühlten und unwirtlichen Landschaft.

Am Abend des zweiten Schlachttages musste der englische Oberbefehlshaber erkennen, dass er sein Ziel nicht erreicht hatte.

18.

Im Dunkel der Nacht wurde die Abmarschbereitschaft der Kompanie zur Front hergestellt.

„Kompanie marschbereit!" meldete der Feldwebel die Marschbereitschaft, dem Leutnant.

Es folgte sofort der Befehl: „Ohne tritt marsch!", aus dem Munde des kommandierenden Offiziers.

Die Kompanie setzte sich erst langsam, dann immer schneller in Bewegung.

Eine graue endlose Schlange.

Vorsicht war geboten.

Eisglatt die Straße vom langen Frost.

So mancher verlor das Gleichgewicht, rutschte aus und fiel unsanft auf die, wie ein Spiegel glänzende glatte Straße.

Mühsam sich aufrappelnd, rutschte der eine und andere wieder aus.

Mit der Hilfe der Kameraden ging es ohne Verzögerung weiter.

Ein heulender Ost-Wind fauchte über die Landschaft und küsste mit seinem eisigen Hauch des Landsers Wange.

Wehe dem, der solch nächtlichen Marsch nicht gewohnt war, der blieb von den schlimmsten Erfahrungen, die so ein Marsch mit sich brachte, nicht verschont.

Mitten auf dem Weg ein großer Stein, dem ein kleines Loch folgte.

Aufgrund seiner Unachtsamkeit stolperte einer, in der dahin schlurfenden Kolonne.

Das Gleichgewicht verlierend wäre er fast hingefallen.

Vom Hintermann, vom Vordermann, selbst vom Nachbarn wurde er vorwärts geschoben.

Mit der Sicht war es auch nicht weit her.

Es gab Rechts und Links nicht viel zu sehen.

Es war als Schritt man durch eine dicke Nebelwand.

Jetzt machte sich auch noch bei dem einen und anderen der Durst bemerkbar.

Wie sollte aber der Durst bei den Dahinschreitenden gelöscht werden?

Beim Marsch ging das irgendwie nicht.

Am besten die Kompanie würde einen kurzen Halt einlegen.

Hier war der Wunsch, der Vater des Gedankens.

Die Kompanie hielt nicht und bewegte sich auf der eisglatten Straße im zügigen Tempo Richtung Front.

Jeder versuchte irgendwie an die Trinkflasche zu kommen.

Überall leises Fluchen!

Die Flasche ließ sich nicht vom Koppel lösen.

Denen es gelang, diese dennoch in die Hand zu bekommen, dachten, sie hätten das große Los gezogen.

Ja, sie hatten sich schon zu früh gefreut.

Auf Grund, der vom Frost klammen Fingern, fiel dem einen und anderen die Trinkflasche aus der Hand zu Boden.

Sie bückten sich, aber kaum getan da fiel die Waffe zur Erde.

Das Gewehr aufhebend ging es taumelnd weiter vorwärts.

Sie näherten sich einem zerschossenen Wald.

Hier kam endlich das, schon längest erwartete lautstarke Kommando: „Kompanie! ... Halt!"

Am Waldrand lag ein Dörfchen.

Es lag so traurig da, als ob darin nie Leben und Lachen geherrscht habe. Die Gärten verwüstet, die Häuser zerfallen, das hatte der Krieg geschaffen. Schwarz von Feuer- und Pulvergarben herrschte darüber des Todes Farbe.

Der Kirchturm hing schief, die Glocke war in Hunderte Metallsplitter zersprungen. Das bundbemalte Fensterglas zersplittert, lag zertreten in der Kirchhofsgasse.

Welch ein schauriger Ort.

Erklang dort einst das Gotteswort?

In den Gräberrain, auf dem nahen Friedhof hingen halb aus den Grabstätten, alte Gerippe.

War das der bleiche Schein des Mondes?

Es schien, als gestikulierte ein verfluchtes schwarzes Rattentier herüber, dass mit gesäuseltem Ton in der Stimme rief: „Bist mit dem Tod auf Du und Du? So lass die Toten mir in Ruh."

Der Marsch ging weiter.

Der Tornister auf dem Rücken, der umgehangene Karabiner und der Spaten in der Hand begannen langsam lästig zu werden.

Ein jeder stellte sich im Moment, im Geheimen selbst die Frage: „Wie wird das wohl enden, morgen früh?"

„Unterstützt uns die eigene Artillerie?"

Da drang aus dem Dunkeln Räderrollen.

Ein Ton klingend wie aus Erz, Eisen und Stahl.

Reiter, Ross und Wagen beladen mit schwerer Munition rollten vorbei.

Vor jedem Wagen sechs Pferde gespannt.

Bild 40: Zerstörte Ortschaft.

Die Wagen gefüllt bis an den Rand, in Weidenkörpern einge-
engt, wie Bestien in den Käfig gezwängt, lugten die Granaten aus
den Körben in der Dunkelheit. Unheimlich das matte Messingfun-
keln, der nach blutverlangenden, furchtbaren Dingern, der Le-
bensverneiner, der Festungsbezwinger.

Es rollte, rasselte und ratterte vorbei.

Wagen auf Wagen in endloser Kolonne.

Begleitet von Kanonieren mit stumpfer Pickelhaube, dem Rat-
tern der Räder, dem Pferde Geschnaube und dem leisen Knirschen
der Kartuschen.

Dann hatte die Dunkelheit die Kolonne verschluckt.

Die Front rückte näher und näher.

Ein Schauer lag über der Landschaft, granatendurchpflügt, als
läge sie jenseits alles Guten.

Eine Hölle mit glimmendem Feuer und hin und wieder aufzuckenden Widerschein riesiger emporschießender grellen Flammenzungen.

Die Bäume, wer hatte sie einst gepflanzt, nur noch Stümpfe, zerfetzt und zerfranst.

Dazwischen wohin man auch schaute scheußlich drohende Stacheldrahtverhaue.

Dahinter zog sich in endlosen Wellen ein grauweißes Band durchs Gelände.

Der furchtbare Schützengraben.

Die Rinne des Blutes, die Städte der Qual, der Orts des Schreckens.

Die Welt der Feldgrauen, umheult und umstürmt. Wo ewig ein Dunst von Pulver schwebte, wo die Stunde, die Bange, nach Tagen zählte. Dort unten auf den Knien im fürchterlichen Trommelfeuer liegend, mit sich selbst und mit Gott ringend.

Leuchtkugeln zischten empor und tauchten das Gelände in diffuse Helligkeit.

Furchtbarer Lärm erfüllte plötzlich die Dunkelheit der Nacht.

Donnern und krachen.

Pfeifen und zischen.

Dazwischen das feurige Gebell von Maschinengewehren.

Wieder lautes Krachen, ein ächzender Laut.

Ein Singen hing in der Luft, als hätte eine Riesenhand tausend Saiten auf einmal gespannt.

Tausende sausende Splitter einer Mine fegten heran durch die Luft.

Allmählich verstummte der Feuerüberfall der Artillerie.

Nächtliche Stille trat ein.

Der Acker, Schrapnells durchwühlt.

Fluchs ging es in den Schutz versprechenden Graben hinein.

Gerade noch rechtzeitig.

Heulend pfiff ein Schrapnell heran.

Verletzte gab es keine.

Es gab aber auch keine Ruhe, noch nicht mal eine kurze Verschnaufpause, da ertönte schon wieder scharf und eindringlich das Kommando: „Vorwärts! Vergesst die Müdigkeit!"

Raus aus dem Schutz des Grabens stampften sie eine Ewigkeit durch die Nacht.

So schien es jedenfalls.

Endlich hatten sie ihren Abschnitt erreicht.

Da hinein sollten sie!

In diesen schauerlichen Graben.

Aber was sollte es?

Sie würden noch dankbar sein, wenn sie sich hier verkriechen konnten, wenn außerhalb des Grabens es rauchte und brannte. Die Granaten dich daneben einschlugen und glühende Splitter dicht über den Graben hinüber zischten.

Vorsichtig tappten sie, wohl zwanzig Stufen hinab, wie in ein Grab!

Im Schützengraben wehte überall der Tod.

Sie machten es sich bequem, was hieß hier bequem?

Sie nahmen auf der teilweise mit zahlreichen Erdbrocken, übersäten Sohle des Grabens platzt.

In Decken gehüllt hatte sich jeder, so gut es ging, eine Schlafstatt gesucht.

Eintönig und ruhig verlief der nächste Tag.

Abends, als der Mond auf die Gräben schien, herrschte eine Stille wie selten. Kein Kanonengebrüll, kein Flintenschuss, kein Maschinengewehrgeknatter.

Rechts, von ganz rechts dröhnte es leise herüber.

Dumpfes Gebrumm, ganz fern, ganz leise, dumpf und schwach, doch ununterbrochen, Schlag auf Schlag.

Ab und zu zuckte ein heller Feuerschein am fernen Horizont auf.

Es wurde eine dunkle Nacht.

In den Drahtverhauen, die zwanzig Schritt vor den deutschen Graben lagen, ächzte der Wind.

In den frühen Morgenstunden lag auf einmal rasendes Artilleriefeuer auf den feindlichen Gräben.

Aber auch die deutschen Gräben wurden unter Beschuss genommen.

Es krachte und donnerte, es zitterte und dröhnte, es heulte und pfiff durch die Luft.

Dicht neben den Graben schlug es ein.

Ein heller Blitz begleitet von einem Donnerschlag, schossen Stahlsplitter durch die Luft.

In diesem Moment gab keiner mehr einen Pfifferling für sein Leben.

Trotz allem standen die deutschen Posten ruhig in ihrer Deckung, getreu ihrer Pflicht, nach dem Feind das Gesicht.

In dieser Feuerhölle standen zum Sturm bereit Welle auf Welle. Hintereinander, dicht an dicht, sah keiner dem anderen ins Gesicht, mag keiner den anderen beim Namen nennen, lernte mancher sich heute zum ersten Mal kennen.

Schrapnells heulten, Granaten pfiffen, als peitschten Drachen mit ihrem Schweif die Erde und den Himmel zu gleich. Dazwischen dumpfes Gezische und Gekeuche, trübflackernde Flammen, gelbe und grüne.

„Achtung!"

Noch 60 Sekunden, dann ging es auf zum Sturm.

„Los!"

Sturmtrupp und Flammenwerfer, die erste Welle!

„Raus!"

Der Feind bemerkte sofort den Sturmangriff.

Imnu war der Graben leer und in rasenden Lauf ging es auf die gegnerischen Stellungen zu.

Sofort einsetzendes Sperrfeuer sollte den Weg der angreifenden deutschen Soldaten verlegen.

Kein Flammen-, Splitter- und Kugelregen konnte jedoch die deutschen Angreifer zum Halten bringen.

Der Gegner leistete wütenden Widerstand.

<u>Bild 41:</u> Flammenwerfer im Einsatz.

Dort, ein langer Flammenstrahl zischte durch die Luft auf einen Stollen zu.

Die Flammenwerfer!

In einen Stollen, der durch die Franzosen noch verteidigt wurde schoss ein Feuerstrahl, wie eine Raubtierzunge, gierig leckend.

Höher und höher.

Der Stollen brannte lichter loh.

Aus der Tiefe erklang ein gellender Schrei: „mon dieu, mon dieu!"

Dann war es vorbei.

Nur eine Ratte, halb zerschunden hatte noch den Ausgang gefunden.

Mitten durch das Feuer liefen zwei deutsche Sanitäter mit einer Trage vorbei. Darauf lag, schwer verwundet, sein Leben war befristet, mitten durch die Feuerhölle, durch Granaten, durch

Schrapnells, sorgsam, ohne Eile und Hast, trugen sie die wunde Last, deutsche Sanitäter.

Und mitten in dem Grau der deutschen Uniformen wurde es auf einmal himmelblau.

Aus halb zerschossenen Unterständen, mit überm Kopf erhobenen Händen, kam er heran, der Franzmann.

Sieg!

Sieg, auf ganzer Linie!

In roter Glut sank die Sonne.

Es wurden sofort Vorbereitungen in Erwartung eines französischen Gegenstoßes getroffen.

Pulver-, Blut- und Brandgeruch lag wie ein Leichentuch über dem Gefechtsfeld.

Furchtbar waren die vergangenen Minuten gewesen. Zu viele waren blutend gefallen.

Der Mond schien jetzt durch die schmalen Spalten zwischen den weißen Wolken.

Mündungsfeuer blitzte hin und wieder in der Ferne auf.

Viel zu schnell verrann die Nacht und ein blutiger heißer Tag am Horizont emporstieg.

Morgenröte.

Mit dem heraufdämmern des jungen Tages fing es von der Seite des Gegners her zu hämmern.

Ein wahrer Eisensegen sauste heran, als hätte der Feind die Nacht genutzt, um sich darauf vorzubereiten.

Jetzt erwiderte die deutsche Artillerie mit ihrem Feuer.

Granaten schossen aus allen Rohren, als ob zwei Höllen im Kampfe ständen.

Bisweilen stiebten Geschosse von einem 38er Kaliber herüber. Sie bohrten sich tief in die Erde und rissen halbe Stollen ein.

Erst war da ein Fauchen und dann ein fürchterliches Ächzen, gefolgt von ungeheurem lautstarken Bersten, als wollte eine Hand aus Eisen das Herz aus der Brust der Erde reißen.

Eine Säule von Erde flog steil in die Höhe, als öffne ein Vulkan jäh seinen Schlund.

Solchen Lärm gewohnt wohl hundertmal, hatten viele ihren Schlaf gefunden.

„Raus! Der Feind greift an!"

Alle fuhren in die Höhe.

Sprangen auf, gelöst war der Bann.

Mit dem Gewehr in der Hand stürzten sie in die Stellung.

Fäden von Schwefel durchzogen das Feld.

Die Welt vor ihnen schien zu brennen.

Durch das Heulen von Schrapnells klang ein kurzes Bellen, das furchtbare Tick-Tack der Maschinengewehre.

Mit dem Schwirren von Millionen zu Erz gewordenen Bienen stürmte der Feind heran.

Plötzlich schwieg die Artillerie.

Nicht wie sonst man die Deutschen im Graben erblickte, von Artillerie zu Boden gedrückt, standen sie frei auf der Deckung und erwarteten den Franzmann bedenkenlos.

Und er kam, in dichten Wellen.

Brach hervor aus dem gegenüberliegenden Graben an zwanzig Stellen.

Kein Drahtverhau hielt sie auf, mit tollem wilden Ungestüm in dichten, immer dichteren Massen heranzustürmen.

Zielend stehend, das Gewehr an der Brust, fiel bei den Deutschen kein Schuss.

Mann und Gewehr waren wie aus einem Guss.

„Ruhig, ruhig, noch nicht, noch nicht!"

„Jetzt!"

Plötzlich brach aus tausend Rohren ein Feuerstrahl.

Und noch einmal!

Und noch einmal!

Jede Kugel traf ihr Ziel.

Wie mit einer Sense mähte links ein Maschinengewehr seine Opfer nieder.

Berge von Leichen häuften sich auf.

Schon stockte der wilde Sturmlauf der Franzosen.

Einzelne, wie scheue Ratten suchten sie wieselflink ein Loch, um darin zu verschwinden.

Da, vom Maschinengewehr her ein lautstarkes Fluchen.

Der Lauf war in rote Glut getaucht.

Das Kühlwasser war zur Neige gegangen.

Die Königin der Waffen schwieg.

Gerade in diesen Moment rafften sich die Franzosen noch einmal auf, und wieder begann ihr Todeslauf.

„Feldflasche her!", rief der Schütze vom Maschinengewehr herüber.

Für die schlimmste Stunde aufbewahrten Trunk schluckte der glühende Stahl.

Schon fing das Maschinengewehr von Neuem an zu feuern, um den Gegner in der Minute dreihundert Schuß entgegenzuschleudern.

Im weiten sich dahinziehenden Graben, rechts ein wildes Hin- und Hergewoge.

Das Maschinengewehr außer Gefecht und die Grabenbesatzung schwer geschwächt.

Da geschah das fast Unmögliche.

Ein letzter Kampf, Mann gegen Mann.

Ein letztes wildes Hin und Her.

Schon war der Feind im Schützengraben.

Lautlos wie Katzen schlich ein deutscher Sturmtrupp am Boden entlang, als ob ihn die Erde verschlungen hätte.

4, 5, 10 Sekunden …

Ein breiter Feuerstrahl schoss in Richtung der Franzosen, die Flammen drangen in den Graben, wo der Gegner hockte.

Tierisches Brüllen drang an die Ohren.

In Tigersprüngen zum furchtbaren Ringen bereit sprangen die Tod erprobten Mannen, des deutschen Sturmtrupps hinein in den Graben.

Noch ehe die Franzosen sich von ihren Schrecken erholten, war der Graben freigekämpft.

Zwei lange Tage, zwei lange Nächte zog sich das blutige Gefecht hin.

Zwei Tage und Nächte ständig den Untergang vor den Augen.

In der dritten Nacht ein Schneegestöber, mit Schneeflocken, die immer größer, immer größer wurden.

Der Posten in seinen Mantel wirkte wie ein Riesenmarmorbild.

Die Hand klebte fest am kalten Eisen und man musste vor Kälte die Zähne zusammenbeißen.

Die Ablösung nahte.

„Auf Posten Neues?"

„Kamerad, heute war es etwas schwierig. Du darfst dir darüber aber keine Gedanken machen. Als wir durch Belgien fuhren, war es viel schlimmer. Blutige Arbeit gab es dort. Dies hier ist wie halber Sport."

Bevor der Abgelöste ging, dem Posten noch auf die Schulter schlagend sagte er: „Nun gute Nacht und gute Wacht!"

Die Ablösung hatte gerade ein paar Schritte zurückgelegt, da tönte an sein Ohr von links ein hartes Picken.

Ein Maschinengewehr fing an zu bellen.

Plötzlich fauchten Leuchtraketen gen Himmel. Wie eine Rose jäh erblühte, ein wunderbares Farbenglühen.

Es stieg, es platzte: Rot - Grün, Rot - Grün!

Der Feind griff an.

„Alarm, Alarm!", gelte es durch die Nacht.

Ein grelles Leuchten.

Die Mündungsfeuer der Deutschen waren es.

Und wie auf den Flügeln des Windes sausten schon in die feindlichen Stellungen Geschoß auf Geschoß.

Zwei furchtbare lange Stunden lag der Feind unter dem glühenden Eisensturm.

Und dann, als hätte auf einmal ein Magier seinen Zauberstab erhoben, schwieg das Toben.

Bild 42: Glühender Eisensturm auf die französischen Angreifer.

Fast mit ehrfurchtsvollen Staunen hörte man es durch den Graben rauen: „So half sie noch nie, unsere Schwester, die Artillerie."

Bald war der Graben wieder leer.

Heute kam der Feind gewiss nicht mehr.

Nur ein Posten ging auf und ab, der hin und wieder stehen blieb. Das Gesicht zum Feind, horchend und spähend.

Die Nacht war dunkel wie ein Grab und Schneeflocken rieselten lautlos herab.

Das Auge wurde müder und müder, von dem harten Dienst am Tag und in der Nacht.

Der Posten stierte, glotzte und starrte trotzdem, auch wenn es anstrengend für ihn war, nach dem französischen Graben hinüber.

Was die wohl heute Nacht dort noch vorhatten?

Kaum, dass ein Gewehrschuss fiel.

Ob der Feind sich ruhig verhielt?

Nach des Kampfeslärms tiefes Schweigen.

Nirgends zeigte sich etwas Verdächtiges.

Da auf einmal stieg ein Licht empor, eine weiße Flamme stach in den schwarzen Himmel hinein.

Heller und heller wurde ihr Schein.

Was war das?

Rot - Grün, Rot - Grün!

Der Feind griff schon wieder an.

19.

In der Nähe eines verlassenen Dorfes, auf einer sumpfigen und teilweise bewaldeten Hochebene liefen die Laufgräben gegen die feindlichen Schützengräben vor.

Die deutschen Soldaten hatten sich eingegraben und Stellungen ausgebaut.

In der tiefen Schlucht, die die Hochebene durchschnitt, bezog die schwere französische Artillerie ihre Stellung. Die hinter Stahlblenden und Brustpanzern sitzenden Beobachter lenkten das Feuer der schweren Geschütze flankierend gegen die deutschen Stellungen.

Irgendwo, in nicht allzu weiter Entfernung schlug eine *kleine Stinkbombe* von 24 Zentimeter Durchmesser und ein Meter Länge ein.

In der Tiefe der Schützengräben und ausgebauten Stellungen hatten sich die Deutschen verkrochen.

In diesen saß man mehr oder minder geschützt, während über ihnen die Schlacht wild tobte.

Brüllende Kanonen!

Platzende Granaten!

Die in der Nähe befindliche deutsche Artillerie wechselte die Stellung und das war nicht ganz ohne.

Pferde rasten in wilder Panik davon.

Unter umgestürzten Geschützen und Protzen krochen Menschen hervor und suchten Deckung.

Plötzlich der Befehl: „Der erste Zug bringt die Artillerie in die neue Stellung, die Pferde schaffen es nicht!"

Aufspringend und zu den Geschützen laufend war eins.

Kräftige Soldatenarme griffen in die Speichen der Geschützräder.

Mühsam und mit großer Kraftanstrengung schob man die Geschütze durch den lehmigen Boden vorwärts.

Die Batterie wurde in kürzester Zeit in ihre neue Feuerstellung gebracht und sofort sendeten krachend die deutschen Haubitzen ihre Granatengrüße in die feindlichen Schützengräben.

Weiterer Befehl an die Infanterie: „Für die Batterie Munition heranholen!"

Ja, wenn man die Infanterie nicht gehabt hätte.

Tagelang tobte die Schlacht.

Ringsum, aus der Nähe und der Ferne brüllten die Geschütze. Granaten rasten durch die Luft, fauchten über die Soldaten im Graben hinweg.

Dicht vor dem deutschen Schützengraben schlugen krachend Schlag auf Schlag die Schüsse der eigenen Haubitzbatterie ein.

Aber auch die Einschläge der feindlichen Granaten, die ihr Ziele suchten.

Weißgraue Schwaden strichen über den deutschen Graben hinweg, der das Atmen, der dicht aneinander Gereihten, nicht gerade erleichterte.

Die Lage drängte schließlich zu einer Entscheidung.

Genau zur befohlenen Minute tauchten zur Rechten wie zur Linken lange Schützenlinien aus dem bisher menschenleeren Gefilde, hasteten gen Westen, gewannen links den Anschluss, zogen sich zu einer einzigen langen Kette zusammen.

In dem Augenblick wo die Deutschen aus dem vorderen Graben kletterten, krachte es über ihren Köpfen, prasselte die bleierne Garbe auf ihre Helme.

Einen hatte es erwischt. Aus seinem Hals quollen zwei fingerstarke Blutstrahlen. Seine Augen wurden gläsern und er sackte zusammen.

Keine Rettung mehr.

Die Kompanie nahm in Reih und Glied Aufstellung und schwärmte in die befohlene Richtung aus.

Da setzte ein rasendes Gewehr- und Maschinengewehrfeuer des Feindes ein.

Die vorderste Welle ging in Stellung, eröffnete auch ihrerseits das Feuer und nun lief es wie auf dem Exerzierplatz ab: Vom rechten Flügel her zugweise vorspringend, arbeiteten sich die einzelnen Kompanien an den Feind heran.

Hei, wie pfiff es um die Ohren!

Hier und da ein Schrei, ein Stolpern, ein schwerer Fall, ein Wimmern, Blutbäche rinnend über jählings erbleichte Gesichter, die kotigen Waffenröcke mit dunklem Lebenssaft durchfeuchtend.

„Hinlegen!"

Zwischen die Erdschollen plumpsen, hustend, keuchend und schweißgebadet.

Weiter.

„Sprung! ... Auf, marsch, marsch!"

Die erste Welle hatte starke Verluste.

Tote, Verwundete rechts und links.

„Seitengewehre pflanzt auf!"

Die blanken Waffen blitzten aus der Scheide.

„Sturmangriff!"

Das war zuviel für die Franzosen.

Er riss aus.

„Hurra!"

In toller Hetzjagd stürmte die Kompanie nach vorn, verbreitete sich zu einer grauen Sturmflut, vorwärts keuchender Männer.

Schon war der feindliche Graben erreicht.

Nur noch ächzende Verwundete darin, die winselnd in Todesangst, die von Lehm und Pulverschleim überzogenen Hände entgegenstreckten.

„Hinlegen!"

„Auf den fliehenden Feind - Schnellfeuer!"

Die Schüsse sausten dem Feind hinterher.

Vorwärts ging es über die freie Fläche, auf die der Gegner seine eisernen Grüße schickte.

Aus den Strohdächern des vor ihnen liegenden Dorfes züngelten die ersten Flammen.

Plötzlicher halt!

Hart an der Straße, die sich quer durch die freie Fläche zog, wurde Stellung bezogen.

Die Straße durfte nicht überschritten werden.

Rechts und links des Ortes hatte jeder Widerstand aufgehört, aber vom Dorfrand her knatterte und prasselte noch immer ein tolles Maschinengewehrfeuer herüber.

Da duckte sich jeder Kopf tief, tiefer hinunter.

Wie ein waagerechter Schlossensturm schwirrte es über die in Deckung liegenden hinweg.

Es war Nachmittag geworden, die Sonne neigte sich, blinzelte in grellem Gelb aus dunklen Wolken.

Die Lage für das Bataillon wurde immer bedenklicher.

Zwar hielt das Feuer auf die Ortschaft nicht lange an, aber die feindliche Artillerie begann immer energischer die ganze Umgebung abzustreuen. Immerfort prasselten die Schrapnells über die Soldaten hin, ab und zu ging auch eine schwere Granate nieder.

Das Regiment erhielt den Befehl, sich zur hartnäckigen Verteidigung einzurichten und die Stellung bis zum letzten Mann zu verteidigen.

Diesmal bedurfte es keiner Ermahnungen, keiner Zornesergüsse.

Zur hastigen Arbeit pfiffen die sausenden Granaten den ermunternden Takt.

Als die Dämmerung sank, hatte sich das Bataillon tief in den steinigen Boden eingebuddelt.

Der Himmel verdunkelte sich.

Die Nacht sank über das Schlacht- und Leichenfeld.

Dann begann es auch noch zu regnen.

Bild 43: Deutscher Unterstand im Grabensystem.

Regen prasselte auf die notdürftig hergerichteten Deckungslöcher.

Stundenlang.

Die Morgendämmerung zog herauf.

Heller und heller wurde es.

Ein trüber regnerischer Tag brach an.

Im Osten, hoch über dem Schlachtfeld, stand auf schieferblauen Regenschleier klar gezeichnet ein bunter Regenbogen.

Die Truppen mussten sich weiter an der gesamten Front einbuddeln, irgendwelche Deckungslöcher reichten nicht mehr aus.

So tief wie möglich.

Jetzt fuhr auch noch eine Haubitzbatterie in unmittelbarer Nähe des Grabens auf und ging in Stellung.

Die würden schnell genug das feindliche Feuer auf sich ziehen.

Ein Unterstand wurde im Grabensystem errichtet – das hieß, es wurde eine Schicht dünner Bäumchen über den Graben gelegt und Laub und Erde darauf geschüttet.

Die Schlacht erwachte mit neu entfesselter Wut.

Die Nachricht, dass die Engländer am Vorabend tief in die Stellung der Nachbareinheit zur Rechten eingedrungen seien, verbreitetet sich schnell.

Ein Teil des benachbarten Gebietes befand sich also in Feindeshand.

Trotz der schweren Kämpfe verloren die deutschen Soldaten, bei Regen und Sturm nicht ihren Kampfeswillen.

Es mag gegen elf gewesen sein, da kam der Befehl, das Nachbarbataillon sei zu unterstützen.

Über Zuckerrübenfeldern stolperten die Soldaten gradewegs durch Lehm, dass die Stiefel fast stecken blieben.

Aus den Feldgrauen waren beim häufigen Liegen in den morastigen verregneten Feldern schon *„Lehmgraue"* geworden.

„Halt!"

Geschosse zischten und pfiffen über die Deutschen hinweg.

„Volle Deckung! Hinlegen!", tönte ein Kommando scharf und lautstark durch die dicke Luft.

Stundenlang blieb die Kompanie im Dreck liegen.

Aufheiternd war solch ein Warten im moorigen Lehm, bis auf die Haut durchnässt, gerade nicht.

Die Schrapnells klirrten in unzählbaren Schwärmen, hart über den hingestreckten Körper hin, platzten, schmissen ihre Todessaat ein paar Schritte dahinter auf die Erde.

Ein ekelhaftes Gelände.

Dicke verfilzte Weidenbüsche wechselten mit offenen Moor- und Sandflächen, in denen das Bein bis an das Knie versank.

Alle hundert Schritte ein Wasserlauf, von Matsch umrandet, mancher kaum ein Fuß, mancher zwei, drei Meter breit.

Mit morschen Baumstämmen, die überall herumlagen, wurden diese überbrückt in schwitzender Arbeit, bei der sich natürlich die Pioniere besonders nützlich machten.

Alle griffen zu, dann ging es rascher vorwärts.

Was der Feind tun konnte, um alles zu stören, das tat er.

Schmiss Lage um Lage leichter und mittelschwerer Granaten auf die Kolonne.

Zum Glück ersoffen sie alle, ohne zu explodieren, weil der Schlamm ihre Atemlöcher verstopfte.

Ging einmal eine hoch, dann stieg eine Schlammsäule empor, überschüttete die Soldaten mit Wassergarben.

Es geschah allerlei Seltsames.

Breite Streifen des Sumpfes waren mit verdorrten Resten mannshoher Schmackeduzien und anderen Sumpfgräsern bewachsen.

Irgendeine Schrapnellexplosion setzte diese in Flammen, die fraßen sich von Halm zu Halm weiter.

Plötzlich umzüngelte die Soldaten ein auflodernder Präriebrand, vor dem sie fliehen mussten, wie das Wild in der Steppe.

Endlich war das Ziel erreicht und der Gegner nur wenige Meter entfernt wie vermutet.

Entsprechend begann auch das Wirkungsschießen.

Der Geschoßhagel aller Waffen und Kaliber sauste haarscharf über die herankommend Truppe hinweg.

Etwa dreißig Meter vor den Graben platzten die Granaten, die Splitter heulten, die Maschinengewehrgarben pfiffen dicht über die Helme hinweg.

Schauerlich war die Lage.

Das Bombardement der Deutschen sauste haarscharf über die eigenen Truppen hinweg.

Dann schwieg plötzlich das deutsche Kanonenfeuer.

Ein unheimlicher Anblick, wie von dem Gegenüber eine endlose französische Schützenkette gegen die Deutschen heranschlich. Sie verschwand in einer dazwischen liegenden Talsenke, tauchte wieder auf, kam näher und näher.

Kaum hatten die Franzosen die Senke hinter sich, wurde ein rasendes Feuer auf die Angreifer eröffnet.

Viele Schüsse gingen daneben, warum auch immer.

Fünfzig Schritt entfernt waren die Einschläge der Kurzschüsse zu sehen.

Dreck und Staub spritzte auf.

Die Franzosen waren auf etwa 450 Meter heran, gingen in Stellung und eröffneten ebenfalls das Feuer.

Ein Glück, auch sie schossen schlecht, viel zu hoch.

Es gab kaum Verluste.

Plötzlich sprangen die Franzosen auf, rannten wie gehetzt nach hinten.

Suchten ihr Heil in der Flucht.

Warum, wieso?

Angriff abgeschlagen.

Jubelgeheul in den eigenen Reihen.

Wie verrückt wurde hinter dem Feind her geschossen.

Und nun geschah etwas Grauenhaftes.

Die schwere deutsche Artillerie hatte das dankbare Ziel, den flüchtenden Feind, erkannt.

Sie schickte ganz dicke Nummern in die Flüchtenden hinein.

Jedes Mal, wenn der Qualm des Einschlages sich gehoben hatte, war in die rückwärts flutenden Massen ein breites Loch gerissen.

Bald war die ganze Fläche mit Leichen übersät.

Der Kampf war zu Ende.

Ablösung!

Ein trübseliger Zug machte sich auf den Weg.

Zwischen den formlosen Häuflein, das sich durch die Trichterlandschaft ostwärts wandte, baumelten wie große Säcke, die ächzenden Verwundeten. Auch von denen, die aufrecht gehen konnten, humpelte mancher, mühsam auf einen Ast gestützt.

Schwer mühte sich das dahin eilende kummervolle Häuflein Verwundeter und Erschöpfter beim Durchqueren der leichenübersäten Trichterwüste ab.

Es hatte der und jener beide Arme um die Nacken zweier Kameraden gelegt, die ihn mehr schleppten, als führten.

Über allen ein gespenstisches Flattern und Schlürfen und Rumpeln.

Deutlich konnte man den rasenden Flug von Hunderten und Hunderten Geschossen erkennen, die in tobender Hetze westwärts strebten.

20.

Da der Angriff anfangs gut vorankam, wurde die Division weiter nach Westen befohlen und erreichte am Abend den befohlenen Standort.

Heftig war der Kampf mit den Franzosen, der in den dichten Wäldern saß, und dem deshalb schwer beizukommen war.

Zwei Tage lauerte die Division, im Walde versteckt auf dem Befehl zum Eingreifen.

Aber die Front erstarrte bereits, die Offensive war missglückt.

Starkes Artilleriefeuer tobte vorne an der Front den ganzen Tag über.

Der Gegner hatte sich von seinem ersten Schrecken erholt und hatte eifrig Verstärkung herangezogen, besonders auch schwere Artillerie.

Das Konzert der dröhnenden Stimmen da vorn wurde immer stärker.

In Abständen von etwa 10 Minuten aber wurde es jedes Mal von einem besonders heftigen Dröhnen übertönt.

Das geübte Ohr der Frontsoldaten deutete es ganz richtig als Abschuss.

Da es aber so ungewöhnlich laut zu vernehmen war, meinten sie, es rühre von einem der schweren deutschen Geschütze her, dass in einer Schlucht vor ihnen in Stellung sei.

Eine *„Latrinenparole"* wusste von österreichischen 30,5 cm Geschützen zu berichten.

Mit der Zeit wurde aber festgestellt, dass jedes Mal, eine geraume Zeit nach einem der gewaltigen Abschüsse in den Lüften ein seltsames Flattern zu hören war, dass von der Front her kommend, über den Biwak Platz im Walde hinweg nach dem rückwärtigen, von dem Deutschen, besetzten Gelände ging.

Dort erfolgte dann, wenn wieder eine geraume Zeit verstrichen war, ein gewaltiger Einschlag, dessen Erschütterung kilometerweit zu merken war.

Die Einschläge lagen in der Richtung des deutschen Etappenortes, dem Endpunkt der eben erst wieder entstandenen Eisenbahnlinie hinter dem deutschen Frontabschnitt.

Also von jenseits des Flusses mussten die gewaltigen Abschüsse kommen.

Und etwa 8 Kilometer feindwärts, von den deutschen Truppen lag erst der Fluss, sodass wohl die Entfernung des Geschützes 10 bis 12 Kilometer Luftlinie betrug.

Dieser Rechnung nach musste es ein ganz gewaltiges Geschütz sein, das von dort her seine *„Kohlenkästen"*, wie die *„Landser"* sie nannten, über die vordersten Linien hinwegspie.

Lufttorpedos sollten es sein, wie eine *„Parole"* behauptete.

Was daran richtig war, konnte nie in Erfahrung gebracht werden.

Wohl ergab sich die Gelegenheit, die Wirkung der Geschosse zu beobachten.

Nur kurze Stunden dauerten die Feuerpausen bei dieser Beschießung, sonst aber dröhnte alle zehn Minuten der gewaltige Abschuss.

In gewaltiger Höhe ein an- und abschwellendes eigentümliches fllfllfllfll – lpp – flpp – flpp – flpp – fll – fll – fll – fll, dem dann der brüllende Einschlag folgte.

Der Franzose holte zu einem für die deutsche Front verhängnisvollen Flankenstoß aus.

Deswegen wurde eine deutsche Division schon während des Trommelfeuers abberufen und an der neuen Kampffront eingesetzt, wo sie westlich schwere Abwehrkämpfe bestreiten musste.

Angriffe wechselten mit Gegenstößen, Grabenstücke gingen verloren und wurden von Schulterwehr zu Schulterwehr im Nahkampf wieder zurückerobert.

Reiche Ernte hielt der Tod.

Der Regimentsgefechtsstand lag auf einer Höhe südwestlich einer größeren Stadt. Der Ostrand des Höhenzuges fiel hier 30 Meter ziemlich steil ab.

Zu den Füßen lag in einer Ebene ein ehemaliger französischer Flugplatz, auf dem noch die Gerippe von fünf oder sechs verbrannten feindlichen Doppeldecker standen.

Zur Sicherung des Gefechtsstandes lagerte in unmittelbarer Nähe eine schwache Reservetruppe.

Gegen Abend waren in beträchtlicher Entfernung nach Westen hin die Rauchsäulen gewaltiger Einschläge zu sehen, auch das Dröhnen drang außergewöhnlich stark herüber.

Dies bedeutete, dass die Beschießung, die dort schon vor einigen Tagen begonnen hatte, weiter anhielt.

Gewaltige Rauchsäulen schossen dort wieder und immer wieder hoch und zeigten, dass dort die Hölle tobte.

Die Nacht brach herein, und die schwere Beschießung ging trotzdem weiter.

Ein unglaubliches Feuerwerk entfaltete sich dort am Himmel, das erst einmal seines gleichen suchen musste.

Der Gegner hatte durch die tagelange Beschießung offenbar seinen Zweck erreicht und alle Depots, von denen besonders das

Munitionslager, sehr umfangreich gewesen sein musste, in Brand geschossen.

Kurz nach Mitternacht erfolgte eine Explosion nach der anderen.

<u>Bild 44</u>: Ein von Rauch und Flammenschein umloderter Ort.

Dazu war die Nacht außergewöhnlich dunkel, sodass sie von den Explosionen umso mehr erhellt wurde.

Munitionsstapel auf Munitionsstapel flogen dort mehrere Stunden lang fort und fort in die Luft.

Da, lauter rote Leuchtkugeln schossen hoch.

Jetzt waren es grüne, dann Splittersterne.

Alle Arten von Leuchtraketen, die es an der Front gab, flogen nun dort wieder und immer wieder nicht einzeln, nein kistenweise, in die Luft.

Dazwischen dröhnten noch immer die schweren Einschläge und die gewaltigen Explosionen der hochgehenden Munitionsstapeln.

Ein gewaltiges Schauspiel, das weit vom Schuß vom Regimentsgefechtstand aus beobachtet werden konnte.

Wie mag es denen ergehen, die jetzt noch in oder bei dieser Hölle aushalten mussten?

Immer wieder schoss der Gegner in dem vom Flammenschein umloderten Ort hinein.

Am Rande des Steilhanges standen Offiziere des Stabes, in ihre Mäntel gehüllt. Ihre Gestalten hoben sich von dem durch den Brand geröteten Nachthimmel ab.

Ein eigenartiges Bild.

Ringsumher schweigen.

Alle betrachteten stumm das gewaltige Schauspiel der Vernichtung.

Das heraufdämmernde Tageslicht nahm dem Feuerschein des Riesenbrandes mehr und mehr die Kraft, und als es Tag wurde, war von dem großen Feuerwerk nichts weiter zu sehen, als ein bald schwarzer, bald grauer oder gelber ungeheurer Rauchschwaden, der den ganzen Tag über sichtbar blieb, und der bei Explosionen, die noch immer dort erfolgten, jedes Mal mit hochgetrieben wurde.

21.

Das Regiment setzte sich in Marsch, als Vorhut wurde ein Bataillon eingesetzt.

Die Nacht war pechrabenschwarz.

Man konnte keine Hand vor den Augen sehen.

Kaum waren die Truppen aus dem Ort heraus, als ihnen, trotz der Dunkelheit, ein heftiges Infanteriefeuer entgegenschlug.

Kurzer Halt!

Nach kurzer Zeit kam dann der Befehl, wieder zurückzumarschieren, um am bisherigen Standort Unterkunft zu beziehen.

Hier war inzwischen der Teufel los.

Die übrigen Truppen waren inzwischen eingetroffen und auf der Hauptstraße herrschte ein fürchterliches Durcheinander.

Geschütze und Munitionskolonnen, Feldküchen und Bagage-Wagen und sonstige Fahrzeuge bildeten ein wüstes Knäul.

Zwei, drei, nein vier Kolonnen standen nebeneinander.

Fahrzeuge, die gewendet hatten, um in eine Seitenstraße zu gelangen, waren in andere, die aus entgegengesetzter Richtung kamen, hineingefahren.

Ein furchtbares Chaos.

Schließlich konnte niemand mehr vorwärts noch rückwärtsfahren, dazu in stockdunkler Nacht.

Wenn der Feind jetzt den Ort mit einer Lage Artilleriefeuer belegt hätte, wäre es zu einer Katastrophe gekommen.

Nicht auszudenken.

Zum Glück fiel während der ganzen Nacht kein Artillerieschuss.

Dem energischen Eingreifen eines Generalstabsoffiziers sowie einiger höheren Ordonnanzoffizieren gelang es schließlich nach einer guten Stunde, etwas Ordnung in das Chaos zu bringen.

Ein Regiment erhielt den Befehl, den Ort zu räumen und sich in der Nähe, auf der Straße gefechtsbereit aufzustellen.

Die Bagagekolonnen wurden in die Seitenstraßen abgedrängt.

So bekam die Infanterie langsam Luft und konnte daran gehen, sich nach einem Quartier umzusehen.

Leider waren inzwischen fast alle Häuser von anderen Truppenteilen belegt.

Erst nach langem Suchen fand sich hier und da ein freier Unterkunftsraum.

Sogar eine Waschküche musste herhalten.

Todmüde warfen sich die Soldaten hin, auf den bloßen Zementboden.

Jetzt noch auf Strohsuche zu gehen, um ein leidliches Lager herzurichten, dazu fehlte die notwendige Energie.

Kein Wunder!

Die Truppe war schon gegen 5 Uhr morgens ausgerückt, hatte dann im Sturm die nächste Ortschaft genommen. Danach marschierten sie kreuz und quer durch die Gegend. Am Abend schließlich kamen sie wieder in der zuvor eroberten Stadt an, wo sie die halbe Nacht in den Straßen herumstanden, bis sich endlich die Möglichkeit bot, die müden Glieder zur Ruhe auszustrecken.

Aber nicht lange sollte die Freude dauern.

Kaum waren die Augen zugefallen, da hieß es plötzlich: „Alarm".

Wieder ging es bei Dunkelheit zum Ort hinaus.

Auf einem Acker rechts der Straße musste Stellung bezogen werden und das stundenlang in einem Rübenfeld.

Dann kam von Neuem der Befehl: „Zurück, zum alten Standort".

Ein fürchterliches hin und her.

Wussten die, da oben was sie überhaupt noch wollten?

„Entweder rein in die Kartoffeln oder raus aus den Kartoffeln", das Sprichwort war doch allen geläufig.

Und was geschah nun bei ihrer Rückkehr, als sie in der Ortschaft wieder ankamen?

Wie sollte es auch anders sein. Sie standen wiederum längere Zeit auf der Straße.

Unbegreiflich!

Allmählich wurde es hell.

Ein nebliger Oktobermorgen.

Erneut wurde zum Marsch geblasen.

Kaum hatte die Marschkolonne den Ortsausgang passierte, da zischte es von halbrechts st, st ... dicht über die Köpfe hinweg.

In schnellen, kurzen Sprüngen wurde im nächsten Straßengraben Deckung gesucht.

In diesem Augenblick zerrissen die Strahlen der aufgehenden Sonne den Nebelschleier.

Vor den Soldaten lag die Landschaft, ein völlig unübersichtliches, fast ebenes Gelände, übersät mit Hecken und kleinen Baumgruppen, durchschnitten von Pappelreihen und Wasserläufen.

Dazwischen einzelne Gehöfte und Häuser, halb rechts in greifbarer Nähe ein kleiner Ort, den ein spitzer Kirchturm überragte.

Im Vordergrund ein dunkles Etwas.

Es war ein Gaskessel, der in den folgenden Wochen und Monaten zu einem vertrauten Anblick werden sollte.

Im Moment blieb jedoch nicht viel Zeit, sich in den Anblick der Landschaft zu vertiefen oder gar zu erfreuen. Es ertönte das Kommando zum Ausschwärmen nach halb rechts.

Im Laufschritt ging es über die Rübenfelder Richtung der Ortschaft.

Nach dem 30 Meter zurückgelegt wurden, hieß es, Stellung zu beziehen.

Eine kleine Verschnaufpause für die Angreifer und die Möglichkeit sich kurz in dem, vor ihnen liegenden Gelände zu orientieren.

Mittlerweile waren die anderen Züge und Kompanien ebenfalls ausgeschwärmt.

Der Feind bemerkte die erste Schützenlinie und überschüttete diese mit einem konzentrierten Infanteriefeuer.

Aus den gegenüberliegenden Hecken und Baumgruppen und vom Ortsrand her sausten der Tod und das Verderben herüber.

Salvenweise schoss der Feind auf die vorgehenden Infanteristen.

Dazwischen tackende Maschinengewehre.

Schon traf es einen in den Oberschenkel.

Einige Meter weiter schrie ein anderer auf, dem eine Kugel, den Hals durchschlagen hatte.

Aber nichts war vom Feind zu sehen.

Deswegen ging es auch in kurzen Sprüngen gruppenweise weiter vorwärts.

Immer heftiger wurde das gegnerische Feuer und rieß erschreckende Lücken in die Linie der deutschen Angreifer.

Ganze Gruppen wurden von Maschinengewehrgarben erfasst und niedergemäht.

Die meisten Offiziere und Zugführer, die beim Angriff voraus-
gestürmt waren, nach wenigen Augenblicken waren diese gefallen
oder verwundet.

Führerlos arbeiteten sich die einzelnen Gruppen nach vorne.

Sie brannten darauf, den unsichtbaren Feind beim Schopfe zu
packen.

Jetzt wurde auch noch die Artillerie der Franzosen lebendig
und streute das Gelände mit Schrappnells und Granaten ab.

Der Graben neben dem nächsten Weg bot für einen Moment
den notwendigen Schutz.

Bild 45: Deutscher Sturmangriff aus dem Schützengraben heraus (Frühjahrsoffensive 1918).

Minuten verharrten die Soldaten geduckt in dem Graben, dann
sprangen sie, wie von einer Tarantel gestochen, aus der Deckung
auf den Grabenrand und stürzten mit raschen Sprüngen über den
verstaubten Weg weiter vorwärts.

Immer deutlicher waren die Häuser, der vor ihnen liegenden
Ortschaft zu erkennen.

Der Chausseegraben mit den Pappelbäumen davor kam den
deutschen Angreifern gerade Recht.

Er bot eine verhältnismäßig ausreichende Deckung vor dem Infanteriefeuer des Feindes.

Von dem anderen Bataillon war weit und breit nichts mehr zu sehen.

Nur noch einzelne Gruppen bewegten sich im Gelände von hinten her, sprungweise nach vorn.

In diesem Moment tauchte der Franzose auf.

Zum ersten Mal wurde er sichtbar.

Versteckt hatte er sich hinter einer Hecke.

Über eine kleine Bodenwelle sah man immer wieder Verstärkung heranlaufend und in einer Senke verschwinden.

Es waren Franzosen, wie ganz deutlich zu erkennen war.

200 Meter betrug etwa die Entfernung von den deutschen Stellungen bis zu der Hecke am Bach.

Etwa 30 bis 40 deutsche Soldaten, von wilder Kampfeslust gepackt, warteten in diesem Moment auf den französischen Angreifer.

Jetzt hatten sie endlich den Gegner vor ihren Gewehren.

Anlegen, zielen und abdrücken war jetzt nur noch eins.

Wildes Feuer aus den Schützenwaffen empfing die angreifenden Franzosen.

Gezieltes Schnellfeuer in Richtung der Hecke, hinter der die feindlichen Schützen erkannt wurden.

Die Läufe der Gewehre wurden glühend heiß.

Nichts überstürzen, sondern ruhig über Kimme und Korn zielen, mit dem Finger den Druckpunkt am Abzugshahn suchen, genau, wie man es auf dem Truppenübungsplatz gelernt hatte.

Jedes Mal, wenn auf der gegenüberliegenden Seite erneut eine Schützenlinie auftauchte, steigerte sich das Feuer aus den deutschen Waffen zu einem wahren Sturm.

Unverhofft sprangen auf einmal durch eine Lücke in der Hecke einige Gestalten.

Feindliche Infanteristen.

Deutlich waren die aufgepflanzten Seitengewehre zu erkennen.

Ruhig wurden sie von den deutschen Schützen aufs Korn genommen und der Abzug der Waffe gleichmäßig durchgezogen.

Eine Kugelsalve aus den Karabinern empfing die Angreifer.

Die Franzosen brachen zusammen und viele von ihnen blieben regungslos auf der zerwühlten Erde liegen.

Damit schien dem Feind die weitere Lust zum Angriff vergangen zu sein.

Bisher war vom feindlichen Artilleriefeuer, in der vordersten Linie, nichts zu verspüren.

Dieser beschränkte sich darauf, das Gelände, wo sich die hinteren Gräben befanden, mit Schrappnells abzustreuen.

Plötzlich geriet auch die vorderste Linie in ihren Focus. Die Artillerie musste eine Information über deren Anwesenheit und den teilweise erfolgreichen Angriff erhalten haben.

Eine wütendende Schießerei setzte ein.

Granaten und Schrappnells krepierten in dichter Folge zu beiden Seiten der Straße.

Ein Gebäude, das am rechten Flügel stand, in dem eine Anzahl Verwundeter Schutz gesucht hatten, wurde in Brand geschossen und ging in Flammen auf.

Jetzt fing auch die eigene Artillerie an, das Feuer zu erwidern.

Aber die Schüsse lagen, wie mit Entsetzen bemerkt wurde in den eigenen Reihen.

Zum ersten Mal erklang der Schreckensruf: „Unsere Artillerie schießt zu kurz!"

Während noch überlegt wurde, was zu machen sei, tauchten links von jenseits der Straße plötzlich Schützen auf.

Zuerst wurde die vage Hoffnung gehegt, es könnten eigene Leute sein, nämlich Truppen der Nachbardivision.

Zum Bestürzen aller, war jedoch bald zu erkennen, dass es Engländer waren.

Wie sich später herausstellte, waren diese aus ihrem Kampfabschnitt nach links abgerutscht und kämpften jetzt in der hiesigen Gegend mit gegen die hier liegenden deutschen Einheiten.

Von der Wegekreuzung aus konnten sie den Straßengraben, in dem die Deutschen lagen, der Länge nach unter Feuer nehmen.

Die Wirkung dieses flankierenden Feuers war überraschend und fürchterlich.

Einer nach dem anderen, der kleinen Grabenbesatzung sankt tot oder verwundet zusammen.

Die meisten wurden von Kopfschüssen erwischt.

Überall hörte man fürchterliches Wimmern und Stöhnen.

Zwei oder Drei der Grabenbesatzung versuchten ihr Heil in der Flucht, schon nach wenigen Schritten brachen sie von einer Kugel getroffen zusammen.

Die wenigen die noch lebten, warfen sich der Länge nach Schutz suchend flach in den Graben. Mit angewinkelten Armen über ihren Köpfen versuchten sie sich gegen das Infanteriefeuer des Gegners einigermaßen zu schützen.

Es wurde damit gerechnet, dass der Feind jeden Augenblick heranstürmte und die noch lebenden Soldaten gefangen nahm.

Aber er kam nicht.

Die Engländer begnügten sich damit, die noch auf der weiten Fläche sichtbaren deutschen Soldaten aufs Korn zu nehmen und zu erschießen.

Als es anfing zu dämmern, beschlossen die paar noch Überlebenden zurück zukriechen.

Sie bewegten sich langsam und vorsichtig, jede Deckung ausnutzend ein Stück weiter nach rechts über zahlreiche Tote hinweg, um möglichst weit von den Franzosen fortzukommen.

Auf dem Bauch, dicht an die feuchte Ackererde geschmiegt, krochen sie durch das große Rübenfeld.

Unaufhörlich klatschten die feindlichen Gewehrgeschosse durch die Rübenblätter.

Nach einiger Zeit, vor ihnen eine Hecke, die mit einem kurzen Sprung erreicht wurde.

Eine kurze Ruhepause wurde eingelegt.

Weit und breit war kein französischer Soldat mehr zu sehen.

Dann ging es weiter.

Endlich erreichten sie den Weg, den sie am Vormittag überquert hatten.

Im Straßengraben wurde eine längere Rast gemacht. Hier stießen sie auch auf einige Versprengten, die sich ihnen anschlossen.

Wie gesät lagen hier die Toten.

Während es weiterging, tauchte plötzlich ein deutscher Soldat auf, der mit aufgepflanztem Seitengewehr stolz zwei gefangene Franzosen vor sich her trieb.

Dieser Anblick gab allen wieder neuen Mut.

Endlich stießen, die sich um Straßengraben rückwärts Bewegenden wieder auf deutsche Truppen.

Man war dort gerade daran, Schützengräben auszuwerfen.

Aus den benachbarten Scheunen wurde Stroh herangeschleppt, um eine trockene Lagerstatt für die Nacht zu bereiten.

Die Sanitäter suchten gemeinsam mit anderen Kameraden das Vorfeld nach Verwundeten ab, deren kläglichen Hilferufe schauerlich durch die Nacht gelten.

An Essenholen war in dieser Nacht nicht zu denken. Der Hunger wurde gestillt mit Rüben, Kommissbrot und mit dem anbrechen der eisernen Portion.

Als der Morgen heraufdämmerte, war der Graben fast fertig.

Es herrschte wieder starker Nebel, was für die deutschen Soldaten sehr günstig war, da sie so der Sicht des Feindes entzogen wurden und weiter an dem Ausbau der Gräben arbeiten konnten.

Nach einiger Zeit kam die Sonne raus und warf ihren Schein auf das Totenfeld.

Hier und da schwebte über den Trümmern der in Brand geschossenen Gehöfte und Häuser ein leichter Rauch.

Am Nachmittag kam der Divisionsbefehl: „Neuer Angriff!"

Auf Kommando sollte zunächst jeder achte Mann aus dem Graben springen.

Nach kurzer Zeit kam der Befehl zum Vorgehen.

Die Hornisten bliesen das Sturmsignal, Trommler schlugen.

Imnu waren die bestimmten Soldaten aus dem Graben heraus und stürmten vorwärts.

In einiger Entfernung wurde erst mal Stellung bezogen, indem sie sich einfach flach auf die Erde warfen.

Die Lage musste erst sondiert werden.

<u>Bild 46:</u> Trichterstellung.

Kaum lagen die Soldaten, da erschien hinter ihnen der Regimentskommandeur. Er gab die Weisung, zunächst liegen zu bleiben, und ging selbst 15 bis 20 Schritt vor.

Er kniete sich hin, setzte das Fernglas an das Auge und spähte feindwärts.

Die feindliche Artillerie musste die deutschen Angriffsabsichten erkannt haben, den plötzlich überschütteten sie die deutschen Angreifer mit einem rasenden Schnellfeuer.

Vor und hinter den auf der Erde liegenden Soldaten platzten Schrappnells-Lagen.

Sprengstücke und Kugeln sausten nur so um die Ohren.

Jedes Mal, wenn wieder ein Abschuss zu hören war, bargen die auf der Erde liegenden ihre Gesichter fest auf die Erde, indem mit den Händen kleine Mulden gescharrt wurden.

Wieder sauste eine Lage heran und krepierte dicht vor den am Boden Liegenden.

Erdklumpen prasselten hernieder.

Als die Kanonade einen Augenblick aussetzte und man einen Blick über das Gefechtsfeld schweifen lassen konnte, erblickte ein jeder das Schreckliche.

Der Regimentskommandeur lag regungslos auf der Erde, inmitten dürrer Grasbüschel und Erdbrocken.

Alles rufen half nichts, es kam keine Antwort.

Bei näherer Betrachtung wurde festgestellt, dass der Kommandeur tot war. Ein Schrapnell hatte ihn in die Brust getroffen.

Inzwischen war die zweite Welle ausgeschwärmt.

Das feindliche Feuer ließ nach, das wurde gleich genutzt um sich weiter vor zuarbeiten, bis an den vorliegenden Weg.

Hier wurde erneut Stellung bezogen.

Als es dunkelte, kam der Befehl, auf die Höhe der Ausgangsstellung sich zurückzuziehen.

Nach rechts und links bestand kein Anschluss mehr an die eigenen Truppen.

Beim Rückzug ging es an einem Gehöft vorbei, auf dessen Hof mehrere Tote lagen.

Dicht bei dem Gehöft kam dann der Befehl zum Eingraben.

Zum dritten Mal wurde am nächsten Tag der Sturm wiederholt.

Wieder das gleiche Bild wie am Vortag.

Alle Versuche, einzelner Gruppen, auf eigene Faust Gelände zu gewinnen, brachen im starken Infanterie- und Maschinengewehrfeuer immer wieder zusammen.

Der Abend sah die deutschen Truppen wieder in ihren alten Stellungen.

Noch immer wurden die Angriffspläne nicht aufgegeben.

Ein Angriffsversuch nach dem anderen wurde zerschlagen.

Schon beim Verlassen der Gräben, kam es durch das feindliche Artilleriefeuer zu hohen Verlusten.

Selbst der Einsatz einer aktiven deutschen Division blieb der Erfolg versagt.

Von nun an fanden nur noch kleinere Gefechtshandlungen statt.

Regen und Schnee weichten den Boden auf.

Dazu wurden auch noch die in der Nähe befindlichen Schleusen durch die Belgier geöffnet.

Die Schützengräben füllten sich mit Wasser.

Der Winter mit seinem Regen und Morast setzte ein.

22.

Die Sonne sandte ihre goldenen Strahlen hernieder auf die zurzeit friedlichen Stellungen.

Es herrschte fieberhaftes Treiben.

Gegen Mittag lag alles in höchster Alarmbereitschaft, Befehle gingen und kamen.

Zur festgelegten Zeit nahm das Wirkungsfeuer seinen Anfang und hielt bis zum Nachmittag in unverminderter Stärke an.

Die Geschütze brüllten auf, die Minen heulten, jeder Schuß war ein Treffer.

Feuer-, Dreck- und Qualmsäulen schossen eine nach dem anderen in der feindlichen Stellung empor.

Es war kaum noch etwas zu erkennen.

Die MG-Leute befanden sich in einer bestimmten konzentrierten Aufregung.

Es war das erste Mal, wo die MGs mit der stürmenden Infanterie gleichzeitig vorgingen.

Alles war aufs Sorgfältigste geplant und vorbereitet und mit der Schwesterwaffe abgestimmt.

Die allgemeine Stimmung stieg, als der Befehl zum Sturmangriff gegeben wurde.

Die Kommandeure, der einzelnen Einheiten, zogen die Uhr aus der Tasche und stellten fest: 3 Uhr 42 Minuten.

Atemlose Spannung.

3 Uhr 43 Minuten!

3 Uhr 44 Minuten!

„Sprung auf, Marsch, Marsch!"

Bild 47: Deutsche Bedienung MG 08 (1914 bis 1918).

Schon erklommen die Soldaten mit ihren Maschinengewehren den Grabenrand und stürmten im rasenden Granatfeuer nach vorn.

In diesem Augenblick verlegte die deutsche Artillerie ihr Vernichtungsfeuer nach dem zweiten französischen Graben hin.

Nach kurzer Zeit war der erste feindliche Graben erreicht, welcher nur schwach besetzt war.

Er wurde ohne nennenswerten Widerstand geräumt.

Nachdem die Artillerie das Feuer verlegt hatte, nahm der Sturm seinen Fortgang, und bald war die gesamte feindliche Stellung mit der Höhe fest in deutscher Hand.

Im Sturm wurden vier feindliche Linien in 2.600 Meter Breite und 800 Meter Tiefe genommen, 21 Offiziere und 837 Mann gefangen genommen, 20 Maschinengewehre und 1 Minenwerfer als Beute eingebracht.

Die deutschen Verluste waren sehr gering.

Man hatte mit größerem Widerstand gerechnet, aber das Artilleriefeuer aus den deutschen Geschützen war so wirkungsvoll gewesen, dass der Franzose froh war, aus dieser Hölle entronnen zu sein.

Ganze Gruppen graublauer Gestalten kamen aus den Gräben heraus.

Hunderte stellten sich in Marschkolonne auf und marschierten in das rückwärtige deutsche Gebiet.

Die Gräben waren dem Boden fast gleichgemacht, die vielen Drahtverhaue wie von der Erde weggefegt.

Einzelne tote Franzosen lagen auf der aufgewühlten Erde, Uniformstücke ein Bild grausamer Verwüstung.

Mit dem Einbruch der Dunkelheit versuchte der Franzose einen Gegenangriff.

Vergebens.

Selbst nachts gab der Franzose keine Ruhe.

Unter Ausnutzung der Finsternis versuchte er immer wieder in seine verlorenen Stellungen einzudringen.

Sofort wurden die MGs jedes Mal schussbereit gemacht.

Sie kamen jedoch nicht zum Einsatz.

In Sekundenschnelle legten die deutsche Artillerie und Minenwerfer Sperrfeuer, sodass kein Franzose hindurchkommen konnte und die MG-Bedienungen gar nicht erst in Tätigkeit zu treten brauchten.

Die Artillerie schwieg, der Gegenstoß war, dank der deutschen Kanoniere, im Keime erstickt.

Bild 48: Auf Posten.

Die Franzosen holten daraufhin anscheinend große Verstärkungen heran, besonders schwere Artillerie, die sich im Laufe des
Tages einschoss.

Da der Feind keine Ruhe gab und mit aller Gewalt seine verlorenen Stellungen wieder haben wollte, mussten 2 MG-Bedienungen, ganz vor, also in den ersten neuen Graben.

Der nächste Morgen brach an.

Die deutschen Stellungen lagen unter schwerstem Feuer.

Nebel stieg empor.

Ein hässlicher Tagesanbruch.

Sssssss! Krach!

Die Granaten schlugen haarscharf in der vordersten Linie ein.

Treffer auf Treffer, in Abständen von fünf Metern etwa, mitten
hinein.

Wie ein Wirbelwind fiel es über die deutsche Grabenbesatzung her.

Unverhofft, mitten hinein in den Graben.

Erdmassen flogen in die Höhe.

Schmerzerfüllte Schreie drangen aus dem Feuer und Qualm.

Beizender Rauch legte sich über den Schützengraben.

Schlag auf Schlag schlugen die Granaten in unmittelbarere Nähe ein.

In langsamen Schritten schlich der Tod durch die Reihen.

Alles lag flach auf dem Boden, kaum Schutz findend in den zerschossenen Graben.

Mit unglaublicher Sicherheit streute die französische Artillerie die ganze Stellung ab.

Immer schneller folgten die Einschläge hintereinander.

Ringsherum viele Verluste, es war unmöglich, hier noch länger auszuhalten.

Es blieb aber nichts anderes übrig.

Die Stunden schlichen seit Sonnenaufgang dahin, bei diesem mörderischen Feuer.

Morgenrot, Morgenrot...! Ging es durch die Gedanken vieler, die hier im gegnerischen Feuer ausharrten.

Jetzt schon sterben?

Nein, nein!

Alles sträubte sich dagegen.

Die Schlacht ging weiter.

Dunst schwebte über dem, mit Toten und Verwundeten übersäten Gefechtsfeld.

Blutrot verschwand die Sonne westwärts durch die zerschossenen Baumstümpfe.

Über das Grauen sank die Nacht.

Im Osten blinzelte der Tag über das hügelige Land.

Das Wetter hatte umgeschlagen, Tauwind wehte über das Gelände.

Der Kampf ruhte.

Wer annahm, dass es eine Gefechtspause sei, sollte sich getäuscht haben.

Es dauerte nicht lange und das Konzert begann von Neuem.

Von Neuem brüllte der Kampf auf.

Die feindlichen Granaten jagten über die Köpfe hinweg in Richtung der eigenen Artillerie, dann schossen sie sich auf die deutschen Infanteristen ein.

Das ging den ganzen Tag so.

Der Abend brach herein, noch nie so herbeigesehnt wie an diesem Tag.

Am nächsten Tag sollte die Ablösung sein.

Der Tag der Ablösung brach an.

Wieder das allgemeine Artillerie-Vernichtungsfeuer und feindliche Versuche, in die alten Stellungen einzudringen.

Durch das eingetretene Tauwetter herrschte namenloser Dreck.

Die neuen 3 Maschinengewehr-Bedienungen mussten aber trotzdem in ihre Stellungen gebracht werden.

Der Weg führte durch eine Schlucht, die vom Gegner weniger beschossen wurde.

Am Ausgang der Schlucht, der Empfang von einigen Salven der gegnerischen Artillerie.

Die Granaten schlugen ca. 60 Meter entfernt ein und es musste in Dreck und Wasser Deckung genommen werden.

Weiter ging es.

Und sie erreichten ohne weiteren Zwischenfall den 2. ehemaligen deutschen Graben.

Infolge des Tauwetters hatte sich das Wasser in dem Graben gesammelt.

Das Wasser und der Schlamm waren ca. 1 Meter hoch, aber es half nichts, man musste da durch.

Nach einigen Schritten standen sie bereits bis an den Leib im Schlamm und Wasser.

Es war unmöglich, weiter vorwärtszukommen, so wurde erst einmal in Deckung gegangen.

Das Feuer der gegnerischen Artillerie wurde immer stärker.

Also ging es ungefähr 50 Meter weiter.

Diese 50 Meter hatten es in sich.

Die Beine sanken dermaßen in den Schlamm ein, dass sie nur mühsam wieder herauszuziehen waren.

Es war tiefschwarze Nacht, man sah die Hand nicht vor den Augen.

Ratlos standen die Soldaten da.

Alles schimpfte und fluchte.

Da, plötzlich zwei Abschüsse.

Schwere Geschütze.

Die Geschosse kamen heulend herangeorgelt.

Rasches Niedersausen.

Donnerndes Getöse,

Die Granaten krepierten direkt am oberen Grabenrand.

Feuer und Krachen!

Verschiedene taumelten, griffen in die Luft und stürzten in die schlammige Brühe.

Alles schrie durcheinander.

Etwa 100 Meter rechts war ein Unterstand, wo Licht brannte.

Die Kameraden hier hatten mitbekommen, was wenige Meter von ihnen aus geschehen war. Einige von ihnen machten sich auf den Weg zu der Einschlagstelle, um zu helfen.

Erst als das Feuer nachgelassen hatte, wurden die Verwundeten zu dem nächsten Verbandsplatz zurückgebracht.

Am folgenden Tag schon in den frühen Morgenstunden eröffnete der Feind sein Artilleriefeuer mit besonderer Intensität.

Es sollte aber noch schlimmer kommen.

Nachmittags steigerte sich die Beschießung im ganzen Abschnitt zum Trommelfeuer.

Jeden Augenblick mussten die Franzosen zum Angriff übergehen.

Die Kampfgräben und Reservestellungen litten unter dem ständigen Artilleriebeschuss sehr.

Die Besatzungen lagen im Stollen bereit zum sofortigen Handeln und warteten auf den Alarm der Beobachtungsposten an den Stolleneingängen.

Bild 49: Zerwühltes Gelände nach einem Artilleriebeschuss.

Lange konnte es nicht mehr dauern.

Als der Franzose glaubte, die Stellung sturmreif geschossen zu haben, griff er gegen 4 Uhr nachmittags an.

Schlagartig erfolgte die Verlegung seines Artilleriefeuers weiter nach vorne.

Die Stellungen der Deutschen wurden regelrecht zugedeckt.

Zum Teil wurden Grabenwände eingedrückt.

Dies sollte aber den Franzosen nichts nützen.

Die Deutschen, in den von ihnen besetzten Abschnitten waren auf der Hut.

Als die Franzosen auf die Kampfgräben zu stürmten, wurden sie von einem heftigen Infanterie- und MG-Feuer empfangen.

Dazwischen krepierten Handgranaten.

Der Gegner war trotz seiner starken Feuervorbereitung auf starken Widerstand gestoßen.

Die französischen Bataillone kamen nur langsam und tropfenweise vor, unter dem sehr lebhaften deutschen Artilleriebeschuss.

Bild 50: Deutsche Infanteristen im Einsatz an der Westfront.

Nur teilweise gelang es ihm, an verschiedenen Stellen bis zur 2. Linie vorzudringen und versuchte hier die Einbruchsstellen zu erweitern. Anscheinend wollte er das Grabensystem fest in seine Hand bekommen, um von hier aus weiter vorzustoßen.

Dies gelang ihm nicht.

Der anfänglich an verschiedenen Stellen eingedrungene Feind wurde überall wieder herausgeworfen.

Dabei wurden einige Gefangene gemacht.

Die Nacht verlief dann sehr ruhig.

Deutsche Gegenstöße, in den frühen Morgenstunden, versuchten die Franzosen aus den eroberten Stellungen zu werfen, stießen jedoch auf starken Widerstand.

Die Franzosen erwiesen sich als ein ebenso tapferer wie zäher Gegner.

Die deutschen Angriffe konnten kein Land gewinnen.

Im Gegenteil bestärkte eingeleitetes starkes Artilleriefeuer, die Absicht der Franzosen, auf weitere Angriffe.

Deutscherseits hatte man inzwischen trotzdem den Entschluss gefasst, verloren gegangenes Terrain zurückzuerobern.

<u>Bild 51:</u> Auswirkung des starken deutschen Artilleriefeuers, riesige Rauchwolken über der brennenden Stadt.

Den ganzen Tag über hielt deswegen das Artilleriefeuer an und steigerte sich zur Vorbereitung des deutschen Angriffes zu schwerstem Feuer.

Granaten auf Granaten sausten durch die Luft und fanden treffsicher ihre anvisierten Ziele.

Zur festgelegten Zeit stürzten sich dann die Sturmtrupps auf den französischen Feind.

Aufgrund des hartnäckigen Widerstandes der Franzosen verzeichneten die Angriffe nur Teilerfolge.

Die Kampfkraft der deutschen Truppen litt merklich unter dem Einfluss des starken gegnerischen Artilleriefeuers und der fortgesetzten Nahkämpfe.

Wieder hatte die ganze Nacht über der Kampflärm angehalten, die kurzen Einschläge der Handgranaten bekundeten, dass in den vordersten Linien etwas los war.

Es waren Handgranatenangriffe auf die deutschen Stellungen, die aber alle abgeschlagen wurden.

23.

Eine stürmische Vorfrühlingsnacht zog durch die kriegsmüden Laubwälder, wo monatelanger Eisenhagel jeden Stamm gezeichnet und zersplittert hatte.

Im flackernden Halbdunkel der Sturmnacht verstreuten hoch aufsteigende Leuchtkugeln ihren hellen Schein, der über deutsche und französische Schützengräben, in der von Granaten zerpflügten Waldblöße dahin zogen.

Im flackernden Halbdunkel der Nacht wanderten der sich ablösende Schein der Leuchtkugeln, über die Schützengräben, dahin.

Das Brausen der Sturmnacht brandete immer stärker werdend über die in den Stellungen liegenden Soldaten.

Stimmen drangen durch die sausende, dahinbrausende Luft.

Über Helmspitzen und Gewehrläufen hin sang und pfiff es laut stark, schrill und klagend, zogen hoch über die feindlichen Heerhaufen, die sich lauernd im Dunkel gegenüberlagen, mit messerscharfen Schrei wandernde Graugänse nach Norden.

Die flackernd verlöschende Lichthülle schweifender Leuchtkugel hellte hin und wieder, in jähem Überfall, die klumpigen Umrisse kauernder Gestalten auf, gehüllt in Mantel und Zeltbahn.

Eine Ansammlung von Spähern, die sich vor den deutschen Drahtverhauen in Erdmulden und Kalkgruben schmiegten.

Die deutsche Postenkette zog sich an der französischen Frontlinie entlang und verschwand hin und wieder beim Erlöschen der Gefechtsbeleuchtung.

Es war nicht mehr als eine gewaltsame Erkundung.

Die wandernde Schar der wilden Gänse strich gespensterhaft über all das dahin.

Gleich beim ersten Sprung der Soldaten aus dem ersten Schützengraben ins offene Gelände fegte ratternd der Hagel der französischen Maschinengewehre den Angreifer entgegen und riss die ersten Lücken.

Leblose Gestalten blieben auf dem von Granaten zerwühlten Gefechtsfeld zurück.

In drei Sprüngen ging es vorwärts bis zu einer Ackerwelle, die wenigstens gegen Flankenfeuer Deckung gab.

Für kurze Zeit erlosch der Schein der Leuchtkugel und die Nacht tauchte alles in seine beschützende Dunkelheit.

Verwundete jammerten, wimmerten und stöhnten in der hinteren Ackerfurche.

Wieder stiegen eine Leuchtkugel nach der andern empor und tauchten das Gelände in ihren hellen Schein.

Von einer kleinen Anhöhe aus waren die französischen Gräben überschaubar.

Es waren ausgebaute, Schrappnell sichere Gräben, doppelten Drahtverhauen, die mit Maschinengewehren gespickt waren.

Diese Maschinengewehrnester konnten die deutschen Soldaten an jedem Punkt in ein verheerendes Flankenfeuer hineinzwängen.

Diese Stellungen waren von der anstürmenden Infanterie ohne starke Artillerievorbereitung nicht so einfach zu überwältigen.

Da half auch nicht der Ansturm einiger Gruppen.

Es war ein Unding.

Es gab nur einen Weg, der hieß sich so schnell wie möglich einzugraben.

Mit gezückten Spaten flog die Erde nach rechts und links. Größer und größer wurden die Löcher in der dunklen Erde, um sich in ihnen zu verschanzen.

Mittlerweile war das Licht der Leuchtkugel erloschen.

Finstere Nacht.

Der Befehl wurde erteilt, sich unter Ausnutzung der Dunkelheit bis auf die Höhe der Nachbarkompanie zurückzuziehen.

Die aufsteigende Dämmerung des neuen Tages wurde genutzt, die gefallenen Kameraden in der vordersten Linie zu bestatten.

Schnell wurden Löcher gebuddelt in die, die Verstorbenen schnell gebettet wurden.

Die Zeit blieb, dass die Kameraden des Schützengrabens nieder knieten und ihr Haupt entblößten.

Der Kompaniechef sprach laut das Vaterunser.

Ein paar französische Schrappnells barsten krachend über den offenen Gräbern.

Die Ruhestätten wurden mit Erde gefüllt.

Auf die flachen aufgeworfenen Hügeln legte man die Helme und die Gewehre der gefallenen Kameraden.

Drei Ehrensalven wurden über die Gräber hinweg gegen die französischen Gräben geschickt.

Rückzug auf die Höhe des Bataillons.

Hier bot sich die Gelegenheit für die Kompanie weitere Ruhestätten für gefallene Kameraden auszuheben und erwarteten in Bereitstellung den Morgen.

Der folgende Tag brachte aber noch keinen Angriffsbefehl. Wie es hieß, wurde in aller Eile Artillerieverstärkung herangezogen, um die feindlichen Stellungen sturmreif zu schießen.

Dann war es aber so weit.

Nach einem zweistündigen Artilleriefeuer wurde auf der ganzen Linie angegriffen.

Ein blutiges Gefecht entfaltete sich.

Die Kompanien zogen an den feuernden Batterien vorüber und entfalteten sich aus den flachen Mulden heraus gegen die Höhen, wo der Angriff vorgetragen wurde.

Beim Überqueren der davor liegenden Straße bestrich der Feind, diese mit rasendem Maschinengewehrfeuer.

Zugweise und gruppenweise sprangen die Kampanien über diesen Todesweg.

Gewehr in der Hand, den Kopf im Nacken.

Links und rechts rissen die Franzosenkugeln Lücken in die Welle der Angreifer.

Verwundete krochen stöhnend und wimmernd zurück. Sie taumelten hangabwärts zum nächsten Verbandsplatz.

Feuersbrünste flammten auf und schwelende Rauchschwaden schwebten über das Schlachtfeld.

Maschinengewehre jagten hämmernd ihre Todesgrüße dem Feind entgegen.

Das Infanteriefeuer ballerte.

Die explodierenden Granaten der Artillerien zerrissen Luft und Erde.

Die ausgeschwärmte Linie des Bataillons verschwand im Gelände, verschmolz mit Feld und Acker.

Hier und dort eine springende Gruppe, die alsbald, wie von der Erde verschluckt, wieder verschwand.

Die starken Stellungen des Gegners hatten durch das deutsche Artilleriefeuer nur wenig gelitten.

Die Maschinengewehrnester waren nicht zerstört.

Der tiefe Angriffsraum, der zudem von den verschanzten Höhen aus mit vernichtendem Flankenfeuer bestrichen wurde, kostete hohe Verluste.

Teile des Bataillons drangen dicht bis an die französischen Hindernisse vor, deren Angriff ein paar Hunderte Meter Raum gewonnen hatte.

Es war aber nicht möglich, sturmkräftige Schützenlinien vor den feindlichen Drahtverhauen aufzufüllen.

So kamen die letzten Reserven nicht mehr zum Einsatz.

Es blieb den vorgedrungenen Schützenlinien nichts anderes übrig, als sich so schnell wie möglich einzugraben.

In der Dämmerung kam dann der Befehl, sich in durchlaufende Gräben ein zu verschanzen.

Es wurde dunkel.

Leuchtkugeln schossen in die Höhe und tauchten das Gefechtsfeld in ihr helles Licht.

Spaten und Beilpicken klirrten.

Von den hinter ihnen liegenden Gefechtsfeld drang Stöhnen und Rufen herüber.

Krankenträger überquerten, sich nach allen Seiten umsehen, gebückt laufend, das mit zahlreichen Verwundeten übersäte Schlachtfeld.

Immer bereit, bei Notwendigkeit in einem schützenden Erdloch, in der aufgewühlten Erde Stellung zu beziehen, transportierten diese auf behelfsmäßig hergestellten Krankentragen, die verletzten Kameraden ab.

In den rasch aufgeworfenen Gräben saßen die Soldaten in Gruppen beisammen. Schnitzten Kreuze und machten Kränze aus Wacholder und Fichtenzweige für die im Kampf Gefallenen.

In der dunklen Erde zeichneten sich die Löcher der Gräber ab, die sich über die Toten zu kleinen Hügeln schlossen.

Brände schwelten.

Ab und zu ein prasselndes Zusammenstürzen von brennenden Bäumen.

Und immer wieder irgendwo ein Wimmern, ein messerscharfes Schreien.

Ablösende Posten gingen zu zweien und Dreien ins Dunkel vor.

Patrouillen streiften durch die Postenkette zu den Franzosengräben hinüber.

Die ganze Nacht ging das Suchen und Fragen und stille Finden.

Der nächste Morgen ging blass über den zahlreichen Gräbern auf.

Der neue Tag verging mit Wachestehen und Schanzen.

Es hieß, dass schwere Artillerie im Anmarsch sei.

Aber in der nächsten Nacht wichen die Franzosen westwärts zurück, was keiner verstehen konnte.

Es sollte eine Täuschung sein.

Plötzlich fuhren gurgelnd und krachend, wirbelndes Luftscheppern hinter sich herreißende Schrappnells und Granaten französischer Feldgeschütze über die deutschen Deckungen hinweg.

Wieder gab es zahlreiche Tote und Verletzte.

Über dem Himmel floss am Morgen, des nächsten Tages die aufsteigende Sonne wie hellflüssiges Gold über schwarze Wolken und dunkle Erde dahin.

Rosenschimmer schwebte in den Jungtrieben der Birkenkronen, die noch vereinzelt, wie verloren auf dem zerwühlten Gefechtsfeld stehend, ihr Haupt stolz emporreckten.

Ein Wölkchen frisches Grün, welch ein Wunder, hing in den Wipfeln über der verbrannten Erde.

Die Lücken, die der Stellungskrieg nicht nur hier gerissen hatte, schloss sich durch den Ersatz aus der Heimat.

Frisch ausgebildeter Landsturm und junge Rekruten.

Die Gräben füllten sich mit fremden Gesichtern und neuen grauen Röcken, die seltsam von den verwitterten erdfarbenen Kleidern der sich schon lange hier Befindenden abstachen.

Und schon nach Wochen und Wochen des Schanzens und Lauerns und in Schnee und Regen waren alle Röcke wieder gleich geworden.

Es gab keine fremden Gesichter mehr im Schützengraben.

Die Fehlenden kamen nie wieder.

Nur in den langen grauen Nächten, in denen das Feuer der Waffen ruhte, tauchten sie hin und wieder auf, um zu reden.

Wie Wanderer zwischen zwei Welten.

Der Verkehr mit den Toten machte einsilbig und still ...

Die Wiese schäumt von Blüten,
der Wind singt drüber hin,
den sonnenlichtdurchglühten
Leib bad` ich kühl darin.

Du freie Gottesschmiede,
du lohe Sonnenglut;
Inbrünstiglich durchglühe
Leib, Seele, Herz und Blut.

Ins Glühen unermessen
und Blühen eingewühlt
will ich den Tod vergessen,
der alle Erde kühlt.

Glüh`, Sonne, Sonne, glühe!
Die Welt braucht so viel Glanz!
Blüh`, Sommererde, blühe,
ach blühe Kranz bei Kranz!

Walter Felix (1917)

24.

Ende 1917 kam es dann schließlich zu einem Waffenstillstand zwischen Russland und Deutschland. Die Bolschewiken übernahmen nach der Oktoberrevolution die Macht in Russland und beendeten die russische Teilnahme am Krieg. Dies führte zu den Friedensverhandlungen von Brest-Litowsk und schließlich zum Friedensvertrag am 03. März 1918, wodurch Russland offiziell aus dem Krieg ausschied.

Nach dem erzwungenen Frieden von Brest-Litowsk witterte die Oberste Heeresleitung eine letzte Chance, im Westen doch noch eine Entscheidung herbeizuführen.

Die Deutschen nutzten die Gelegenheit des russischen Rückzuges, um ihre Truppen an die Westfront zu verlegen und eine große Offensive zu starten.

Die deutschen Offensiven waren zunächst erfolgreich, aber sie erschöpften ihre Reserven und Truppen.

Von Juli bis November 1917 starteten die alliierten Truppen bei Passchendaele eine große Offensive, um die deutschen Linien zu durchbrechen.

Die Schlacht, die in tiefen Schlamm und unter schwerem Artilleriebeschuss stattfand, brachte nur geringen Geländegewinn.

Der Stellungskrieg führte zu enormen Verlusten auf beiden Seiten, ohne dass es zu entscheidenden Geländegewinn kam.

Der Krieg entwickelte sich zu einem Abnutzungskrieg, bei dem die industrielle Kapazität zur Herstellung von Waffen und Munition eine entscheidende Rolle spielte.

Neue Technologien wie Panzer, Flugzeuge und Giftgase wurden eingeführt, um die Pattsituation zu durchbrechen.

Von den deutschen Truppen wurde dabei im Juli 1917 Senfgas eingesetzt. Das Gas war besonders effektiv, da es nicht sofort tödlich war, sondern schwere Verbrennungen, Blasen und Atembeschwerden verursachte. Es kontaminierte auch das Gelände und machte es für lange Zeit unbegehbar.

Das Senfgas auch Yperit genannt ist eine ölige Flüssigkeit, die bei Hautkontakt schmerzhafte Blasen verursacht und bei Einatmung die Atemwege schwer schädigt. Da es schwerer als Luft ist, blieb es in den Schützengräben und Vertiefungen hängen und verursachte dort langfristige Schäden.

Die Kämpfe fanden unter extrem schlammigen Bedingungen statt, was die Truppenbewegungen stark behinderte. Trotz hoher Verluste und minimalen Geländegewinn wurde die Schlacht schließlich beendet.

Die deutsche Armee startete im Frühjahr 1918 eine Reihe von Offensiven, um die Westfront zu durchbrechen, bevor die amerikanischen Truppen in größerer Zahl eintrafen.

Diese Offensiven erzielten anfangs einige Erfolge, konnten aber letztlich keine entscheidende Wende herbeiführen und führte zu hohen Verlusten.

Im Rahmen der deutsche Frühjahrsoffensive im April 1918 starteten die Deutschen einen Angriff, um die Alliierten bei Ypern zu durchbrechen.

Bild 52: Im letzten Augenblick noch eroberte Geschütze, was aber nichts mehr nützte.

Ab August 1918 starteten die Alliierten eine Reihe erfolgreiche Gegenoffensiven, die als die als „Hunderttageoffensive" bekannt wurde.

Diese Offensive war eine Reihe koordinierter Angriffe entlang der Westfront, die zu einer kontinuierlichen Zurückdrängung der deutschen Linien und den Zusammenbruch der deutschen Frontlinie führte.

Auf diese letzte große deutsche Offensive im Ersten Weltkrieg, die im Frühjahr stattfand, bezieht sich auch der Name *„Kaiserschlacht"*. Der offizielle Name dieser offensive ist die „Frühjahrsoffensive" oder *„Ludendorff Offensive"*, benannt nach dem deutschen General Erich Ludendorff, der die Operation plante.

Die *„Kaiserschlacht"* bestand aus mehreren Angriffen, die zwischen März und Juli 1918 durchgeführt wurden.

Die Hauptziele der Offensive waren die Alliierten Linien zu durchbrechen und die Kriegsführung zugunsten Deutschlands zu entscheiden, bevor die amerikanischen Truppen in großer Zahl eintrafen.

Doch der deutsche Angriff scheiterte nach einem hoffnungsvollen Auftakt und führte zu bedeutenden deutschen Rückzug und dem Zusammenbruch der deutschen Frontlinie.

Im Juli 1918 gingen die Alliierten, Frankreich und Großbritannien sowie die USA, zum Gegenangriff über.

Der alliierte Gegenangriff mit großen Panzerverbänden und Tieffliegerunterstützung demonstrierte eindrucksvoll, dass der Krieg für Deutschland nicht mehr zu gewinnen war.

Am 8. August 1918 gelang ihnen der endgültige Durchbruch durch die deutsche Front.

Nach Russlands Ausscheiden aus dem Krieg, hatte Deutschland versucht an der Westfront eine Entscheidung herbeizuführen, bevor die amerikanischen Truppen in großer Zahl vollständig in Europa eingetroffen waren.

Ihre Bemühungen waren erfolglos.

Die Vereinigten Staaten hatten 1917 den Krieg erklärt und ab 1918 trafen immer mehr amerikanische Truppen in Europa ein. Ihr frisches Personal und Material verstärkten die erschöpften alliierten Streitkräfte erheblich.

Ab dem Sommer 1918 starteten die Alliierten eine Reihe erfolgreicher Gegenoffensiven, die als *„Hunderttageoffensive"* bekannt wurde.

Bild 53: Fliegerabwehr mit Maschinengewehr.

Die Schlacht von Amiens begann am 8. August 1918 und wurde von britischen, kanadischen und französischen Truppen geführt. Der Angriff war sorgfältig geplant und basierte auf gemeinsame Gefechtshandlungen von Infanterie, Artillerie, Panzern und Flugzeugen.

Die Alliierten nutzten das Überraschungsmoment mit all seinen Möglichkeiten. Es gelang ihnen, den deutschen Linien einen schweren Schlag zu versetzen, ohne dass die Deutschen im Vorfeld ausreichend gewarnt waren. Diese Überraschung trug maßgeblich zum Erfolg des Angriffs bei.

Am Ende des ersten Tages hatten die Alliierten beachtenswerte Geländegewinne erzielt. Sie drangen tief in die deutschen Linien ein, machten Tausende von Gefangenen und zerstörten viele deutsche Geschützstellungen.

Die deutschen Verluste waren schwer. Es wird geschätzt, dass die Deutschen an diesem Tag etwa 30.000 Mann verloren, darunter viele Gefangene.

Der 8. August markierte somit den endgültigen Zusammenbruch der deutschen Verteidigungslinien.

Die Moral der deutschen Truppen wurden stark beeinträchtigt, und der Begriff *„der schwarzer Tag des deutschen Heeres"* stammt vom deutschen General Erich Ludendorff, der die Bedeutung dieses Tages erkannte und ihn als eine Katastrophe für die deutsche Armee beschrieb.

Damit war der Krieg für Deutschland so gut wie verloren.

Trotzdem hielten die Deutschen ihre Stellungen, aber ohne Aussicht auf einen Sieg.

Der Erfolg der Alliierten bei Amiens setzte eine Serie von Angriffen entlang der Westfront in Gang.

Die Schlacht vom Amiens demonstrierte die Effektivität moderner kombinierter Waffentechnik, bei denen Infanterie, Artillerie, Panzer und Luftwaffe koordiniert eingesetzt wurden.

Diese Herbstoffensive von September bis Oktober 1918 war ein Teil der alliierten Offensive, die schließlich zum Ende des Krieges führte.

Die Alliierten konnten die deutschen Linien durchbrechen und die Stadt Ypern zurückerobern.

Die Schlachten um Ypern und der Einsatz von chemischen Waffen wie Senfgas zeigten die Grausamkeit und die neuen Dimensionen der Kriegsführung im Ersten Weltkrieg.

Diese Offensive führte schließlich zur Kapitulation Deutschlands und zum Ende des Ersten Weltkrieges.

Die deutschen Soldaten waren frustriert und kriegsmüde.

Im September 1918 forderte die Oberste Heeresleitung deshalb einen Waffenstillstand.

Der Stellungskrieg endete mit dieser deutschen Frühjahrsoffensive und der darauffolgenden Gegenoffensiven, die durch die Verstärkung der US-Truppen ermöglicht wurden.

Die Kämpfe an der Westfront waren beendet.

Der Krieg selbst wurde durch eine Reihe von Ereignissen und militärischen Entwicklungen in den Monaten davor zum Abschluss gebracht.

Die Lage in Deutschland verschlechterte sich durch die Lebensmittelknappheit, wirtschaftliche Probleme und wachsende Unzufriedenheit in der Bevölkerung. Es regte sich auch immer größerer innenpolitischer Widerstand. Streiks und Proteste nahmen zu, und es gab Forderungen nach einem Ende des Krieges.

Die auf einen langen Krieg wenig vorbereitete Bevölkerung litt zunehmend unter Rationierungsmaßnahmen.

In der Industrie und Landwirtschaft fehlte es an Arbeitskräften.

Dazu kamen noch die Fernblockaden der Engländer.

Es wurden die letzten Reserven mobilisiert.

Der vaterländische Hilfsdienst und die allgemeine Dienstpflicht wurde per Gesetz eingeführt.

Männer auch Frauen, Jugendliche und Kriegsgefangene, alles zwischen 16 und 60 Jahren wurde zu Schwerstarbeiten in der Rüstungsindustrie herangezogen.

Hatte zu Beginn des Krieges noch euphorische Kriegsbegeisterung und echte Vaterlandsliebe in weiten Teilen der Bevölkerung vorgeherrscht, regte sich nach den zahlreichen Niederlagen allmählich der Widerstand.

Die Regierung versuchte, über eine massive Kriegspropaganda die Begeisterung der Bevölkerung für den Krieg wach zu halten.

Die militärischen Niederlagen führten zu einer schweren innenpolitischen Krise in Deutschland.

Es kam 1917 zum ersten Massenstreik für eine Verbesserung der Versorgungslage und für die Beendigung des Krieges.

Um die Ehre der Armee zu retten, schoben die Generäle die Verantwortung zuletzt den Politikern zu und überließen es ihnen, um Frieden nachzusuchen.

Ende Oktober und Anfang November 1918 kam es in Deutschland zu einer Revolution.

Matrosenaufstände in Kiel führten zu einem allgemeinen Aufstand, der die Monarchie stürzte.

Alle Augen richteten sich auf Berlin, eine Entscheidung war geboten.

Der Erste Weltkrieg galt als verloren und Wilhelm II. war als deutsche Kaiser nicht länger tragbar.

Kaiser Wilhelms Reichskanzler Prinz Max von Baden verkündete am 9. November 1918 das Ende der Monarchie und ernannte den Sozialdemokraten Friedrich Ebert zum neuen Reichskanzler.

Die Nachricht wirkte wie eine Erlösung.

Die Deutschen waren des Krieges müde, ein Sieg schien offensichtlich unmöglich.

Das Heer wurde aufgelöst und die Weimarer Republik ausgerufen.

Die Reichswehr wurde die Nachfolgeorganisation während der Weimarer Republik.

Am 11. November 1918 unterzeichneten Vertreter des Deutschen Reiches und der Alliierten im Wald von Compiègne in Nordfrankreich den Waffenstillstand, der die Kämpfe beendete.

Bild 54: Verbrüderung an der Ostfront (1918).

Dies markierte das offizielle Ende des Ersten Weltkrieges.

Der Vertrag kam einer bedingungslosen Kapitulation gleich, d. h., das Deutsche Reich erkannte seine Niederlage an und ergab sich, ohne irgendwelche Bedingungen zu stellen.

Dieser Vertrag trat um 11 Uhr vormittags in Kraft und beendete die Kampfhandlungen an der Westfront.

Noch am selben Tag schwiegen die Waffen.

Mit der Einstellung der Kampfhandlungen bestand die Aufgabe darin die gewaltigen Heeresmassen nach Deutschland zurückzuführen.

Diese Aufgabe war besonders schwierig, als sich in den jahrelangen Stellungskämpfen an der Westfront eine große Zahl Etappenformationen eingenistet hatten, welche nun auch noch den Rückmarsch des eigentlichen Frontheeres stark behinderten.

Hinzu kam die knappe Fristsetzung, welche die Siegermächte für den Abzug der deutschen Truppen gelassen hatten.

Obwohl die Verbände an Mann, Pferd und Wagen sehr gelichtet waren, zählten die Marschkolonnen noch über 4 km Marschlänge.

Dazu kamen gelegentlich Etappen-Maschinengewehrkompanien, Fliegerstaffeln und sonstige kleinere Truppenteile.

Die Einheiten mussten bei ihrer Verlegung zu einem bestimmten Zeitpunkt eine festgelegte Ablauflinie passieren.

Auch Weisungen für die Marschrouten erfolgten gelegentlich.

Meist war aber der nächste Weg oder die beste Straße nicht benutzbar.

Verzögerungen teilweise erheblichen Umfangs traten durch schlechte Wegstrecken, steile Berge, müde Pferde und sonstigen Umständen ein.

Dazu kam zuweilen vorsätzliches Kreuzen spartakistischer Autokolonnen und Wagen, die auf eigene Faust ihren Weg suchten.

Auch eine bestimmte Anzahl von Marschpausen, d. h. Ruhetage wurden eingelegt, die aber bei der Truppe keine rechte Ruhe aufkommen ließen, da einerseits eine gewisse Unrast in jedem herrschte, ob es gelingen würde, rechtzeitig den Rhein zu erreichen, da bekannt wurde, dass die Sieger mit ihren Truppen stark nachdrängten.

Begünstigt wurde dieser gewaltige Rückmarsch durch das gute Wetter.

Mit dem Erreichen der deutschen Grenze war eine wesentliche Etappe für die rückmarschierenden Truppen erreicht.

Die Nachwirkungen des Krieges waren tiefgreifend.

Über 16 Millionen Menschen starben, darunter viele Zivilisten.

20 Millionen Soldaten waren verwundet worden.

Große Teile Europas lagen in Trümmern und die Wirtschaft war schwer geschädigt.

Viele Menschen in Deutschland waren über das Ende des Ersten Weltkrieges überrascht und entsetzt. Der deutsche Staat hatte ihnen bis zum Ende des Krieges weisgemacht, dass Deutschland gewinnen würde.

Die meisten hatten das geglaubt.

Bild 55: Am 28. Juni 1919 unterzeichnete Deutschland den Versailler Vertrag.

Im Spiegelsaal von Versailles, wo 48 Jahre zuvor Wilhelm I. Kaiser geworden war, besiegelten die Siegermächte die kaum tragbaren Friedensbedingungen für Deutschland.

Schon kurz nach Bekanntwerden der Friedensbedingungen kam die Dolchstoßlegende auf, die den kriegsmüden Linken, Liberalen oder sogar den Juden die Schuld an der Kriegsniederlage gab.

Dieser formelle Friedensvertrag, der den Ersten Weltkrieg beendete, wurde am 28. Juni 1919 unterzeichnet. Der Vertrag verhängte harte Strafen gegen Deutschland, einschließlich territorialer Verluste, Abrüstung und hohe Reparationen.

Am 2. März 1916 wurde uns die traurige Nachricht, dass unser hoffnungsvoller vierte Sohn und vielgeliebte Bruder, der

Musketier

Ferdinand

am 25. Februar im Alter von 22 Jahren im Westen auf dem Felde der Ehre geblieben ist.

In tiefstem Schmerz

Wilhelm und **Frau**,
Eduard , **Karl** , **August** ,
als Brüder, z Zt. unter Waffen.

Altenbreitungen, im März 1916.

Das letzte Weh, das deine Brust zerriss,
Der letzte Schrei, der sterbend sie verliess,
Ist ungehört verhallt im Schlachtgebraus
Und nimmer kehrst du heim ins Vaterhaus.

Wie blühten schnell der Jugend Rosen ab —
So kurz der Weg ins kühle Heldengrab!
Nun ruhst du schon in Deutschlands Muttererd,
Im heil‚gen Kampf gefällt um Heim und Herd!

So ruh denn gut, du junges Kriegerherz.
Du siehst nicht mehr der Liebe heissen Schmerz,
Die um dich weint, den tapfern deutschen Held,
Der allzufrüh blieb auf dem Ehrenfeld.

Ja ruhe gut! Der Glaube sucht dich dort,
Wo nichts mehr ist von Krieg und Menschenmord,
Wo Friede herrscht nach sel‚gem Auferstehn,
Du junges Heldenblut —
Auf Wiedersehn!

Bild 56: Todesanzeige eines im 1. Weltkrieg gefallenen deutschen Musketier (1916).

Mit dem Inkrafttreten des Vertrages am 10. Januar 1920 traf die junge deutsche Republik harte Forderungen.

Viele Historiker sehen diese Bedingungen als Ursachen zu den politischen und wirtschaftlichen Instabilitäten, die zum Zweiten Weltkrieg führten.

Der Krieg hatte immense menschliche und materielle Verluste verursacht. Millionen von Soldaten und Zivilisten waren gestorben und große Teile Europas lagen in Trümmern.

Die vier großen Reiche (Deutsches Reich, Österreich-Ungarn, Osmanisches Reich und Russische Reich) zerfielen, und neue Staaten entstanden in Europa und dem Nahen Osten.

Somit gab es nach dem Ersten Weltkrieg eine völlig andere politische Ordnung in Europa.

Als Teil des Vertrages von Versailles wurde der Völkerbund gegründet, eine internationale Organisation zur Wahrung des Friedens und zur Verhinderung zukünftiger Kriege. Außerdem wurde Deutschland dazu verpflichtet eine sehr hohe Schadensersatzsumme an die Siegermächte zu zahlen.

Diese Organisation war jedoch nicht in der Lage, die Aggression der 1930er-Jahre zu verhindern, die zum Zweiten Weltkrieg führten.

Die Rolle der Frau in der Gesellschaft änderte sich, da sie während des Krieges in vielen Ländern in den Arbeitsmarkt eingetreten waren.

Der Erste Weltkrieg endete somit mit einer Kombination aus militärischer Erschöpfung, inneren Unruhen und politischen Umwälzungen, die den Weg für umfassende geopolitische und tiefgreifende politische, soziale und wirtschaftliche Veränderungen fixierte, einschließlich der russischen Revolution und dem Zusammenbruch mehrerer Monarchien.

Zum Ende des Krieges befanden sich 15 Staaten mit rund 1,4 Milliarden Menschen im Kriegszustand, das war etwa drei Viertel der damaligen Erdbevölkerung.

Das deutsche Heer des Kaiserreiches prägte die militärischen Traditionen Deutschlands, beeinflusste die Militärstrategien und ebneten den Verlauf der politischen Entwicklung des 20. Jahrhunderts.

Neue Nationalstaaten entstanden.

Nationalitätenprobleme und kriegerischen Konflikte herrschten in Europa und im Nahen Osten noch lange vor.

Die Leiden des Krieges entluden sich in vielen Staaten Europas in revolutionären Erschütterungen.

Auch im Deutschen Reich verstärkten Hunger und Entbehrung zusammen mit der Enttäuschung über die militärische Niederlage demokratische und sozialistische Bestrebungen.

Radikale Überzeugungen wurden in Deutschland begünstig, die zum Beispiel im Hitlerputsch deutlich wurden.

Aber auch wirtschaftliche Probleme sind zu einem großen Teil auf dem Ersten Weltkrieg zurückzuführen, wie die enorme Inflation 1923.

Einige Menschen in Deutschland wollten sich außerdem für die Niederlage rächen und radikalisierten sich deshalb. Diese Gedanken waren schließlich mitverantwortlich für den Nationalsozialismus und den Zweiten Weltkrieg.

Anhang

I. Überblick deutsches Heer des Kaiserreiches

II: XX. Gefecht / B. Verteidigung.

III. Rangabzeichen des deutschen Heeres

IV. Uniformabzeichen

V. Uniformabzeichen der Offiziere

VI. Unterrichtsmaterial für den deutschen Infanteristen

VII. Preußische Ehrenzeichen,
Dienstauszeichnungen, Kriegsdenkmünzen und Orden

VIII. Panzertypen des Ersten Weltkrieges

IX. Möglichkeiten der Panzerabwehr im Ersten Weltkrieg

X. Schlachten des Ersten Weltkrieges an der Westfront

I. Überblick deutsches Heer des Kaiserreiches

Das Heer des deutschen Kaiserreiches, offiziell als das *„Deutsche Heer"* bezeichnet, war die Armee des deutschen Kaiserreiches von 1871 bis 1918.

Das deutsche Heer wurde nach der Gründung des deutschen Kaiserreiches 1871 gebildet, nach dem Sieg Preußens im Deutsch-Französischen Krieg.

Der deutsche Kaiser Wilhelm II führte als Oberbefehlshaber das *„Deutsche Heer"* mit seinem jeweiligen Generalstabchef.

Der Kaiser hatte zwar nominell die oberste Befehlsgewalt, tatsächlich jedoch wurde die militärische Führung hauptsächlich von hochrangigen Generälen und dem Generalstab übernommen.

Während des größten Teiles des Ersten Weltkrieges war der deutsche Generalstabchef Generalfeldmarschall Paul von Hindenburg eine zentrale Figur. Er wurde ab 1916 von Generalquartiermeister Erich Ludendorff unterstützt, der praktisch die militärischen Operationen leitete und eine Schlüsselrolle bei strategischen Entscheidungen spielte.

Flagge Deutsches Reich – Kriegsflagge (Reichskriegsflagge).

Das Heer bestand aus Kontingenten der verschiedenen deutschen Bundesstaaten, die bedeutendsten Beiträge kamen von Preußen, Bayern, Sachsen und Würtenberg.

Die einzelnen Kontingente behielten ihre Kommandostruktur. Der preußische Generalstab spielte dabei eine dominierende Rolle und diente als Modell der Militärführung.

Der Chef des Generalstabes besaß eine Schlüsselposition.

Die allgemeine Wehrpflicht wurde eingeführt, und jeder wehrfähige Mann musste eine bestimmte Zeit Militärdienst leisten.

Landwehr und Landsturm waren Reserveeinheiten, die im Kriegsfall mobilisiert wurden.

Das Heer legte großen Wert auf eine gründliche Ausbildung. Die Offiziersausbildung war besonders streng und wurde in der Militärakademie, wie der Militärakademie in Berlin durchgeführt.

Die Ausrüstung und Bewaffnung waren auf den neuesten Stand der Technik. Das Gewehr 98 (Mauser) und die Artillerie waren zentraler Bestandteil der Ausrüstung.

Das deutsche Heer ging im Ersten Weltkrieg mit acht Armeen und 2,2 Millionen Soldaten in den Krieg. Das Heer wuchs im Laufe des Krieges auf ca. 3,5 Millionen Soldaten und fast 20 Armeen und Armeeabteilungen an.

Die Oberste Heeresleitung (OHL)war bald nicht mehr in der Lage die einzelnen Armeen direkt zu führen. Es wurden Großverbände, die Heeresgruppen und die dazugehörigen Kommandobehörden gebildet. Diesen übergeordneten Heeresgruppenkommandos unterstanden am Ende des Krieges bis zu 1,5 Millionen Soldaten.

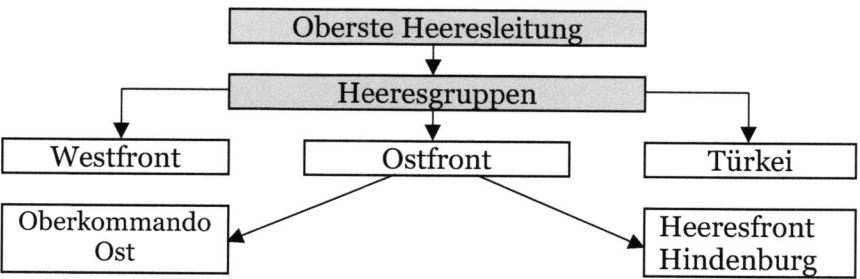

Die Heeresgruppen waren in der Regel nach ihren Oberbefehlshaber benannt und wechselten daher mit den Oberbefehlshabern auch ihren Namen. Eine Sonderformation war die „Heeresgruppe Hindenburg", deren Oberkommando mit dem Oberbefehlshaber Ost (Oberost) verbunden war.

Eine Heeresgruppe umfasste mehrere Armeen, die jeweils aus mehreren Armee- oder Reservekorps sowie zahlreichen Spezialtruppen bestanden.

Die Armeekorps waren operative Einheiten, die aus mehreren Divisionen bestanden. Jedes Armeekorps hatte ein eigenes Hauptquartier und war für die Verwaltung und Führung seiner Divisionen verantwortlich.

Als 8. Armee wurde ein Großverband und die dazugehörige Kommandobehörde des deutschen Heeres während des 1. Weltkrieges bezeichnet. Das Armee-Oberkommando (A. O. K.) war die höchste befehlsgebende Struktur einer Armee.

Flagge des Stabes eines Armeeoberkommandos.

Die 8. Armee der deutschen Wehrmacht war eine bedeutende militärische Einheit während des Ersten Weltkrieges und wurde 1914 zu Beginn des Ersten Weltkrieges aufgestellt.

Unter einer Armee verstand man die komplette Einheit vom kommandierenden General bis hinunter zu einfachen Soldaten.

Ein kommandierender General führte das Armeekorps und war verantwortlich für die taktische Führung seiner Einheiten.

Die Armee umfasste mehrere Armee- oder Reservekorps sowie zahlreiche Spezialtruppen, die wiederum aus verschiedenen Divisionen zusammengesetzt waren.

211

Ein typisches Armeekorps bestand aus:

* Stab des Armeekorps
* Infanteriedivisionen: Jede Division bestand aus mehreren Infanteriebrigaden.
* Kavalleriedivisionen (in früheren Kriegsjahren häufiger eingesetzt.

Eine Infanteriedivision bestand aus:

* Divisionsstab
* Infanteriebrigade
  Jede Brigade bestand aus zwei bis drei Infanterieregimenter.
* Artillerieregimenter
  Zur Unterstützung der Infanterie mit schwerem Feuer.
* Kavallerieeinheiten
  Kleinere Einheiten zur Aufklärung und Kommunikation. Sie setzten sich aus mehreren Schwadronen zusammen.
* Pioniereinheiten
  Zuständig für technische Aufgaben, wie Minenräumung, Brückenbau und Befestigungsanlagen.
* Sanitätseinheiten
  Versorgung und Betreuung der Verwundeten.

Unterstützungseinheiten, die für die Aufrechterhaltung der Kampfkraft und Logistik verantwortlich waren:

* Nachrichtentruppen
  Kommunikation und Nachrichtenübermittlung.
* Versorgungseinheiten
  Kümmerten sich um die Logistik und Nachschub, darunter Verpflegung, Munition und Ausrüstung.
* Sanitätstruppen
  Medizinische Versorgung und Lazarette.
* Eisenbahneinheiten
  Transport von Truppen und Material, besonders an der Ostfront von großer Bedeutung.

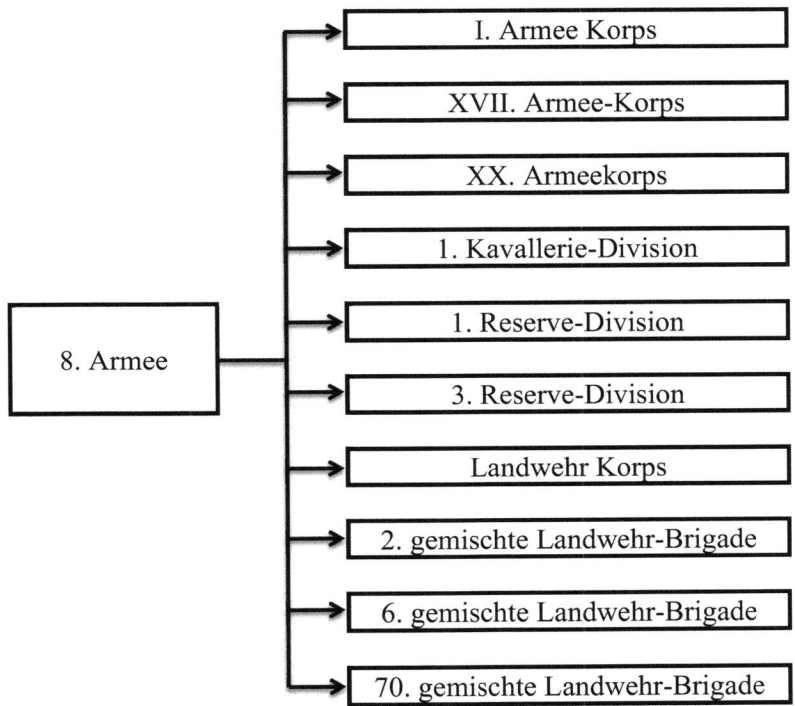

Direkt unterstellt waren der 8. Armee außerdem:

* die Feldflieger-Abteilung 6
* die Festungsflieger-Abteilung
* das Zeppelinlenkluftschiff 5
* das Schütte-Lanz-Lenkluftschiff Liegnitz

Die Führung der 8. Armee wechselte mehrmals im Verlauf des Krieges, aber die bekanntesten Kommandeure waren Hindenburg und Ludendorff.

(Wikipedia – Die frei Enzyklopädie / „Das Reserve-Infanterie-Regiment Nr. 235 im Weltkrieg" / Druck und Verlag von Gerhard Stalling / Oldenburg i.D. 1931)

Der Verteidiger wird an Zahl meist schwächer sein als der Angreifer, er muss also suchen, dies durch eine gute Stellung mit freiem und weitem Schussfeld auszugleichen.

Jeder Schütze richtet seinen Platz so ein, dass er bequem laden und schießen kann (Auflager), und dass die Gewehrmündung freiliegt.

Die Entfernungen im Vorgelände, von wo der Angriff des Feindes zu erwarten ist, werden geschätzt, von der Karte abgegriffen oder gemessen bzw. abgeschritten und, wenn nötig, in einer für den Feind unauffälligen Form bezeichnet.

Nötigenfalls wird das Vorgelände aufgeräumt, um Gegenstände zu beseitigen, die das Schussfeld einschränken.

Die Stellung wird, wenn Zeit vorhanden ist, durch *Schützengräben*, Eindeckungen usw. verstärkt. Falls nötig, werden Hindernisse (Drahthindernisse, Verhau usw.) vor der Front angelegt.

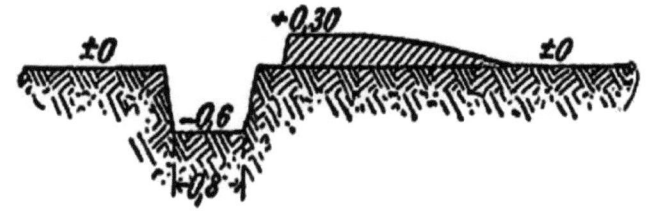

1. Schützengraben für kniende Schützen in festem Boden.

2. Schützengraben für kniende Schützen bei Felsboden oder hohem Grundwasser.

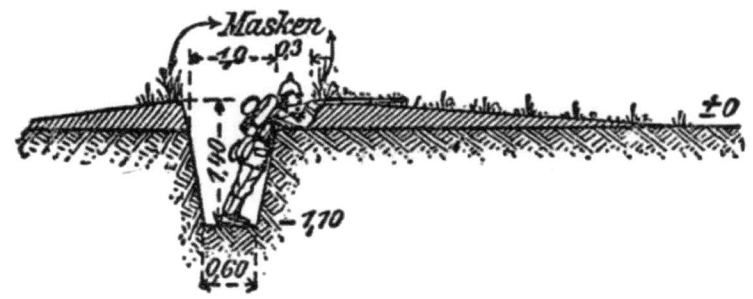

3. Schützengraben in festem Boden bei guter Übersicht.

Vorhandene Dämme, Gräben, Hohlweg, Anhöhen usw. werden stets nach Möglichkeit ausgenutzt. Eine Verdeckung der Stellung (Maskierung) durch Hecken oder Strauchwerk ist erwünscht. (Deckung gegen Sicht.)

Soll ein Dorf oder Gehöft verteidigt werden, so sperrt man alle zum Feinde führende Ausgänge, sorgt dagegen für gute Querverbindung im Dorf, richtet Fenster zu Feuerabgabe ein usw.

Wie weit Schützengräben herausgearbeitet werden können, wird von der Zeit abhängig, die der Feind lässt. Wenn irgend möglich, werden Schützengräben für *stehende* Schützen angelegt.

Bei Herstellung von Schützengräben ist zu beachten:

Immer von vorn mit den Arbeiten beginnen, sich zunächst ein Auflager für sein Gewehr herstellen und dies mit Rasenstücken oder dergl. Unkenntlich mache; ist dann eine Deckung entstanden, die Anschlag im Knien gestattet *(Schützenloch)*, so wird der Graben nach rechts verlängert, sodass ein fortlaufender Schützengraben entsteht. Die *Anschlagshöhe* im *Knien* beträgt 0,90 m, im *Stehen* 1,40 m.

Die Bilder 1 - 4 zeigen Schützengräben für kniende und stehende Schützen, bei verschiedenen Bodenarten usw. Soll ein gedeckter Verkehr erreicht werden, so wird der Graben nach Bild 5 zum *verstärkten Schützengraben* ausgebaut. Wenn Gelände und Boden sich eignen, kann man auch einen *völlig eingeschnittenen Schützengraben* herstellen (Bild 6).

Zum Aufstützen der Arme und zum Bereitlegen der Munition dient der etwa 30 cm breite Absatz.

215

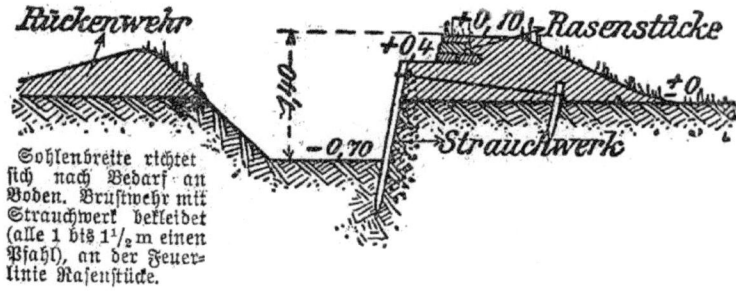

Sohlenbreite richtet sich nach Bedarf an Boden. Brustwehr mit Strauchwerk bekleidet (alle 1 bis 1½ m einen Pfahl), an der Feuerlinie Rasenstücke.

4. Schützengraben in losem Boden bei mangelhafter Übersicht.

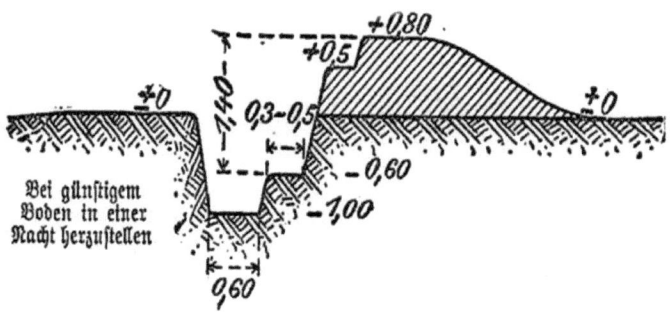

Bei günstigem Boden in einer Nacht herzustellen

5. Verstärkter Schützengraben als Infanteriestellung.

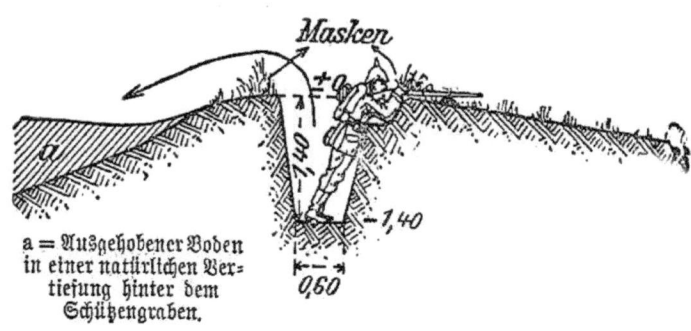

a = Ausgehobener Boden in einer natürlichen Vertiefung hinter dem Schützengraben.

6. Völlig eingeschnittener Schützengraben.

216

Muss das Gelände im *feindlichen Feuer* verstärkt werden, so werden zunächst im Liegen *Schützenmulden* (Bild 7) hergestellt, bis allmählich miteinander verbunden und nach Erfordernis und Zeit bis zu Schützengräben für stehende Schützen herausgearbeitet werden können.

7. Eingraben im feindlichen Feuer.

Bei festerem Boden gräbt der Mann auf der Seite liegend, mit beiden Händen den Spaten führend und zum Stoß ausholend.

Merke dir zur Ausführung solcher Schützenmulden Folgendes:

1. Während dein Nebenmann den Feind unter Feuer nimmt, hebst du vor oder dicht neben dir eine Mulde aus, unter gleichzeitigem Aufschütten eines Gewehrauflagers. In diese Mulde schmiegst du dich dann hinein und hältst den Gegner unter Feuer, während dein Nebenmann sich eine gleiche Schützenmulde schafft. Dann wird das Gewehrauflager abwechselnd beiderseits verlängert und verstärkt und der Graben vertieft.

2. Vergiss nicht, sofort nach dem ersten Spatenstich die nach dem Feinde zu sehende Seite des Gewehrauflagers in die Farbe dem umgebenden Gelände recht gleichartig zu machen (Gras, herausgerissenes Kraut usw.) Tust du das nicht, so schadet dir das Auflager mehr, als es nützt; denn du hast dem Feinde geradezu eine bequeme Zielmarke geschaffen.

Auch *Sandsäcke* (mit Sand gefüllte Getreidesäcke u. dergl.) können zur schnellen Herstellung von *Kopfdeckungen* Verwendung finden. Im Angriff werden sie meist leer mitgeführt und erst an Ort und Stelle gefüllt. In größeren Mengen dienen sie auch zur raschen und lautlosen Herstellung zusammenhängender Deckungen, namentlich auf felsigen und gefrorenen Boden.

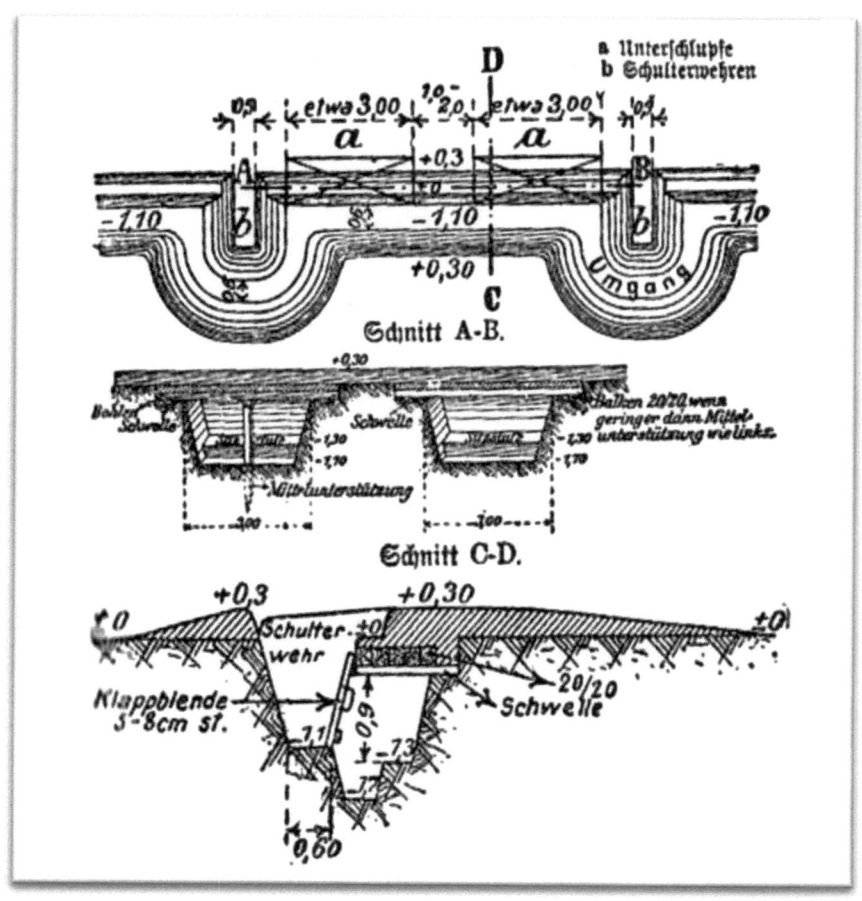

8. Unterschlupfe im Schützengraben.

218

Weiterer Schutz kann durch *Unterschlupf* (Bild 8) erreicht werden, die von außen nicht erkennbar sein dürfen. Sie müssen zur Sicherung gegen Volltreffer der Feldkanonen mit der oberen Fläche mindestens 0,50 m unter der Feuerlinie liegen. Gegen Volltreffer der Steilfeuergeschütze kann mit feldmäßigen Mitteln volle Sicherheit nicht erreicht werden.

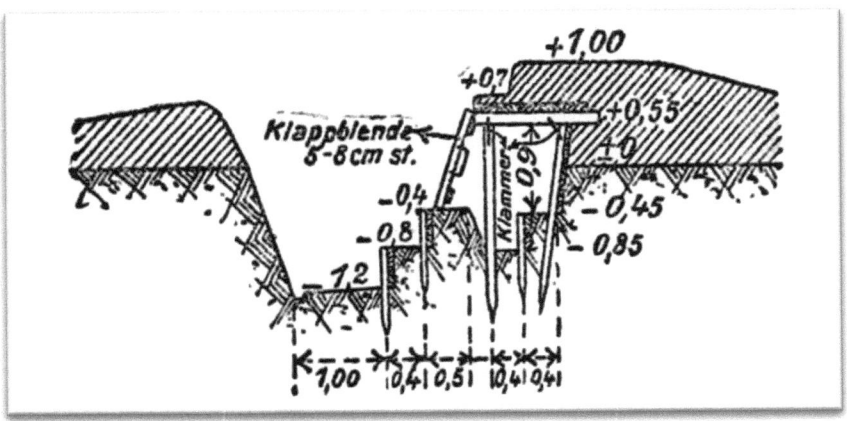

9. Unterschlupfe in einer Infanteriestellung.

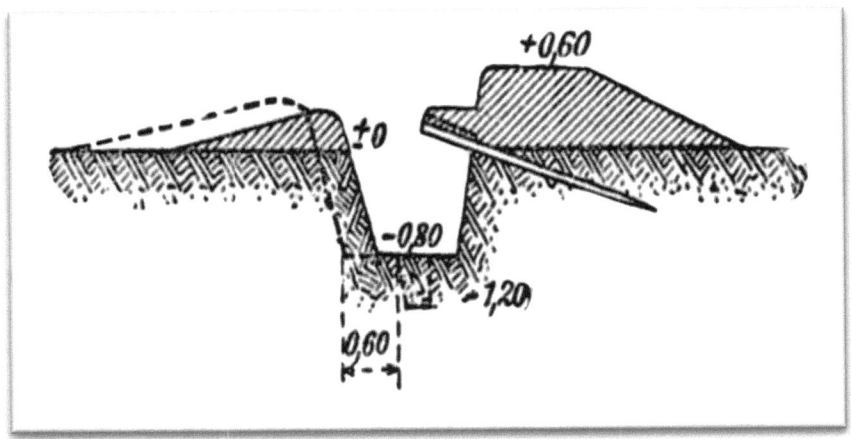

10. Schutzdach.

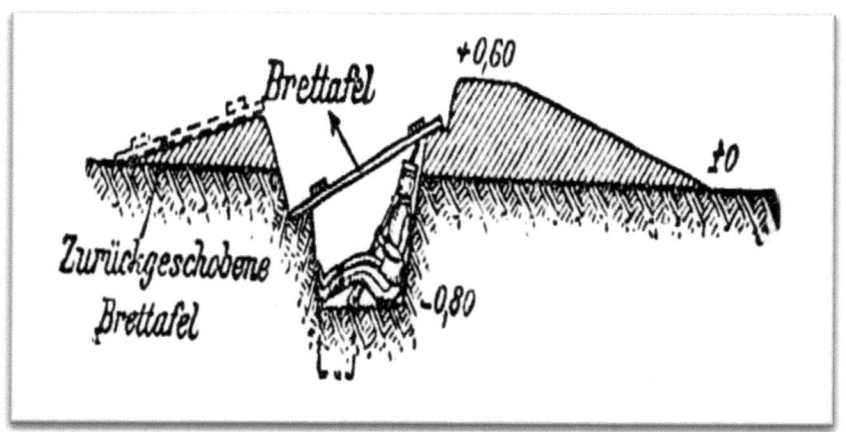

11. Bretttafel als Schutzdach.

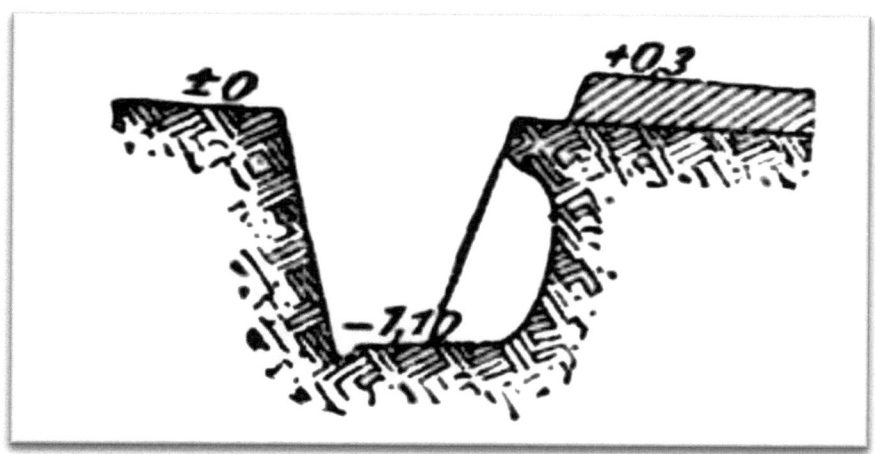

12. Schützennische.

Die Unterschlupfe werden nur für 5 – 6 Mann bemessen und voneinander durch mindestens 1 m starke Erdklötze getrennt angelegt, sodass die Wirkung eines Volltreffers auf einen Unterschlupf beschränkt bleibt.

Die Unterschlupfe werden durch *Klappblenden*, etwa 5 bis 8 cm stark (Bild 9), vervollständigt.

Bei Mangel an der Zeit bieten *Schutzdächer* (Bild 10), oder auch mindestens 5 cm starke *Bretttafeln*, Torflügel u. dergl. (Bild 11) einigen Ersatz für Unterschlupfe. Fehlt es an Baustoffen hierfür, so kann in festem Boden der einzelne Mann durch Aushöhlen einer *Schützennische* (Bild 12) seine Deckung verbessern.

Munition, Gepäck, Trinkwasser, Lebensmittel usw. sind in den Unterschlupfen oder in Nischen in der vorderen Grabenwand unterzubringen, die am einfachsten mit Hilfe von Kisten und Tonnen hergestellt werden.

(Der gute Kamerad / Ein Lern- und Lesebuch für den Dienstunterricht des deutschen Infanteristen / Verlag der Liebelschen Buchhandlung / Inh. Bauer & Richter W. 57, Kurfürstenstraße 23 / Berlin 1915, Seite 182 bis 187)

III. Rangabzeichen des deutschen Heeres

Im deutschen Heer während des Ersten Weltkrieges gab es eine Vielzahl von Dienstgraden, die in verschiedene Kategorien unterteilt waren: Mannschaft, Unteroffizier ohne Portepee, Unteroffiziere mit Portepee und Offiziere.

Die Abzeichen und Rangabzeichen wurden auf den Schulterklappen oder auf den Ärmelaufschlägen der Uniform getragen.

Offiziere und Unteroffiziere mit Portepee trugen oft zusätzlich goldene oder silberne Litzen als Verzierung.

Generäle hatten oft besondere Stickereien und Insignien, die ihren hohen Rang kennzeichneten.

Dienstgrad	Rangabzeichen
Gemeiner / Soldat	Kein besonders Rangabzeichen.
Gefreiter	Ein schmaler Ärmelstreifen auf beiden Unterarmen.
Unteroffizier ohne Portepee	
Unteroffizier	Zwei schmale Ärmelstreifen auf beiden Unterarmen.
Sergeant	Drei schmale Ärmelstreifen auf beiden Unterarmen
Unteroffizier mit Portepee	
Vizefeldwebel	Ein breiter und ein schmaler Ärmelstreifen auf beiden Unterarmen.

Dienstgrad	Rangabzeichen
Feldwebel	Ein breiter und zwei schmale Ärmelstreifen auf beiden Unterarmen.
Fähnrich	Zwei breite Ärmelstreifen auf beiden Unterarmen, oft mit einem diagonalen Streifen darüber.
Oberfeldwebel	Ein breiter und drei schmale Ärmelstreifen auf beiden Unterarmen darüber.
Offizier	
Leutnant	Schulterklappen mit einem Stern.
Oberleutnant	Schulterklappen mit zwei Sternen.
Hauptmann	Schulterklappen drei Sternen.
Major	Schulterklappen mit einem Stern und breiten goldenen Litzen.
Oberstleutnant	Schulterklappen mit zwei Sternen und breiten goldenen Litzen.

Dienstgrad	Rangabzeichen
Oberst	Schulterklappen mit drei Sternen und breiten goldenen Litzen.
Generalität	
Generalmajor	Schulterklappen mit einem großen Stern und breiten goldenen Litzen.
Generalleutnant	Schulterklappen mit zwei großen Sternen und breiten goldenen Litzen.
General der Infanterie / Kavallerie / Artillerie	Schulterklappen mit drei großen Sternen und breiten goldenen Litzen.
Generaloberst	Schulterklappen mit vier großen Sternen und breiten goldenen Litzen.
Generalfeldmarschall	Schulterklappen mit zwei gekreuzten Marschallstäben und breiten goldenen Litzen.

Anmerkung: Mannschaften trugen einfache Uniformen ohne besondere Verzierungen. Unteroffiziere ohne Portepee hatten schmale Ärmelstreifen als Rangabzeichen. Unteroffiziere mit Portepee hatten breitere und zusätzliche Ärmelstreifen. Offiziere hatten Sterne auf den Schulterklappen und manchmal zusätzlich goldene oder silberne Litzen. Generäle hatten besondere Abzeichen und oft aufwendige Uniformen und zusätzliche Stickereien und Insignien.

Verlag der Liebelschen Buchhandlung / Inh. Bauer & Richter W. 57,
Kurfürstenstraße23 / Berlin 1915

Druck von Oswald Schmidt Leipzig 1915

V. Uniformabzeichen

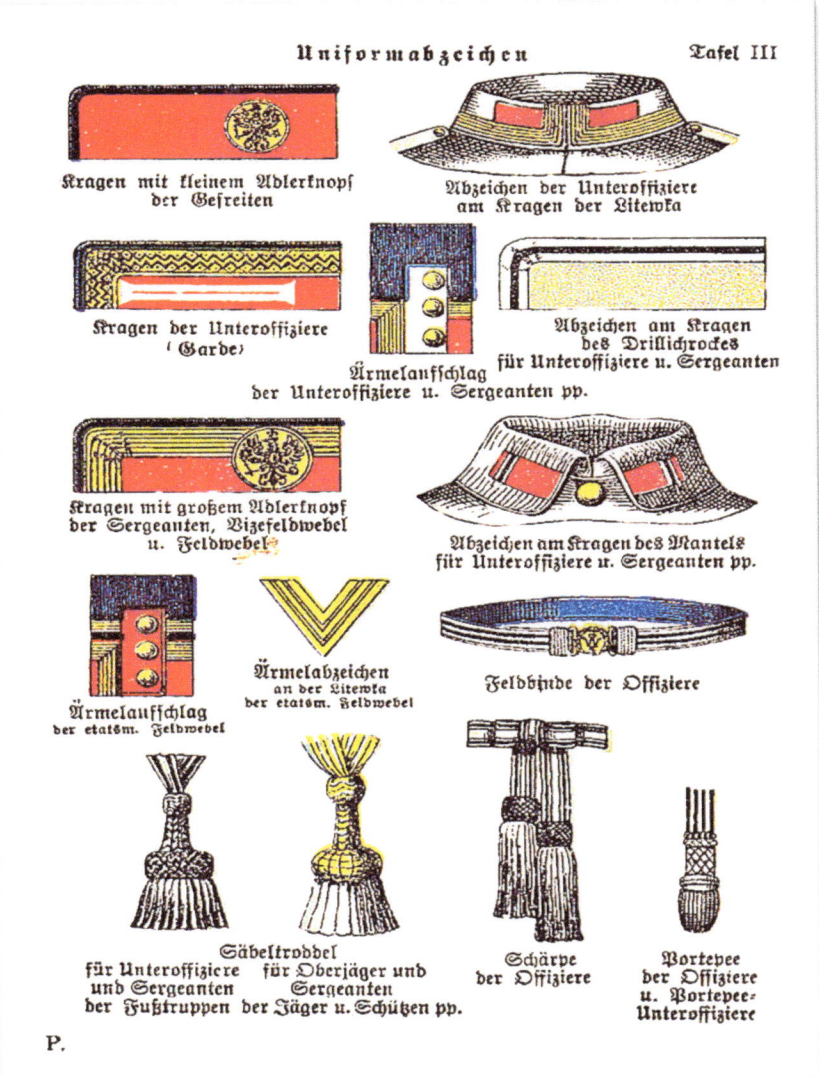

Uniformabzeichen

Tafel III

Kragen mit kleinem Adlerknopf der Gefreiten

Abzeichen der Unteroffiziere am Kragen der Litewka

Kragen der Unteroffiziere (Garde)

Ärmelaufschlag der Unteroffiziere u. Sergeanten pp.

Abzeichen am Kragen des Drillichrockes für Unteroffiziere u. Sergeanten

Kragen mit großem Adlerknopf der Sergeanten, Vizefeldwebel u. Feldwebel

Abzeichen am Kragen des Mantels für Unteroffiziere u. Sergeanten pp.

Ärmelaufschlag der etatsm. Feldwebel

Ärmelabzeichen an der Litewka der etatsm. Feldwebel

Feldbinde der Offiziere

Säbeltrobbel für Unteroffiziere und Sergeanten der Fußtruppen / für Oberjäger und Sergeanten der Jäger u. Schützen pp.

Schärpe der Offiziere

Portepee der Offiziere u. Portepee-Unteroffiziere

P.

(Der gute Kamerad / Ein Lern- und Lesebuch für den Dienstunterricht des deutschen Infanteristen / Verlag der Liebelschen Buchhandlung / Inh. Bauer & Richter W. 57, Kurfürstenstraße23 / Berlin 1915, Tafel III)

VI. Uniformabzeichen der Offiziere

Uniformabzeichen der Offiziere — Tafel IV

Epaulett — Achselstück der Leutnants

Epaulett — Achselstück der Oberleutnants

Epaulett — Achselstück der Hauptleute

Achselstück der Stabsoffiziere (z. Oberst)

Oberst

Epaulett Oberstleutnart

Major

Generalmajor

Epaulett Generalleutnant

General der Infanterie, Kavallerie oder Artillerie

Achselstück der Generale (General der Infanterie, Kavallerie ob. Artillerie)

Epaulett Generaloberst

Generaloberst mit dem Range eines Generalfeldmarschalls

Achselschnüre zur Paradeuniform der Generale

Epaulett Generalfeldmarschall

(Der gute Kamerad / Ein Lern- und Lesebuch für den Dienstunterricht des deutschen Infanteristen / Verlag der Liebelschen Buchhandlung / Inh. Bauer & Richter W. 57, Kurfürstenstraße23 / Berlin 1915, Tafel IV)

VII. Preussische Ehrenzeichen, Dienstauszeichnungen, Kriegsdenkmünzen und Orden

(Der gute Kamerad / Ein Lern- und Lesebuch für den Dienstunterricht des deutschen Infanteristen / Verlag der Liebelschen Buchhandlung / Inh. Bauer & Richter W. 57, Kurfürstenstraße23 / Berlin 1915, Tafel VII)

Britische Panzer		
Einsatz	**Bewaffnung**	**Besonderheiten**
Mark I		
Erstmalig eingesetzt am 15. September 1916 bei der Schlacht an der Somme.	Zwei Versionen: „Male" (männlich) mit 6-Pfündiger Kanonen. „Female" (weiblich) mit Maschinengewehren,	Erster serienmäßig hergestellter Panzer der Welt.
Mark IV		
Ab 1917	Wie bei Mark I, mit verbesserten Kanonen und Maschinengewehren.	Weit verbreitet und zuverlässiger als der Mark I.
Mark V		
Ab 1918	Stärkerer Motoren und verbesserte Bewaffnung.	Höhere Zuverlässigkeit und bessere Steuerbarkeit.
Whippet		
Ab 1917	Vier 0,303 Zoll (7,7 mm) Hotchkiss-Maschinengewehre.	Schnellerer und leichterer Panzer zur Unterstützung der Infanterie.

Französische Panzer		
Renault FT		
Ab 1917	37-mm-Puteaux-Kannone oder Hotchkiss-Maschinengewehr in einem voll drehbaren Turm.	Revolutionäres Design mit voll drehbarem Turm, das zum Standard für die zukünftigen Panzer wurde.
Schneider VA1		
Ab 1916	75-mm-Haubitze und zwei Hotchkiss-Maschinengewehre.	Erster französischer Panzer, hauptsächlich für die Unterstützung der Infanterie entwickelt.
Saint-Chamond		
Ab 1917	75-mm-Kanone und vier Hotchkiss-Maschinengewehre.	Schwerer Panzer mit stärkerer Bewaffnung, jedoch weniger erfolgreich aufgrund von Problemen mit dem Fahrwerk.
Deutsche Panzer		
_A7V_		
Ab 1918	Eine 57-mm-Maxim-Nordenfelt-Kanone und sechs MG08-Maschinengewehre.	Einziger deutscher Panzer, der im Ersten Weltkrieg in nennenswerter Zahl gebaut wurde; nur 20 Stück produziert.

Beutepanzer		
Beschreibung	**Beispiele**	Die Beutepanzer wurden oft modifiziert und für den deutschen Einsatz angepasst.
Die Deutschen nutzten erbeutete alliierte Panzer, da sie selbst nur wenige eigene Modelle produzierte.	Mark IV und Renault FT.	

(Autor: Ernst-Ulrich Hahmann, 2024)

IX. Möglichkeiten der Panzerabwehr im Ersten Weltkrieg

Mittel	Einsatzes
Panzerabwehrgeschütze	• Spezielle Geschütze wurden entwickelt oder umfunktionierte, um Panzer zu bekämpfen. • Diese Waffen hatten oft eine höher Durchschlagskraft als Standardinfanteriewaffen und konnten die Panzerung durchschlagen.
Minen und Sprengfallen	• Minen wurden in den voraussichtlichen Angriffsrichtungen der Panzer vergraben. Dies konnten explodieren und die Ketten und die Wanne der Panzer beschädigen, was sie bewegungsunfähig machte. • Auch improvisierte Sprengfallen wurden genutzt, um Panzer zu zerstören.
Stacheldraht und Hindernisse	• Stacheldrahtverhaue und andere materiellen Hindernisse wurden genutzt, um die Bewegung der Panzer zu verlangsamen oder zu stoppen. • Panzer, die im Draht stecken blieben, waren leicht zu Zielscheiben für Artillerie und Infanteriewaffen.
Gräben und Panzersperren	• Tiefe Gräben oder speziell angelegte Panzersperren konnten Panzer aufhalten. • Diese Sperren waren oft breiter oder tiefer als normale Schützengräben, sodass Panzer stecken blieben oder umkippten, wenn sie versuchten, sie zu überqueren.

Handgranaten und gebündelte Ladungen	• Infanteristen nutzten Handgranaten oder gebündelte Ladungen, um Panzer aus nächster Nähe zu beschädigen. • Diese Taktik war riskant, aber effektiv, wenn die Granaten auf schwache Stellen des Panzers wie Ketten oder Lüftungsöffnungen geworfen wurden.
Artillerie und Mörser	• Schwere Artillerie und Mörser konnten gezielt gegen Panzer eingesetzt werden. • Direkter Beschuss konnte die Panzerung durchschlagen oder so beschädigen, dass er kampfunfähig wurde. • Indirektes Feuer auf die vermuteten Angriffsrichtungen der Panzer konnte ebenfalls ihre Bewegung stören.
Flammenwerfer und chemische Waffen	• Flammenwerfer konnten gegen die Besatzungen eingesetzt werden, insbesondere wenn sie durch Lüftungsöffnungen oder Schießscharten zielten. • Chemische Waffen wie Senfgas konnten ebenfalls genutzt werden, um die Besatzung zu zwingen, den Panzer zu verlassen.
Koordinierte Angriffe.	• Infanterie ausgestattet mit geeigneten Waffen, handelte oft in Koordination mit der Artillerie, um Panzer zu stoppen. • Infanterie konnte Panzer umkreisen und auf ihre Schwachstellen zielen, während die Artillerie sie aus der Ferne beschoss.

(Autor: Ernst-Ulrich Hahmann, 2024)

X. SCHLACHTEN DES ERSTEN WELTKRIEGES AN DER WESTFRONT

Die Schlacht an der Marne
5. bis 12. September 1914

Hintergrund
- Deutscher Plan:
  Der deutsche Schlieffen Plan sah vor, Frankreich schnell zu besiegen, indem man durch Belgien und Nordfrankreich marschiert und Paris umgeht. Dies sollte einen schnellen Sieg ermöglichen und den Weg für einen Angriff auf Russland freimachen.
- Vormarsch:
  Die deutschen Truppen waren Anfang September 1914 nach Frankreich vorgedrungen und standen kurz vor Paris.

Verlauf der Schlacht
- Deutsche Offensive:
  Die deutsche 1. und 2. Armee unter den Generälen Alexander von Kluck und Karl von Bülow rückten auf Paris vor. Sie waren jedoch überdehnt und die Flanken waren ungeschützt.
- Französische Gegenoffensive:
  Der französische General Joseph Joffre erkannte die Schwäche der deutschen Position und plante einen Gegenangriff. Die französischen und britischen Truppen (British Expeditionary Force) sollten die Flanken der deutschen Armeen angreifen.
- Schlachtbeginn (3. September):
  Die Schlacht begann mit einem Angriff der französischen 6. Armee auf die rechte Flanke der deutschen 1. Armee. Gleichzeitig griffen französische und britische Truppen die deutsche 2. Armee an.
- Taxi de la Marne:
  In einer bemerkenswerten Aktion wurden etwa 6.000 französische Reservisten mit Taxis aus Paris an die Front gebracht, um die Linien zu verstärken.
- Deutsche Rückzugsbewegung:
  Angesichts des drohenden Durchbruchs und der Gefahr, eingekesselt zu werden, befahl der deutsche Generalstabschef Helmuth von Moltke dem Jüngeren den Rückzug. Die deutschen Truppen zogen sich hinter den Fluss Aisne zurück und begannen Verteidigungsstellungen zu errichten.

Ergebnisse und Konsequenzen
- Alliierter Sieg:
  Die Schlacht endete mit einem entscheidenden Sieg für die Alliierten. Der deutsche Vormarsch auf Paris wurde gestoppt, und die Deutschen mussten sich zurückziehen.

- Stellungskrieg:
  Nach der Schlacht stabilisierten sich die Frontlinien und es entwickelte sich ein langwieriger Stellungskrieg, der die nächsten vier Jahre andauern sollte.
- Verluste:
  Die Verluste auf beiden Seiten waren enorm. Schätzungen zufolge verloren die Alliierten etwa 263 000 Soldaten, während die Deutschen etwa 220 000 Verluste erlitten.

Die Schlacht von Verdun
21. Januar bis 18. Dezember 1916

Hintergrund
- Strategische Bedeutung:
  Verdun war eine stark befestigte Stadt in Nordostfrankreich, die eine wichtige Verteidigungsposition darstellte. Die deutschen Streitkräfte unter Erich von Falkenhayn hofften, durch einen Angriff auf Verdun die französischen Truppen zu zermürben und eine entscheidende Schwächung herbeizuführen.
- Deutscher Plan:
  Falkenhayn plante, die französischen Streitkräfte durch kontinuierliche Angriffe auf Verdun zu zwingen, immer mehr Truppen in die Verteidigung zu schicken, was zu hohen Verlusten führen sollte.

Verlauf der Schlacht
- Beginn der Offensive (21. Februar 1916):
  Die deutsche Offensive begann mit einem massiven Artilleriebeschuss, der auf die französischen Verteidigungsstellungen um Verdun niederprasselte. Über 1.200 Geschütze feuerten Millionen von Granaten ab.
- Deutscher Vormarsch:
  Die deutschen Truppen rückten zunächst schnell vor und eroberten mehrere französische Forts und Verteidigungsstellungen, darunter das Fort Douaumont, eines der größten und stärksten Forts in der Region.
- Französische Verteidigung:
  Unter der Führung von General Philippe Pétain organisierten die Franzosen eine hartnäckige Verteidigung. Pétain sicherte die Versorgungslinien und sorgte für einen stetigen Nachschub an Truppen und Material über die sogenannte „Voie Sacrée" (Heilige Straße).
- Wechselhafte Kämpfe:
  Die Kämpfe waren geprägt von erbitterten Nahkämpfen, schwerem Artilleriebeschuss und wechselnden Geländebedingungen. Beide Seiten erlitten hohe Verluste.

- Sommer und Herbst 1916:
  Die Schlacht zog sich über Monate hin, wobei die deutschen Angriffe immer weniger erfolgreich wurden. Die französischen Truppen konnten teilweise Gelände zurücker-obern, darunter auch Fort Douaumont im Oktober.
- Ende der Schlacht (Dezember 1916):
  Im Dezember 1916 endete die Schlacht schließlich, ohne dass die Deutschen ihr Ziel erreicht hatten. Die französischen Truppen hielten Verdun, und die Frontlinien hatten sich nur geringfügig verschoben.

Ergebnisse und Konsequenzen

- Verluste:
  Die Schlacht von Verdun war eine der verlustreichsten Schlachten des Ersten Welt-krieges. Schätzungen zufolge verloren die Franzosen etwa 377.000 Soldaten, während die Deutschen etwa 337.000 Verluste erlitten.
- Moralische Bedeutung:
  Trotz der enormen Verluste wurde die Verteidigung von Verdun zu einem Symbol des französischen Widerstandes und der Entschlossenheit. Der berühmte Satz „Ils ne passeront pas!" (Sie werden nicht durchkommen!) wurde zum Symbol der französi-schen Verteidigungsanstrengungen.
- Langfristige Auswirkungen:
  Die Schlacht von Verdun trug maßgeblich zur Erschöpfung und Demoralisierung bei-der Seiten bei. Sie zeigte die Schrecken und die Sinnlosigkeit des Stellungskrieges und trug dazu bei, das Ende des Krieges herbeizuführen.

Die Schlacht an der Somme
01. Juli bis 18. November 1916

Hintergrund

- Strategische Bedeutung:
  Die Schlacht an der Somme sollte ursprünglich eine gemeinsame Offensive der Alli-ierten an der Westfront sein, um Druck von den französischen Truppen in Verdun zu nehmen und die deutschen Linien zu durchbrechen.
- Beteiligte Kräfte:
  Die britischen und französischen Streitkräfte wurden von General Douglas Haig kom-mandiert, während die deutschen Truppen unter der Führung von General Fritz von Below standen.

Verlauf der Schlacht

- Vorbereitung:
  Vor Beginn der Schlacht führten die Alliierten einen massiven einwöchigen Artilleriebeschuss durch, um die deutschen Verteidigungsstellungen zu zerstören und die Drahtverhaue zu durchtrennen. Über 1,5 Millionen Granaten wurden abgefeuert.
- Erster Tag (1. Juli 1916):
  Der erste Tag der Schlacht war für die britischen Truppen verheerend. Trotz des Artilleriebeschusses waren viele deutsche Verteidigungsstellungen intakt geblieben. Die britischen Soldaten, die über das Niemandsland vorrückten, wurden von deutschen Maschinengewehren und Artillerie niedergemäht. Die britischen Verluste am ersten Tag beliefen sich auf etwa 57.000, darunter über 19.000 Tote.
- Fortsetzung der Kämpfe:
  In den folgenden Wochen und Monaten wurden weitere Angriffe und Gegenangriffe durchgeführt. Die Kämpfe konzentrierten sich auf eine Reihe von Zielen, darunter die Dörfer Poziéres, Thiepval und Flers-Courcelette.
- Erster Einsatz von Panzern (15. September 1916):
  Während der Schlacht von Flers-Courcelette setzten die Briten erstmals in der Geschichte Panzer ein. Obwohl die Panzer noch in den Kinderschuhen steckten und viele mechanische Probleme hatten, sorgten sie für Überraschung und Verwirrung in den deutschen Linien.
- Stellungskrieg:
  Die Kämpfe zogen sich hin, und die Alliierten erzielten nur begrenzte Geländegewinne. Die deutsche Verteidigung war gut organisiert, und das schwierige Gelände sowie das schlechte Wetter erschwerten die Angriffe.
- Ende der Schlacht (18. November 1916):
  Die Schlacht endete schließlich im November 1916, ohne dass ein entscheidender Durchbruch erzielt wurde. Beide Seiten waren erschöpft, und der Stellungskrieg setzte sich fort.

Ergebnisse und Konsequenzen

- Verluste:
  Die Verluste waren extrem hoch. Schätzungen zufolge hatten die Alliierten etwa 623.000 Verluste (davon etwa 419.000 Briten und 204.000 Franzosen), während die deutschen Verluste auf etwa 465.000 geschätzt werden.
- Moralische Auswirkungen:
  Die Schlacht an der Somme hatte tiefgreifende Auswirkungen auf die Moral beider Seiten. Der Schock über die enormen Verluste und die Sinnlosigkeit der Kämpfe prägten das kollektive Bewusstsein der beteiligten Nationen.
- Taktische Veränderungen:
  Trotz der enormen Verluste und des begrenzten Erfolgs führte die Schlacht zu wichtigen taktischen und technologischen Veränderungen, darunter der Einsatz von Panzern und neuen Infanterietaktiken.

Die Schlachten bei Ypern

Die Schlachten bei Ypern, die während des Ersten Weltkrieges stattfanden, sind von historischer Bedeutung und gehören zu den verheerendsten und blutigsten Kämpfen dieser Zeit. Es gab insgesamt drei Hauptschalachten bei Ypern.

Erste Schlacht bei Ypern
19. Oktober bis 22. November 1914

Hintergrund
* Race to the Sea:
  Nach der Schlacht an der Marne und der anschließenden Aisne Schlacht versuchten beide Seiten. Sich gegenseitig zu überflügeln, was zu einer Reihe von Gefechten führte, die schließlich an der Nordseeküste endeten. Ypern, eine Stad in Westfalen, Belgier, war strategisch wichtig, um die Kontrolle über die Küstenzugänge zu sichern.

Verlauf der Schlacht
* Deutsche Angriffe:
  Die Deutschen starteten eine Serie von Angriffen, um die Stadt Ypern und die umliegenden Höhenzüge zu erobern. Ziel war es, die alliierten Linien zu durchbrechen und die Küste zu erreichen.
* Alliierte Verteidigung:
  Die alliierte Verteidigung, bestehend aus britischen, französischen und belgischen Soldaten, verteidigten die Stadt erbittert. Sie formten eine Verteidigungslinie, die als Ypernbogen bekannt wurde.
* Blutige Kämpfe:
  Die Kämpfe waren extrem heftig und führten zu hohen Verlusten auf beiden Seiten. Es wurde um jeden Meter Boden gekämpft, oft unter schwierigsten Bedingungen und mit großen Opfern.

Ergebnisse der Schlacht
* Stabilisierung der Front:
  Die Schlacht endete ohne einen klaren Sieg, aber die Alliierten konnten ihre Positionen um Ypern halten. Die Frontlinien stabilisierten sich, und die Westfront entwickelte sich zu einem langen Stellungskrieg.
* Verluste:
  Die Verluste waren enorm, mit Zehntausenden Toten und Verwundeten auf beiden Seiten. Die genaue Zahl variiert je nach Quelle, aber die Schlacht hinterließ einen tiefen Eindruck wegen der hohen Opferzahlen und der Intensität der Kämpfe.

Bedeutung der Schlacht

- Psychologische Wirkung:
  Die erste Schlacht bei Ypern zeigte die Härte und Unerbittlichkeit des Krieges. Besonders für die britischen Truppen war es ein traumatisches Erlebnis, das das Bild des Krieges nachhaltig prägte.
- Langfristige Folgen:
  Die Schlacht markierte den Beginn des langen Stellungskrieges an der Westfront, der bis 1918 andauern sollte. Die verlustreichen Kämpfe um Ypern waren ein Vorgeschmack auf die blutigen und zermürbenden Schlachten, die noch folgen sollten.

Zweite Schlacht bei Ypern
22. April bis 25. Mai 1915

Hintergrund

- Westfront:
  Die Westfront war seit Ende 1914 in einem Stellungskrieg erstarrt, und beide Seiten suchten nach Wegen, die Pattsituation zu durchbrechen.
- Giftgas:
  Die Deutschen wollten durch den Einsatz von Chlorgas einen Durchbruch erzielen, nachdem herkömmliche Angriffe wenig Erfolg gezeigt hatten.

Verlauf der Schlacht

- Erster Giftgaseinsatz:
  Am 22. April 1915 setzten die Deutschen rund 168 Tonnen Chlorgas auf einem 6 Kilometer breiten Frontabschnitt nördlich von Ypern frei. Das Gas verursachte erhebliche Verluste und Panik unter den französischen und kanadischen Truppen, die dort stationiert waren.
- Alliierte Reaktion:
  Trotz der Überraschung und der hohen Verluste konnten die Alliierten einen völligen Durchbruch der Deutschen verhindern. Kanadische Truppen spielten eine entscheidende Rolle bei der Stabilisierung der Front.
- Weitere Angriffe:
  In den folgenden Wochen versuchten die Deutschen mehrere Male, die alliierten Linien zu durchbrechen, setzten erneut Giftgas ein und führten konventionelle Angriffe durch, jedoch ohne entscheidenden Erfolg.

Ergebnis der Schlacht

- Frontstabilisierung:
  Die Alliierten konnten letztendlich die Linie halten, und die Stadt Ypern blieb unter alliierter Kontrolle.
- Verluste:

Die Schlacht war äußerst verlustreich. Schätzungen zufolge verloren die Alliierten etwa 70.000 Mann (tote, verwundete und vermisste Soldaten), während die Deutschen etwa 35.000 Mann verloren.

- **Psychologische Wirkung:**
  Der Einsatz von Giftgas hatte eine verheerende psychologische Wirkung auf die Truppen und führte zu einer neuen Dimension der Kriegsführung. Es wurde bald von beiden Seiten eingesetzt, trotz seiner verheerenden Auswirkungen auf die Menschlichkeit.

Bedeutung der Schlacht

- **Einsatz chemischer Waffen:**
  Die zweite Schlacht bei Ypern markierte den Beginn des systematischen Einsatzes chemischer Waffen im Ersten Weltkrieg. Dies führte zu internationalen Protesten und später zur Entwicklung von Abwehrmaßnahmen wie Gasmasken.
- **Kriegsführung:**
  Die Schlacht zeigte die zunehmende Brutalität und Technologisierung des Krieges. Der Einsatz von chemischen Waffen veränderten die Dynamik der Kriegführung und fügte dem ohnehin schon grausamen Konflikt eine neue Ebene des Horrors hinzu.
- **Langfristige Folgen:**
  Der Einsatz von Giftgas und die damit verbundenen Schrecken hatten einen lang anhaltenden Einfluss auf die Kriegsführung und führte schließlich zum Genfer Protokoll von 1915, das den Einsatz chemischer und biologischer Waffen verbietet.

Dritte Schlacht bei Ypern
31. Juli bis 10. November 1917
(Auch bekannt als die Schlacht von Passchendaele.)

Hintergrund

- **Strategische Ziele:**
  Die britischen und alliierten Kommandeure, insbesondere Feldmarschall Sir Douglas Haig, planten die Offensive, um die deutschen Verteidigungslinien zu durchbrechen, die U-Boot-Basen an der belgischen Küste zu erobern und Druck von den französischen Truppen der Aisne zu nehmen.
- **Vorbereitung:**
  Intensive Artilleriebeschüsse sollten die deutschen Verteidigungsstellungen schwächen und den Weg für einen Infanterieangriff ebnen.

Verlauf der Schlacht

- **Eröffnungsoffensive:**
  Am 31. Juli begann die Offensive mit einem massiven Artilleriebeschuss und einem anschließenden Infanterieangriff. Trotz der anfänglichen Fortschritte wurden die

Alliierten bald durch starken Widerstand und extrem schlechte Wetterbedingungen aufgehalten.

- Schlechtes Wetter:
Der September und Oktober 1917 brachten unaufhörliche Regenfälle, die das Schlachtfeld in ein Meer aus Schlamm verwandelte. Dies erschwerte den Vormarsch der Truppen erheblich und machte den Einsatz von Panzern unmöglich.
- Hohes Verlustrisiko:
Die Soldaten kämpften unter unvorstellbaren Bedingungen, oft knietief im Schlamm. Viele Soldaten ertranken in den Wasserlöchern und Gräben, die durch den Artilleriebeschuss entstanden waren.
- Schlacht um Passchendaele:
Der Höhepunkt der Schlacht war der Angriff auf das Dorf Passchendaele. Nach intensiven und verlustreichen Kämpfen gelang es den kanadischen Truppen, das stark zerstörte Dorf am 6. November einzunehmen.

Ergebnisse der Schlacht

- Territoriale Gewinne:
Die Alliierten konnten letztendlich einige Gebiete einschließlich des Dorfes Passchendaele, erobern. Der erzielte Geländegewinn war jedoch minimal und stand in keinem Verhältnis zu den hohen Verlusten.
- Verluste:
Die Verluste waren enorm. Die Alliierten verloren etwa 275.000 bis 300.000 Mann (tote, verwundete und vermisste Soldaten), während die deutschen Verluste von 220.000 Mann erlitten.
- Strategische Bedeutung:
Trotz der Verluste und der minimalen Geländegewinne behauptete Haig, dass die Schlacht die deutsche Moral geschwächt habe und dass die Alliierten wichtige taktische Erkenntnisse gewonnen hätten.

Bedeutung der Schlacht

- Symbol für Kriegsgräuel:
Die Schlacht vom Passchendaele steht symbolisch für die Sinnlosigkeit und die extremen Schrecken des Stellungskrieges im Ersten Weltkrieg. Sie ist ein Beispiel für die enormen menschlichen Kosten und die oft fragwürdigen strategischen Gewinne.
- Militärische Lehren:
Die Schlacht zeigte die Grenzen von Artillerievorbereitungen und Infanterieangriffen unter extremen Bedingungen. Sie verdeutlichte die Notwendigkeit besserer Koordination und Vorbereitung bei Großoffensiven.
- Erinnerung und Gedenken:
Passchendaele wurde zu einem Synonym für das Leiden und die Opferbereitschaft der Soldaten. Die Schlacht wird bis heute als Mahnmal gegen die Schrecken des Krieges und als Warnung vor den Kosten menschlicher Konflikte erinnern.

„Schwarzen Tage" des deutschen Heeres
8. August 1918

Der „schwarze Tag des deutschen Heeres" bezieht sich auf den 8. August 1918, den ersten Tag der Schlacht von Amiens während der Hunderttageoffensive im Ersten Weltkrieg. Dieser Tag gilt als ein Wendepunkt im Krieg, der die Schwäche und Erschöpfung der deutschen Streitkräfte deutlich macht und die Entschlossenheit der Alliierten unterstrich.

Wichtige Punkte zu diesem Ereignis:

- Schlacht von Amiens:
  Die Schlacht von Amiens begann am 8. August 1918 und wurde von britischen, kanadischen, australischen und französischen Truppen geführt. Der Angriff war sorgfältig geplant und basierte auf einer Kombination von Infanterie, Artillerie, Panzer und Flugzeugen.

- Überraschungselement:
  Die Alliierten nutzten das Überraschungselement effektiv. Es gelang ihnen, den deutschen Linien einen schweren Schlag zu versetzen, ohne dass die Deutschen im Vorfeld ausreichend gewarnt waren. Diese Überraschung trug maßgeblich zum Erfolg des Angriffs bei.

- Erfolge der Alliierten:
  Am Ende des ersten Tages hatten die Alliierten bedeutsame Geländegewinne erzielt. Sie drangen bis zu 11 Kilometer tief in die deutschen Linien vor, nahmen Tausende von Gefangenen und zerstörten viele deutsche Geschützstellungen.

- Deutsche Verluste und Moral:
  Die deutschen Verluste waren schwer. Es wird geschätzt, dass die Deutschen an diesem Tag etwa 30.000 Mann verloren, darunter viele Gefangene. Die Moral der deutschen Truppen wurde stark beeinträchtigt, und der Begriff „schwarzer Tag" stammt vom deutschen General Erich Ludendorff, der die Bedeutung dieses Tages erkannte und ihn als eine Katastrophe für die deutsche Armee beschrieb.

- Langfristige Auswirkungen:
  Der Erfolg der Alliierten bei Amiens setzte eine Serie von Angriffen entlang der Westfront in Gang, die als Hunderttageoffensive bekannt wurde. Diese Offensive führte schließlich zur Kapitulation Deutschlands und zum Ende des Ersten Weltkriegs. Der 8. August maskierte somit den Beginn des endgültigen Zusammenbruchs der deutschen Verteidigungslinien.

- Taktische Innovationen:
  Die Schlacht von Amiens demonstrierte die Effektivität moderner kombinierter Waffentechniken, bei denen Infanterie, Artillerie, Panzer und Luftwaffe koordiniert eingesetzt wurden. Diese Methoden wurden später in vielen militärischen Konflikten übernommen und weiterentwickelt.

„Kaiserschlacht"
Frühjahr 1918

Die Kaiserschlacht bezieht sich auf die letzte große deutsche Offensive im Ersten Weltkrieg, die im Frühjahr 1918 stattfand. Der offizielle Name dieser Offensive ist die „Frühjahrsoffensive" oder „Ludendorff Offensive", benannt nach dem deutschen General Erich Ludendorff, der die Operation plante.

Die Kaiserschlacht bestand aus mehreren Angriffen, die zwischen März und Juli 1918 durchgeführt wurden.

Die Hauptziele der Offensive waren, die alliierten Linien zu durchbrechen und die Kriegsführung zugunsten Deutschlands zu entscheiden, bevor die amerikanischen Truppen in großer Zahl eintrafen.

Die Offensive begann am 21. März 1918 mit der „Operation Michel" und war gekennzeichnet durch den massiven Einsatz von Infanterie sowie neue Taktiken wie den Einsatz von Stoßtruppen.

Trotz anfänglicher Erfolge, bei denen die deutschen Truppen wichtige Geländegewinne erzielten, gelang es ihnen nicht, die alliierten Kräfte entscheidend zu besiegen.

Die Offensive kam schließlich zum Erliegen, und die Alliierten starteten im Sommer und Herbst 1918 Gegenoffensiven, die letztendlich zum Zusammenbruch der deutschen Front und dem Ende des Ersten Weltkrieges führte.

Die Kaiserschlacht gilt als einer der letzten verzweifelten Versuche des deutschen Kaiserreiches, dem Krieg zu gewinnen und markiert einen wichtigen Wendepunkt im Verlauf des Krieges.

(Autor: Ernst-Ulrich Hahmann, 2024)

Abkürzungen / Erläuterungen

Annexion

gewaltsame und widerrechtliche Aneignung fremden Gebiets.

Bagage

(auch Bagaje) ist ursprünglich aus dem mittellateinischen Wort ‚baga' für ‚Sack', dann dem französischen ‚Bague' für ‚Bündel'. Das Wort wird ca. seit dem 16. Jahrhundert als Bagage als ‚Gepäck' für den Tross verwendet, die eine Armee versorgt hat mit Lebensmittel oder Rüstzeug.

Biwak

Feldlager, Nachtlager, ein Lager im Freien, aber auch in Zelten oder Hütten, vor allem für Soldaten oder Bergsteiger.

bzw.

beziehungsweise

ca.

circa, zirka

Chaos

deutsch: der weite leere Raum, bezeichnet alltagssprachlich zumeist einen Zustand vollständiger Unordnung oder Verwirrung (Wirrwarr), also fehlender Ordnung bzw. Organisation.

Chauffeur

Chauffeure, auch Dienstwagenfahrer genannt, fahren ihre Fahrgäste sicher und komfortabel an ihr Ziel. Anders als Taxifahrer fahren sie nicht viele verschiedene Gäste, sondern kümmern sich entweder um eine Einzelperson oder einen bestimmten Personenkreis.

Chaiselongue

Der Begriff Chaiselongue stammt aus dem französischen chaise longue und bedeutet so viel wie *„langer Stuhl"*. Die Bezeichnung trifft ziemlich genau zu, denn ein Chaiselongue ist genau das: ein gepolstertes, niedrigeres Sitz- und Liegeelement für eine Person.

cm

Zentimeter, hundertstel Meter, Längeneinheit im Internationalen Einheitensystem (SI)

	Zentimeter, veraltetes Maß der elektrischen Kapazität im Gaußschen.
C-Waffen	Als chemische Waffen werden feste, flüssige oder gasförmige Substanzen bezeichnet, die eine gezielt gesundheitsschädigende, meist sogar letale Wirkung auf den Menschen haben. Im erweiterten Sinn werden auch die zur Produktion verwendeten Vorgängerstoffe zu den chemischen Waffen gezählt.
Debakel	wird eine Situation beschrieben, die eine schwere Niederlage darstellt oder einen unheilvollen Ausgang genommen hat.
dergl.	dergleichen
designierter	Designation stammt aus dem Lateinischen und bezeichnet in einer frühen Bedeutung die Bestimmung eines Amtsnachfolgers im Voraus. So ist etwa ein Kandidat, der von dem entsprechenden Wahlgremium zum künftigen Amtsnachfolger gewählt wurde, ab der erfolgten Wahl bis zu seinem tatsächlichen Amtsantritt designiert.
Eskorte	Die *Eskorte* ist ursprünglich eine bewaffnete Begleitung zur Bewachung oder zum Schutz von Personen oder Gütern sowie zur Ehrung einer Person.
Entente	Der Begriff „Entente" stammt aus dem Französischen und wird ungefähr wie „ontont" ausgesprochen. Entente bedeutet so viel wie „gegenseitiges Einverständnis" oder „Übereinkommen". Meist wird damit ein Bündnis zwischen mehreren Staaten bezeichnet. Im Deutschen spricht man heutzutage nur noch selten von einer „Entente".
Entourage	Hergeleitet wurde der Begriff „Entourage" aus dem Französischen und bedeutet „Umgebung,

	Umkreis". Damit gemeint sind Leute, die zum engen Umfeld einer Person gehören und die Gefolgschaft bilden.
Exzessiv	Das Adjektiv exzessiv bezeichnet ein extrem hohes, Grenzen überschreitendes Maß, etwa bei einer exzessiven Leidenschaft oder einer exzessiven Party.
Konvois	Verband (Verkehr) von Schiffen oder Landfahrzeugen, die eine gemeinsame Reise durchführen.
Layout	„Gestaltung" oder „Gestaltungsmuster"
Magier	*Zauberer* oder Magier sind Personen, die Magie praktizieren, also beanspruchen, durch ihre Handlungen übernatürliche Wirkungen zu erzielen.
Militarismus	Herrschaftssystem und Organisationssystem, das die Anwendung militärischer Gewalt die Hauptrolle in der Politik und allen Bereichen des staatlichen und gesellschaftlichen Lebens zuweist.
Mittelmächte	Um 1914 war Europa in zwei Blöcke gespalten: Die Mittelmächte mit Deutschland, Österreich-Ungarn, Türkei, Bulgarien und Italien standen auf der einen Seite, auf der anderen die „Entente" mit Frankreich, Russland, Großbritannien, Portugal und vielen weiteren Staaten.
Monarchie	Eine Monarchie ist ein Staat mit einem Monarchen als Staatsoberhaupt. Der Monarch kann zum Beispiel ein König oder ein Kaiser sein. Ein Monarch wird nicht von den Bürgern des Staates in sein Amt gewählt.
Nationalismus	ist eine Ideologie, die eine Identifizierung und Solidarisierung aller Mitglieder einer Nation anstrebt und Letztere in einem souveränen Staat

verbinden will. Nationalismen werden von Nationalbewegungen getragen und in Nationalstaaten auch durch das jeweilige Staatswesen reproduziert.

Netzwerk ist ein System, das aus miteinander verbunden Komponenten besteht, die miteinander kommunizieren und interagieren können. Netzwerke können verschiedene Formen annehmen, je nach Kontext: Computernetzwerk, soziales Netzwerk, Unternehmensnetzwerk und physikalisches Netzwerk. Im Kern geht es bei Netzwerken darum, Verbindungen zu schaffen, um den Austausch von Informationen, Ressourcen und Dienstleistungen zu ermöglichen.

Präventivkrieg Als Präventivschlag oder Präventivkrieg wird ein militärischer Angriff bezeichnet, der einem angeblich oder tatsächlich drohenden Angriff eines Gegners zuvorkommen und diesen vereiteln soll, also eine Offensive in defensiver Absicht. Das moderne Kriegsvölkerrecht erlaubt nur Verteidigungskriege.

Route Eine Route beschreibt den genauen Weg zwischen mehreren Punkten. Eine Route ist nicht mit der Luftlinie zwischen zwei Punkten zu verwechseln. Als Beispiel sei hier der Weg zwischen zwei Städten genannt.

Schwadron Eine Schwadron ist eine militärische Einheit, die je nach historischer Epoche und Truppengattung unterschiedlich beschaffen sein kann. Die häufigste Bedeutung ist synonym zur Eskadron der Kavallerie, die der Kompanie oder Batterie der Bundeswehr bzw. der Company in anglophonen Streitkräften vergleichbar ist.

Simulation Eine Simulation ist ein Modell, das die Funktionsweise eines bestehenden oder geplanten

Systems nachahmt und durch die Möglichkeit, verschiedene Szenarien oder Prozessänderungen zu testen, Entscheidungsgrundlagen liefert.

u.   und

Quellennachweis Bilder

Bild 1:   dpa-Bildarchiv / HGM Heeresgeschichtliches Museum

Bild 2:   dpa-picture alliance / HGM Heeresgeschichtliches Museum

Bild 3:   Bosnische Post zum Attentat in Sarajewo, 28, Juni 1914
Deutsches Historisches Museum Berlin
Inv.-Nr.: 1988/851.1

Bild 4:   Ullstein / Picture Alliance

Bild 5   Privatbesitz des Autors

Bild 6   Wikipedia - Die freie Enzyklopädie.

Bild 7   Das Reserve-Infanterie Regiment Nr. 235 im Weltkrieg / Druck und Verlag von Gerhard Stalling / Oldenburg i. D. 1931

Bild 8   Bundesarchiv, Bild 116-318-06 / CC-BY-SA 3.0

Bild 9   Das Reserve-Infanterie Regiment Nr. 235 im Weltkrieg / Druck und Verlag von Gerhard Stalling / Oldenburg i. D. 1934

Bild 10   wikipedia – Die Freie Enzyklopädie

Bild 11   Bundesarchiv Bild 183-R05951 - Wikipedia

Bild 12   Auf den Foto ist der Großvater des Autors (Privatbesitz).

Bild 13   Christiane Toyka-Seid und Gerd Schneider

Bild 14   Das Reserve-Infanterie Regiment Nr. 235 im Weltkrieg / Druck und Verlag von Gerhard Stalling / Oldenburg i. D. 1934

Bild 15	Hermann Rey / „Kriegs- Bild- und Film Amt – „fotografisches Bild- und Film-Amt" / erstmalig veröffentlicht in „Die große Zeit illustrierter Kriegsgeschichte" / zweiter Band Berlin 1920.
Bild 16	Privatbesitz Autor
Bild 17	Privatbesitz Autor
Bild 18	Das Reserve-Infanterie Regiment Nr. 235 im Weltkrieg / Druck und Verlag von Gerhard Stalling / Oldenburg i. D. 1931
Bild 19	Bundesarchiv Bild 146-1996-051-18
Bild 20	lemo lebendiges Museum online / Zeitstrahl
Bild 21	Klaus Wiedemann, Kassel (Hessische Quellen zum Ersten Weltkrieg)
Bild 22	Klaus Wiedemann, Kassel (Hessische Quellen zum Ersten Weltkrieg)
Bild 23	Otto Hennig, Das Reserve-Infanterie - Regiment Nr. 235 / Druck und Verlag von Gerhard Stalling, Oldenburg i. D. 1931
Bild 24	picture alliance
Bild 25	Herman Rex, Westfront 1926
Bild 26	Privatbesitz Autor
Bild 27	Wikipedia / Bundesarchiv
Bild 28	Deutschland Museum DM GmbH / Berlin
Bild 29	planet wissen / Geschichte des Ersten Weltkrieges.
Bild 30	Otto Hennig, Das Reserve-Infanterie - Regiment Nr. 235 / Druck und Verlag von Gerhard Stalling, Oldenburg i. D. 1931

Bild 31	Bundesarchiv / Deutschland Museum DM GmbH, / Leipziger Platz 7 / 10117 Berlin
Bild 32	Otto Hennig, Das Reserve-Infanterie - Regiment Nr. 235 / Druck und Verlag von Gerhard Stalling, Oldenburg i. D. 1931
Bild 33	Fotoalbum / Elke Löbel
Bild 34	Historisches Museum der Pfalz – Speyer & Ehrenamtsgruppe HMP Speyer License CC BY-NC-Sa
Bild 35	Otto Hennig, Das Reserve-Infanterie - Regiment Nr. 235 / Druck und Verlag von Gerhard Stalling, Oldenburg i. D. 1931
Bild 36	ChezOC/Shotshop.com / Royalty Free (lizenzfrei)
Bild 37	Privatbesitz Autor
Bild 38	Explorer Magazin
Bild 39	Landesverband Westfalen-Lippe / Medienzentrum
Bild 40	Fotoalbum / Elke Löbel
Bild 41	Privatbesitz Autor
Bild 42	Landesverband Westfalen-Lippe / Medienzentrum
Bild 43	Privatbesitz Autor
Bild 44	Privatbesitz Autor
Bild 45	Deutsches Historisches Museum
Bild 46	Otto Hennig, Das Reserve-Infanterie - Regiment Nr. 235 / Druck und Verlag von Gerhard Stalling, Oldenburg i. D. 1931
Bild 47	Weltkrieg2.de / die Weltkriege

Genutzte und weiterführenden Literatur

Alexander, Oskar	„Der Sturm - Auf die Höhe 185 bei Ripont - am 15. Februar 1917" *Verlag des Kunstgewerbehauses M. Heimerdinger Hamburg 1918*
Flex, Walter	„Der Wanderer zwischen beiden Welten" *E.H. Beck`sche Verlagsbuchhandlung München 1918*
Gellert, Georg	„Im Granatfeuer der Schlachtfelder" *Verlag Jugendhort (Walter Bloch Nachf.) Berlin W50 1915*
Hennig, Otto	„Das Reserve-Infanterie-Regiment Nr. 235 im Weltkrieg" *Druck und Verlag von Gerhard Stalling Oldenburg i. D. 1931*
Willig, Hans Heinrich, Wilhelm	„Jungs! Frisch drauf!" - Die Erlebnisse zweier Kriegsfreiwilliger im Weltkrieg 1914/15 *Verlag A. Weichert, Berlin No. 43 Berlin 1915*

„Ereignisse, die Deutschland veränderte".
*Reader's Digest
Deutschland - Schweiz - Österreich 2008*

Der gute Kamerad / Ein Lern- und Lesebuch für den Dienstunterricht des deutschen Infanteristen.
*Verlag der Liebelschen Buchhandlung(Inhaber: Bauer & Richter)
Berlin 1915*

Nachrichtenblätter der 235er / Verbandszeitung *Buchdruckerei Karl Jacobs* *Wuppertal-Elberfeld ab 1917*
„Lose Blätter" zum Nachrichtenblatt. Diese wurden dem Nachrichtenblatt beigelegt.
Sonderblätter des Grünen Korps Grünes Korps e. V. Köln
Wikipedia - Die frei Enzyklopädie.

ERNST - ULRICH HAHMANN
Oberstleutnant a. D.

geb. 1943 in Ellrich am Südharz, lebt in Bad Salzungen, Ausbildung als Dreher, Laufbahn eines Artillerieoffiziers. Einsatz als Kreisgeschäftsführer beim DRK Bad Salzungen. Tätig bei hessischen und bayrischen Sicherheitsfirmen in unterschiedlichen Funktionen. Zwei Mal verheiratet. Verwitwet. Drei Kinder. Artikel für militär-technische und militär-wissenschaftliche Zeitschriften geschrieben sowie eine Dokumentation über das Leben und Wirken des Arbeiterführers *Franz Jacob*. Nach der Wende Fernstudium „Schule des Großen Schreibens" an der Axel Andersson Akademie in Hamburg. Jetzt im Ruhestand. Geht seinen Hobbys nach. Schreibt jeden Tag mindestens eine Stunde und regelmäßig im Fitnessstudio. Mitglied des Literaturkreises Bad Salzungen.

Veröffentlichungen:
* Das alte Salzungen - Sagen einer Stadt im Werratal
* Die Schnepfenburg - Bad Salzungen
* Die Ritter vom Frankenstein
* Die Gotteshäuser von Bad Salzungen
* Die Ritterburgen im Salzunger Land
* Das alte Ellrich - Sagen einer Südharzstadt
* Die wilde Horde
* Mit neunzehn im Kessel von Stalingrad
* Der Weg in die Hölle - Stalingrad
* Unter der Knute Stalins
* Reiki - Heilende Hände (Co-Autor Edelweiß Knabe)
* Es gibt eine wunderbare Kraft ... (Co-Autor Edelweiß Knabe)
* Lausbuben - Geschichten und Erzählungen aus der Kinderzeit
* Buntes Allerlei
* Lyrisches- Eine Schubkastensammlung aus Poesie

- Die St. Johanniskirche in Ellrich - Höhen und Tiefen, Licht und Schatten eines evangelischen Gotteshauses
- Der Hund - Der beste Freund und Helfer des Menschen
- Jörg Seedow - Ein Journalist auf Spurensuche: *Band 1 Der Leichenschänder / Band 2 Der Flüchtlinge*
- Welt der Heimatsagen: *Band 1 Sagen und Geschichten aus dem Werratal / Band 2 Sagen und Geschichten aus dem Südharz-Vorland / Band 3 Sagen und Geschichten aus dem Südharz-Vorland, dem Werratal und Unterfranken*
- Welt der Heimatsagen: *Band 1 / Band 2 / Band 3 Thüringer Rhön*
- Welf Wesley - Der Weltraumkadett: *Band 1 Die Feuertaufe / Band 2 Auf den Spuren der Außerirdischen / Band 3 In Weltall verschollen / Band 4 Zurück zur Erde / Band 5 Flucht in die Unendlichkeit / Band 6 Die parallele Welt.*
- Todesursache: Vernichtung durch Arbeit: *Band 1 Kali-Werra-Revier und das KZ Buchenwald / Band 2 Außenkommandos des KZ Buchenwald im Kali-Werra-Revier / Band 3 Einsatz Kriegsgefangener und Fremdarbeiter im Kali-Werra-Revier/ Band 4 SS-Arbeitslager Erich / Band 5 SS-Arbeitsbrigade IV / Band 6 Die Erinnerung darf nicht sterben.*
- Der Zweite Weltkrieg: *Band 1 In Einsatz als Luftnachrichtenmann - Auf dem Weg in die Hölle Stalingrad / Band 2 mit neunzehn Jahren im Kessel von Stalingrad - Es war die Hölle.*

Als Ghost Writers geschrieben:
- *Zwischen 2 Welten - plötzlich ist alles anders (Nahtoderfahrungen eines Betroffenen)*
- *Traurigkeit*
- *Anna Maria - Mein kleiner Sonnenschein und ihre Träume*

Im gleichen Verlag erschienen:

ISBN 9 783754 305119

ERNST-ULRICH HAHMANN

DER ZWEITE

WELTKRIEG

Mit neunzehn Jahren im Kessel von Stalingrad

Es war die Hölle

BOOKS ON DEMAND

ISBN 9 783754 333846